Queen's Heart

Queen's heart 3

정원용 판타지 장편 소설

초판 1쇄 찍은 날 § 2004년 4월 9일
초판 1쇄 펴낸 날 § 2004년 4월 19일

지은이 § 정원용
펴낸이 § 서경석

편집장 § 문혜영
편집책임 § 권민정
편집 § 장상수 · 유경화
마케팅 § 정필 · 강양원 · 이선구 · 김규진 · 홍현경

펴낸곳 § 도서출판 청어람
등록번호 § 제1081-1-89호
등록일자 § 1999. 5. 31
어람번호 § 제1-0481호

주소 § 경기도 부천시 원미구 심곡1동 350-1 남성B/D 3F (우) 420-011
전화 § 032-656-4452   팩스 § 032-656-4453
http://www.chungeoram.com
E-mail § eoram99@chollian.net

ⓒ 정원용, 2004

ISBN 89-5505-991-4 04810
ISBN 89-5505-988-4 (SET)

※ 파본은 본사나 구입하신 서점에서 교환하여 드립니다.
※ 저자와 협의하여 인지를 붙이지 않습니다.

정원용 판타지 장편소설

배신

3

FANTASY FRONTIER SPIRIT

Queen's Heart
퀸즈하트

도서출판
청어람

CONTENTS

배신

Chapter 9　한가한 오후의 티타임 – 7
Chapter 10　신혼 – 87
Chapter 11　배신 – 147
Chapter 12　내전 – 245

Chapter 9

한가한 오후의 티타임

우리가 하는 일? 그야 간단하지. 때리고 부수고 죽인다! 훗. 내가 맡고 있는 제국 화격 기사단은 최고 수준의 장비와 최고의 훈련을 받은 최강의 기사단이라고! 겉멋만 잔뜩 든 제국 친위 기사단이나 걸어다니는 방패들인 로얄 가드와는 비교가 안 되지! 암. 물론 지금같이 평화로운 날에는 이렇게 한가하게 앉아서 차나 마시고 있지만 말이야… 쯧. 어디서 전쟁이라도 안 일어나나?

―제2대 황실 서기관이자 궁중 역사학자인
후렌 경이 집필한 '황실 비사' 중.
―제국 최강의 전력을 자랑하는 제국 화격 기사단의 단장
에리이 폰 디크센 백작님과의 대담 중.
―주:때때로 사람들은 지독한 무료함에도 돌아버릴 정도로 연약해지는 것 같다.
위험하다. 정신 감정에 조예가 있는 황실 의원을 부르든지
아니면 진짜 전쟁이 빨리 일어나야… 전염된 건가?

한가한 오후의 티타임

―대륙력 995년 가을. 추수가 한창인 랭스턴 자작령.

 이미 한번 와봤던 데라서 아무 생각 없이 랭스턴 자작령으로 달려간 나는 그대로 역시나 취해서 뻗어 있는 영주를 대충 아무 방엔가 집어 던져 놓고 술 냄새에 찌든 영주 방을 내 방으로 개조하였다. 물론 여기서 약간의 잡음이 있었지만 내가 놋쇠 그릇을 잡고 가볍게 몇 번 매만져 주자 잡음은 순식간에 사라졌다. 그렇게 난 남의 저택 하나를 날로 삼킨 뒤에 눌러앉았다. 지금도 여전한 시만 집사는 내가 당분간 신세질 거라고 했더니 무릎을 꿇은 채 '신이시여…'라고 두 손을 모아 기도하며 눈물을 흘렸다. …기쁨의 눈물이겠지? 그렇겠지? 아마도…….

 솔직히 나도 할 만큼 했고 또 왕실로 돌아가기도 싫다고. 아니, 왕실의 경우에는 싫다기보다는 무섭다고 해야겠지. 지은 죄가 있으니까 말이야. 그나저나 로이드 왕자는 잘 지내려나? 식사나 제대로 하는지 모르겠네.

"마마, 차를 내올까요?"

"응? 응."

내 대답에 에린이 수줍게 웃으면서 저만치 떨어진 모닥불가로 뛰어갔다. 한낮에 웬 모닥불이냐 하겠지만 이것도 나름대로 다 사정이 있다고. 아아… 조금만 더 있으면 에린이 놋쇠 주전자로 막 끓인 차를 마실 수 있겠구나.

이 랭스턴 영지에 눌러앉은 지도 벌써 일주일이나 되었다. 케센과의 협상을 마치고 이곳으로 돌아왔더니 녹색이었던 산맥이 어느새인가 갈색으로 조금씩 물들고 있었고 손바닥만한 농지에서는 푸르르던 밀이 황금빛을 내면서 고개를 숙이고 있었다. 이 랭스턴 영지는 삼면이 산으로 둘러싸인 곳이라 농지가 정말 손바닥만하다. 크레센트 왕국 영토의 80% 이상이 평야라는데도 불구하고 이 동네는 자급자족조차 안 될 정도로 밀의 산출이 형편없었고 또 농부도 별로 없다. 그렇다 해도 역시 세금 중 가장 가치있고 고정된 수입을 올려주는 게 밀인지라 무시할 수도 없다.

그렇기에 내가 저택에서도 꽤 멀리 떨어진 밀밭까지 몸소 나와서 수확을 시작한 농부들을 바라보며 한가하게 차를 마시고 있는 거다. 이 손바닥만한 영지에는 감독관으로 내보낼 관리 하나조차 없다! 망할. 이런 자잘하고 사소한 일은 원래 랭스턴 영주나 시만 집사가 해야 하는데 영주 녀석은 오늘도 어김없이 술독에 빠져서 주정이나 부리고 있고 시만 집사는 아예 몸져누웠다. 내가 그렇게 싫은 걸까? 날보고 앓아누울 정도라니 말이야. 내가 악당이 된 것 같잖아. 쳇!

"차를 내왔습니다, 마마."

"응. 수고했어."

"헤헤……."

어린 녀석 제법이군. 이젠 내 눈치도 볼 줄 알고 말이야. 역시 사람은 교육을 시켜야 한다니까. 아직도 맹하고 멍청하긴 하지만 그래도 처음 여기로 끌려왔을 때와 비교해 보면 진짜 대단한 발전이다.

난 한 손으로 놋쇠 잔을 받아 들고 다른 손으로 내 옆에 쭈그리고 앉은 에린의 머리를 쓰다듬어 주었다. 카렌 녀석은 이렇게 귀여워해 주면 투덜대면서 내 손을 피하는데 에린은 아주 좋은지 실실거리며 눈을 빛낸다. 난 내 옆에 슬그머니 주저앉는 에린을 못 본 척해주고는 차를 마시면서 한창 추수에 열중하고 있는 농부들을 바라보았다.

농사란 힘든 일이구나. 겨우 열댓 살밖에 안 되어 보이는 여자애가 힘겹게 짚단을 나르는 모습, 육십은 다 되어 보이는 노인이 자기 키보다 큰 추수용 낫을 휘두르는 모습, 그리고 이삭으로부터 낱알을 떼어내기 위해서 타작하는 모습. 각각의 풍경들이 내 눈앞에서 반복되고 또 반복된다. 저렇게 땀을 뻘뻘 흘려가면서 죽도록 일해도 저들이 가져가는 건 겨우 절반 정도. 그것도 그나마 소작농이고 여기에 농지가 거의 없어서 그 정도지 남부의 농노들은 봄부터 가을까지 죽도록 일해서 수확한 밀의 1/4도 못 가진다. 그리고 추수가 끝난 겨울에는 다른 국가 사업이나 영지 사업에 투입된다. 하긴 이런 게 평민들의 삶이긴 하지만…….

"그렇다고 농부들을 불쌍히 봐줄 수는 없지. 농부들이 불쌍하면 사냥꾼들도 불쌍해지고 약초꾼들도 불쌍해지며 벌목꾼들도 불쌍할 테니까."

"예, 마마?"

"아니, 아무것도 아니야."

그래, 저기서 힘들게 일하는 평민들은 귀족들에게 세금을 바치고 보호를 받는 거야. 나와 같은 귀족들은 그런 평민들을 위해서 큰돈이 드는 공공사업과 군대를 유지하는 것이고. 짐승들과 몬스터, 그리고 외적으로부터 저들의 생활을 보장해 주는 거지 뭐. 속 편하게 생각하자고. 귀족들도 나름대로 힘들고 피곤하단 말이야.

그렇게 속으로 위안을 하면서 찻잔을 들어 입에 댔는데 어느새 다 마셔 버린 건지 잔은 비어 있었다. 이에 난 에린을 보며 말했다.

"에린, 한 잔 더 줘."

"네? 네!"

내 뒤에서 콧노래를 흥얼거리면서 딴 짓 하고 있던 에린은 내가 내민 찻잔을 받아 들고 쪼르르 뛰어갔다. 저 녀석은 저기서 땀 흘려 일하고 있는 아름다운 광경을 보고도 아무런 감흥이 없는 건가. 뭐… 에린에게 많은 걸 바라면 안 되지만서도…….

에린이 차를 내오는 동안 멍하니 있는데 갑자기 저 멀리서 흙먼지가 피어오르는 게 보였다. 고개를 돌려보니 이 랭스턴 영지와 외부를 연결해 주는 유일한 도로 위로 한 필의 말이 빠른 속도로 달려오는 게 보였다. 그 말은 금세 내가 앉아 있는 풀 바닥 옆을 두두두… 하는 소리를 내면서 스쳐 지나갔다. 바닥을 진동시키며 뛰어가는 말 위에는 안장에 검은 깃발을 꽂은 채 필사적으로 달리고 있는 전령의 모습이 보였다. 에이~ 먼지 피어오르잖아!

"저렇게 급히 뛰는 걸 보니 또 나한테 온 거로군."

난 작게 중얼거리면서 손가락으로 그동안 내게 날아온 서신들을 세어봤다. 사 일 전에는 국왕 폐하께서 내 공로를 치하하며 당장 여기로 왕실 의사를 보내준다는 걸 완곡하게 거절하는 장문의 편지를 쓰느라 땀 좀 뺐고, 삼 일 전에는 마틴 왕세자가 이 근방에 도착했다가 잠깐 들른다고 해서 그동안 숨어 있을 곳을 찾았는데 일이 바쁜 건지 여기로 오지는 않았다. 그리고 어제는 댄 녀석이 언제쯤 왕궁으로 돌아올 거냐며 안부 편지를 보내왔다. 흠… 그럼 오늘은 누구일려나? 설마… 그동안 감감무소식이던 로이드? 에이… 설마. 부인이 아프다며—꾀병이지만—산골 벽촌에 처박혔는데도 일주일이 다 되도록 전령 한 명 안 보낸 사람이 갑자기 그럴 리가 없지. 음… 케센과의 전투에 대비해 지방군을 모으러 다닌다는 브래드릭 일왕자일려나? 뭐, 그거야 조금 뒤면 내 호위는 하지 않고 맨날 뺀질거리며 놀기만 하는 크렌 녀석이 가져올 테니 금방 알게 되겠지.

 심심하다. 쬐끄많다고는 해도 삼사백 평방미터쯤 되고 마을도 세 개인가 네 개인가 있으니까 며칠 동안은 계속 이러고 있어야 할 텐데. 내일도 이 짓을 하고 있어야 한다는 생각을 하니 벌써부터 힘이 쭉 빠진다. 하루만으로도 질리는데 말이야. 생각 같아서는 영지 내에 있는 힘 좋은 사내들을 죄다 끌어 모아서 한 번에 다 끝내 버리고 싶지만 여기 사내들은 대부분이 사냥꾼 아니면 약초꾼이고, 그런 이들은 보통 하루 벌어 하루 먹는 게 고작이라 내가 사비라도 털어서 돈이라도 쥐어주지 않으면 그대로 굶어야 한다. 이러니 어린애 손까지 가져다 쓰면서 저렇게 일하는 거겠지만 말이야. 그래도 감독하는 입장에서는 죽을 맛이라고. 할 일도 없지, 그렇다고 자리를 뜰 수도 없지. 하루 종일 멍하니 앉아서 똑같은 작업을 되풀이하는 농부들의 뒷모습이나 보고 있어야 하다니, 내 신세가 왜 이렇게 됐담. 에휴… 그나마 여기가 랭스턴 영지 중에서는 가장 큰 밀밭이라니 다른 데는 좀 더 빨리 끝나겠지.

"마마, 차를 내왔……."

"어서 줘!"

흐물흐물하게 늘어져 있던 난 벌떡 일어서서 에린이 들고 있는 찻잔을 빼앗아 들었다. 흐으음… 이 홍차 향 … 조금은 마음이 안정되는구나. 아아. 그래, 편하게 생각하자. 한가한 오전의 티타임. 너무 한가해서 탈이지만 그래도 땀 흘리며 바쁘게 뛰어다니는 것보다는 훨씬 우아하고 품위있잖아. 이게 좋은 거야.

차를 다 마시고 나서 에린의 무릎을 베고 누웠다가 깜빡 잠이 들었다. 푹 잠들었다가 깨어보니 에린 녀석의 턱이 눈에 들어온다. 그런데 눈을 감은 채 고개를 앞뒤로 끄덕거리는 걸 보니 이 녀석 졸고 있는 건가? 도대체 밤에 뭘 하길래 이 녀석은 틈만 나면 멍하니 있거나 꾸벅꾸벅 조는 거지? 내가 너무 혹사시켰나? 설마… 내가 에린에게 시키는 일이라곤 내 시중드는 것과 차 끓여오라고 하는 것뿐인걸. 교양있는 귀족가 아가씨도 에린보다는 많이 움직일 거다. 에이… 잠도 깬 것 같으니 다시 감독관이 되어볼까? 난 상체를 일으키면서 다시 밀밭을 바라보았다. 그런데… 없네? 다들 어디로 간 거지? 설마 도망갔을 리는 없고. 난 벌떡 일어서서 주변을 돌아보았다.

다행히 농부들은 도망가거나 하지는 않았다. 길 옆으로 나 있는 작은 도랑 근처에 옹기종기 모여 앉은 농부들은 에린이 차를 끓이기 위해 가져온 불씨로 만든 화톳불 옆에 모여서 스튜를 끓이고 정체 불명의 고기를 굽고 있었다. 꼬르륵… 그러고 보니 점심때구나.

"에린."

"…쿠울."

"에린!"

"……."

따악!

"아얏! 히잉……."

내게 뒤통수를 얻어맞은 에린은 두 손으로 머리를 감싸 쥐면서 아픈 척한다. 가볍게 툭 쳤을 뿐인데 말이지. 엄살은…….

"에린, 도시락 싸왔지?"

"히잉… 네? 아… 저… 그게……."

"안 가져왔어?"

"…네에."

하! 저택까지 걸어갔다가 오려면 30분은 걸릴 텐데! 거기까지 갔다가 다시 오란 말이야?! 이 바보 같은 에린! 아니! 에린 같은 바보! 저 녀석 분명히 불씨 가져온다고 법석 떨다가 도시락을 놓고 온 걸 거다! 하아… 배고픈데. 응? 킁킁. 빵 굽는 냄새가… 슬쩍 곁눈질로 옆을 보니 평평하고 맨질맨질한 돌 위에 새하얀 밀가루 반죽이 올려져 있다. 개중에는 노랗게 구워진 빵들도 보였고… 꿀꺽.

"에린! 가서 먹을 것 좀… 아니, 같이 가자."

"네? 네에……."

에이… 에린 녀석 때문에 이게 무슨 꼴이람. 한때 잘 나가던 로세니아의 왕녀가 먹을 걸 구걸해야 한다니. 자존심이 땅바닥에 생매장당해 버린 기분이다.

농부들이 있는 불가로 다가가자 자기들끼리 웃고 떠들던 분위기가 갑자기 찬물을 끼얹은 것처럼 착 가라앉았다. 나이 든 중년 어른이 셋이고, 젊은 청년이 여섯, 그리고 여자들이 두 명이었고, 다섯 명의 아이들로 이루어진 농부 가족들은 아마도 친척이나 이웃들이 한데 모여서 같이 일하는 것 같았다. 별로 관심이 없어서 자세히 보지는 않았는데 이렇게 모여 있는 걸 보니 정말 숫자가 적긴 적구나 하는 생각이 든다. 하여튼 난 그들이 앉아 있는 불가로 걸어갔는데 내가 다가가자 어른들이 슬그머니 일어서서 허리를 푹 숙였다.

"마… 마님… 시키실 일이라도……."

"아니. 뭐… 흠."

아무 생각 없이 그들에게 다가갔던 난 나도 모르게 뒤로 한 발짝 물러섰다. 코를 찌르는 지독한 냄새가 났기 때문이다. 멀리 있을 땐 몰랐는데 이렇게 바짝 다가서니까 노린내와 땀 냄새가 범벅이 되어서 내 코를 괴롭힌 것이다. 으… 씻지도 않는 거냐?! 거기다 시커멓게 탄 몰골에 때가 잔뜩 묻은 옷차림을 보니 식욕이고 자시고 가까이 다가갈 마음이 싹 가신다. 근처에 강이라도 있으면 모조리 집어 처넣고 새하얀 종이만큼 하얗게 될 때까지 박박 문지르고 나오라 소리쳐 주고 싶을 정도다.

"마마, 손수건을……."

내 옆에 서 있던 에린이 내가 인상을 찌푸리자 손수건을 꺼내서 내게 바쳤다. 난 에린이 내미는 손수건을 빤히 바라보다가 다시 농부들 일행을 바라보았는데 그들은 모두 어딘가 비굴한 듯한 모습으로 감히 내게 시선을 맞추지 못하고 고개만 숙이고 있을 뿐이었다. 물론 부모―혹은 형제 자매?―의 팔다리에 찰싹 달라붙은 어린애들은 어른들 틈 사이로 고개를 내밀고 나를 올려다봤지만. 역시 어린애들은 겁이 없다니까.

손수건을 코에 대고 있으면 좀 나아질까 생각해 봤지만 어차피 냄새야 조금만 지나면 적응되는 것이고 씻지 않아서 냄새 좀 나고 지저분한 것뿐이니 그 정도야 못 참아줄까? 내 마음은 바다와 같이 넓단 말이지.

난 에린에게 손짓해서 손수건을 물린 뒤에 농부들 앞으로 다가갔다. 그러자 농부들이 좌우로 물러섰고 난 그사이를 빠져나가 불가에 털썩 주저앉았다.

"마마! 바닥에 깔 것을 가져오겠습니다. 옷이……."

"됐어. 그보다 나 배고파."

지금 입고 있는 드레스야 실내복으로도 입고 돌아다니는 편안한 복장인데다가 어차피 내가 빨래하는 것도 아니니까 상관없잖아.

내가 배고프다고 말하자 에린 녀석이 잽싸게 나무 그릇 하나를 주워다가 희멀건 스튜가 보글보글 끓고 있는 청동 솥에서 희멀건 스튜 한 접시를 떠 담아서 내게 가져다 주었고 농부 중 한 명은 굽고 있던 고기를 나이프로 썰어서 가져왔다. 그리고 납작하게 구워진—마치 쿠키같이 생겼다—빵들도 내 앞에 몇 개나 쌓였다.

"뭐 해? 식사 안 해? 오후에 또 일해야 하지 않아?"

"예? 예에……."

나의 당당한 말투에 가장 나이가 많아 보이는 농부가 다른 가족들을 자리에 앉혔다. 내게서 좀 떨어진—불가에 앉아 있어서 솥과 고기, 그리고 돌판이 바로 내 앞에 있다. 멀리 떨어질 수가 없었겠지—자리에 모여 앉아서 조심스럽게 내 눈치를 보며 식사를 시작했다. 아아… 밥 잘 먹는 남의 식탁에 불쑥 뛰어든 불청객이 분위기 다 망치는군. 이게 다 에린 탓이라고. 난 투박한 모양의 나무 스푼을 들어서 스튜를 떠먹어보았다.

"밍밍해. 까끌까끌하고 건더기도 없고. 맛이 뭐 이래?"

정말… 생긴 값을 한다고 희멀건 스튜는 간도 안 한 건지 텁텁한 맛만 난다.

"고기는 질긴 데다가 느끼하고 빵은 푸석푸석해. 거기다 딱딱하고."

식사를 하면서 이렇게 중얼거리니 사내들이 몸을 움찔거린다. 설마… 여기서 내가 투덜거리기밖에 더 하겠어? 이런 데서 만든 평민 음식이 다 그렇지 뭐. 하지만 정말 스튜는 먹기가 거북하다. 너무 맛밋해서 뭐랄까… 물에다 밀가루 타서 먹으면 이런 맛이 날까?

"에린! 소금 있어?"

"네? 저기… 암염이라면 있습니다."

"내놔."

내가 손을 내밀며 말하자 에린 녀석은 주저주저하면서 품속에서 손수건으로 정성스럽게 싼 암염을 꺼냈다. 뭐야, 겨우 어린애 주먹만한 크기잖아. 저거 가지고는 간도 못 맞추겠다. 그래도 없는 거보다는 낫겠지. 난 에린이 두 손으로 받쳐 든 암염을 들어 올려서 솥 안으로 던져 버렸다.

퐁.

"아앗!!"

"왜? 아까워?"

"그게 아니라… 저거 엄청 짠 거라서… 그래서……."

"시끄럿! 감히 내가 하는 일에 토 다는 거야? 맞아볼래?"

"그게 아닌데……."

작게 중얼거리는 에린을 노려봐 준 나는 내 스튜 그릇을 들고 솥 안에 내용물을 부었다. 그리고 농부의 부인 중 한 명을 지그시 바라봐 주자 알아서 국자를 들고 솥 안의 내용물을 저어주었다. 대충 소금이 다

녹았을 것 같자 나는 국자를 빼앗아 들고 한 그릇 퍼 담은 뒤 스푼으로 떠먹었다.

"…크으!"

"여기! 물이요! 마마."

짜다. 짜다. 짜다. 짜다아아아!! 난 에린이 주는 물을 벌컥벌컥 마신 뒤 소금덩어리가 되어버린 솥 안의 스튜를 노려보았다. 이미 반쯤 존 스튜를 노려보던 난 거기다 물을 부었다. 그것도 한 솥 가득. 덕분에 간은 어느 정도 맞게 되었는데 이젠 스튜가 아니라 아예 수프다. 그것도 짠맛만 나는 묽은 수프. 에에잇! 이딴 걸 어떻게 먹냐고!! 난 스푼을 그릇에 집어 던지면서 짜증스러운 목소리로 소리쳤다.

"에린! 저거 당장 먹을 만하게 만들어! 당장!"

"에에엣? 하지만… 마마. 여긴 재료도 없고… 도구도…….."

"시끄릿! 이게 다 너 때문이잖아! 어서 만들어! 맞을래?"

"당장 다녀오겠습니다! 마마!"

내 윽박지름에 에린 녀석은 비명을 지르듯 소리치며 벌떡 일어서더니 흙길을 가로질러 밀밭 반대쪽에 있는 작은 숲으로 뛰어들어 갔다. 씩씩거리며 에린이 사라지는 걸 째려보고 있던 난 식어서 더욱더 딱딱해진 빵을 아득아득 씹으면서 분을 삭였다. 그런데 왜 저 사람들은 밥 먹다 말고 날 힐끔거리며 보는 건데? 구경났나? 내가 노려보면 고개를 푹 숙이면서 말이야!! 아우… 무슨 고기인지 모르지만 느끼해! 과일이 먹고 싶어어어!!

즐거워야 할―아마 즐겁겠지? 가족끼리 모여서 먹는 단란한 식사 시간일 테니―식사 분위기는 마치 초상집 같았다. 가끔 달그락거리는 스푼 부딪치는 소리가 날 뿐 나를 포함한 농부들과 아이들은 입을 꼭 다문 채 필요할 때만 가끔 열었다. 난 혼자서 고기를 집어 먹으면서 빵을 뜯었다. 그러고 보니 이 납작한 빵도 벌써 세 개째네. 언제 이만큼 먹은 거지? 슬슬 배가 불러오는걸…….

"다녀왔습니다! 마마!"

내가 슬슬 손을 놓으려고 하는데 에린 녀석이 헥헥대면서 숲 사이에서 뛰어나오며 소리쳤다. 에린 녀석은 그 짧은 시간에 야생 양배추와 양상추, 그리고 기다란 회색 버섯들을 한 아름이나 캐가지고 돌아온 것이다. 그만 먹는다 말할까도 했지만 나 때문에 스튜 한 솥을 못 먹게 되었으니 그냥 만들라고 놔뒀다. 그래도 명색이 시녀라고 요리 정도는 할 줄 아는지 에린은 능숙하게 먹는 물(!)을 펑펑 써서 야채들을 씻었고 큼직하게 잘라서 끓기 시작한 솥 안에 마구 집어넣었다.

"에린, 그 버섯 먹을 수 있는 거 맞겠지? 난 독살당하기 싫다고."

"에… 저… 먹을 수 있을 겁니다. 전에 주방에서 본 거랑 같은 모양인데… 아마……."

"…다 되면 너부터 먹어봐."

"네에……."

울상은 왜 짓지? 자기가 먹을 수 있는 거라 해놓고 이제 와서 걱정되나 보지? 흥이다. 저 녀석 독버섯 먹고 뻗어버리면 길가에 버리고 가야지.

스튜 안의 내용물이 익는 걸 기다리느라고 식사 시간이 두 배로 늘어났다. 뭐, 나도 오후에 또 일해야 하는 농부들도 좋아하는 것 같지만 말이야. 기다리는 동안 에린에게 차나 끓이게 시키려고 하는데 배부르게 먹을 만큼 먹은 꼬맹이들이 자기네들끼리 수군대는 소리가 들려왔다.

"저 누나 무섭다."

"바보야, 저분은 누나가 아니라 마님이야, 마님."

"마님이야? 그럼 우리 영주님 또 장가가신 거야?"

"그럼 또 흰 빵이랑 소고기 먹겠다. 야~ 좋겠다."

"쉬잇. 들리잖아! 바보들아! 그리고 주인 마님이 계셨었으니까 작은 마님이 되는 거야."

뭐냐, 저 논리는… 하긴 저 애들이 정실 부인과 첩의 차이나 알까. 뭐… 조금 무례하긴 하지만 무식은 죄가 아니니까…….

"그럼 저 무서운 누나… 아니, 작은 마님은 첩이네? 그렇지? 응?"

싸아아아… 머리 속에서 뭔가 작은 실 같은 게 툭 하고 끊겼다. 난 그대로 돌처럼 굳어버렸고 에린 녀석은 국자를 떨어뜨렸다.

"마… 마님! 주… 죽을죄를 졌습니다."

"이 녀석! 어디서 함부로……."

"아무것도 모르는 어린 놈이니 제발 자비를…….."

내 나이의 세 배는 살았을 늙은 농부는 앉은 자세 그대로 바닥에 머리를 박고 내게 자비를 구걸했고 다른 사내들도 그런 늙은 농부처럼 고개를 조아리며 빌었다. 어른들이 내게 엎드려 비는 걸 보고 영문을 몰라 하던 꼬맹이 녀석은 화들짝 놀란 제 엄마의 두 손에 붙잡힌 채 사라졌고—아마 뒤통수가 좀 불어나고 귀가 길게 늘어나지 않았을까? 덤으로 작은 소리로 이어지는 잔소리에 머리가 이상해졌을 수도…—나머지 농부들도 내 표정을 보고는 사색이 다 되어서 벌벌 떨었다. 하… 그 영주에 그 주민들이라더니. 창녀 다음엔 첩이냐?

"됐어, 됐어. 어린애가 한 말 가지고 화풀이할 정도로 분별력이 없지는 않으니까. 그보다 그 애 이리 오라고 해봐."

나는 최대한 미소 지으며 그렇게 말했다. 하지만 미간의 주름이 사라지지 않는다. 이거… 몸이 통제에 안 따르는걸? 이러다 사고 치는 거 아닌지 몰라. 그 아이의 엄마는 주저주저하면서 이제 여덟아홉쯤 되어 보이는 그 아이를 내 앞으로 데려왔고 난 앉은 자세 그대로 그 아이를 바라보면서 말했다.

"너 이름이 뭐니?"

"반스… 인데요."

"그래, 반스. 자… 신기한 거 보여줄게. 잘 봐라."

난 그렇게 말하면서 바닥에서 손바닥에 들어갈 만한 단단해 보이는 돌멩이 하나를 집어 들었다. 아이 엄마는 내가 이 돌멩이로 무식하고 용감한 꼬맹이 이마의 단단함을 시험하지나 않을까 걱정하는 것 같았는데 나같이 정숙한 숙녀가 어떻게 그런 야만적이고 폭력적인 일을 하겠어. 난 용감한 꼬맹이 눈앞에 돌멩이를 보여주고는 그것을 한 손으로 움켜쥐었다.

빠각. 드드득…….

손가락 사이로 작은 돌 조각들이 떨어져 내렸다. 이에 난 손바닥을 펴서 잘게 조각난 돌멩이를 아이의 눈앞에 보여준 뒤에 그걸 양손으로 마주 잡고는 싹싹 비볐다.

투두둑…….

내가 손을 탁탁 털자 돌 조각은 사라지고 마른먼지만 바닥으로 떨어져 내렸다. 이 광경을 바로 눈앞에서 지켜보던 아이는 입을 벌린 채 눈물을 글썽였고 그 뒤에서 조심스럽게 내 눈치를 보던 농부들도 나의 신기한(?) 기술에 놀랐는지 입을 쩍 벌리며 못 볼 것 봤다는 표정을 지었다.

"봤지?"

"으으으……."

"한 번만 더 이 예쁜 누나한테 '무서운'이라든지 '첩' 같은 단어를 쓰면 네 녀석의 머리를 이렇게 만들어주겠어. 알겠지?"

"흐윽… 흐윽……."

"그리고 랭스턴 자작은 이 누님의 먼 친척이란다. 누나가 몸이 안 좋아서 요양 온 거야. 그러니까 '마님'이라고도 부르면 안 돼. 알았지?"

"우에에에에엥!! 엄마!! 엄마!!"

꼬맹이 녀석은 제 엄마의 품속으로 뛰어들어서는 마구 울어젖혔다.

이래서 난 애들이 싫어. 제멋대로인데다가 겁도 없고 분별력도 없으면서 조금만 몰아세우면 부모 품으로 뛰어가 버린단 말이야. 이건 귀족이나 평민이나 마찬가지 같다. 쩝. 나도 어머니의 품에 안겨봤으면 좋을 텐데…….

다행히 에린이 채집해 온 버섯은 식용이 가능한 녀석 같았다. 나야 버섯 같은 데 신경을 안 쓰니 알 리가 없지만 말이야. 에린이 스튜를 한 그릇이나 비운 다음에도 토하거나 환각 증세를 보이거나 몸이 마비되지 않는 걸 봐서는 먹어도 되는 것 같다. 이에 난 스튜를 떠서 먹기 시작했고 내가 '어서 먹어'라고 한마디 하자마자 마치 십 년은 굶은 사람들처럼 농부들이 솥에 달라붙었다. 아이, 어른 할 것 없이 모두 말이야. 난 배부른데 이 사람들은 많이도 먹는구나.

끄아… 더는 못 먹어. 세 그릇째 스튜를 퍼 먹은 난 그릇을 내려놓았다. 하지만 아직도 솥에는 스튜가 반이나 남았고 에린이 커다랗게 썰어 넣은 야채들이 그 사이에 물에 불어서 보기만 해도 끔찍할 정도로 부풀어 올라 있었다. 에린을 포함한 다른 농부들을 보니 다들 배가 부른지 스푼 움직이는 게 느릿느릿한걸? 하지만 먹을 걸 버릴 수야 없잖아.

"난 배불러. 그만 먹을래."

"그럼 저도……."

내가 그릇을 내려놓자 에린도 슬그머니 따라서 내려놓았다. 그리고 농부들도 다들 내 눈치를 보면서 슬쩍 그릇에서 하나둘 손을 떼기 시작했다. 하지만 스튜는 아직 반이나 남았다고.

"음식을 남기면 벌받지. 먹어."

난 에린에게 한 말인데 왜 다들 각자 한숨을 내쉬면서 그릇을 드는 거야? 응? 그리고 아까 전 막 식사를 시작할 때는 조금이라도 많이 먹으려고 서로 다투더니 이젠 왜 서로 조금 먹으려고 다투는 걸까? 하여간 사람 마음이란…….

배가 빵빵하게 불러오니 조금 졸립다. 하지만 식사를 마치고 바로 자면 코르셋이나 예식용 드레스를 입을 때 힘들어질 테니 조금 운동이라도 해야 할 것 같다. 그런 생각으로 난 아직도 솥 앞에 모여서 아우성치고 있는 농부들에게서 슬쩍 빠져나와서 길가에 섰다. 후우… 일어서니 좀 낫군. 이제부터는 적당히 먹어야지. 너무 많이 먹으니까 몸이 무거운 느낌이 들잖아.

흙으로 된 조잡한 시골길을 보면서 우선 도로부터 정비해야겠다고 생각하고 있는데 저택 쪽으로 이어진 외길에 갑자기 말 한 필이 불쑥 튀어나왔다. 아까 전 영지로 들어갔던 전령인가 해서 봤는데 느긋하게 말을 모는 걸 보니 전령은 아닌 것 같았다. 거리가 꽤 멀어서 위에 누가 탔는지는 잘 모르겠지만……. 어라, 닐크네?

"여기야, 여기."

내가 닐크 녀석에게 손을 흔들자 날 봤는지 그가 말을 몰아서 내 앞으로 달려온 뒤 말에서 내렸다.

"아직도 여기 계신 겁니까? 이거 보기보다 성실하시군요, 마마."

"뭔 뜻이냐? 그 말은?"

"아니요! 아무것도……."

"닐크, 맞고 싶으면 맞고 싶다 말해. 괜히 빙 돌려서 말하지 말고."

"하하하… 설마요. 지금 마마한테 제대로 얻어맞으면 저의 연약한 몸이 박살날 겁니다."

"그래, 웬일이야?"

엉덩이를 슬쩍 뒤로 빼면서 당장이라도 도망갈 자세를 취하면서도 할 말은 다 하는 닐크를 흘겨본 나는 그에게 왜 온 건지 물었다. 그러자 닐크는 품속에서 두 개의 밀랍으로 봉인된 편지를 꺼내서 내게 건네주었다.

"흐음……."

편지를 받아보니 두 개 다 왕실에서 보낸 거다. 하나는 외교부 산하 정보과에서 각 지방 영주들에게 돌리는 공문이었고 다른 하나는 겉 표지에 아무것도 안 적혀 있는 편지였다. 난 닐크를 힐끔 바라본 뒤에 정보과에서 보내온 편지를 뜯어서 살펴봤다.

"브리즈의 미친놈들이 또 사고 쳤군."

두 장의 종이로 된 편지는 꽤 장황하게 크레센트 각지에서 출몰하는 브리츠의 광신도들에 대해서 설명하고 있었는데 대충 살펴보자면 마틴 왕세자에 의해서 브리츠 측의 프리스트들이 다수 잡혀 들어가자 각 지방의 신도들이 무장 폭도로 변하여 군사력이 빈약한 지역에서 약탈, 방화와 살인을 신의 이름으로 포장한 채 날뛰고 있다는 말이었다. 한마디로 여기도 브리츠의 광신도들이 침입할 수 있으니 경비에 만전을 기하고 주의하라는 뜻이었다. 하지만 여긴 군인도 없고 자경단도 없는 별 볼일 없는 조그만 마을이라고. 뭐… 이런 건 역시 영주가 처리해야 하는 일이지만 보나마나 또 술에 절어 있을 테니 내가 처리해야겠다. 흠… 대충 각 마을의 사내들을 모아서 외부인을 주의하고 신물을 잘 숨겨두라는 정도면 되겠지. 그리고 보니 멸신전쟁은 아직도 진행 중이구나.

"그리고……."

난 다른 편지를 뜯어봤다. 안에 든 종이는 단 한 장이었는데 꺼내서 보니 달랑 한 문장만 적혀 있다.

돌아와.

—로이드.

…이건 어떻게 받아들여야 하는 거야? 용서해 준다는 건가? 아니면 어쨌든 왕족이니 궁에서 나가지 말라는 건가? 이도 저도 아니면 가출한 내가 눈꼴시어서 못 봐주겠다는 뜻이려나? 하여간 남자들의 무신경함에는 질려 버린다. 달랑 글 한 줄 써서 보내면 뭘 생각을 하고 이런 걸 보냈는지 알 수가 있어야지! 흥!

"에린!"

난 오만상을 찌푸린 채 겨우겨우 스튜를 떠 먹고 있는 에린을 불렀다. 내가 부르자 에린은 스튜 그릇을 내려놓고는 냉큼 내게 달려왔다. 흠. 거의 다 먹었네? 역시 먹을 걸 남기면 안 되지. 암암. 난 로이드의 편지를 에린 녀석에게 넘겨주면서 말했다.

"태워 버려."

"네? 네, 마마. 하… 하지만 이건……."

내가 넘겨준 편지를 받아 든 에린이 내용을 슬쩍 보더니 순순히 물러서다가 갑자기 돌아서서 내게 어렵게 말을 붙인다. 아, 맞아. 저 녀석도 글을 읽을 줄 알지.

"시키면 시키는 대로 해. 식사 준비도 못하는 녀석이 말이 많아."

"네에."

난 에린이 종이를 화톳불 안으로 집어넣는 걸 본 뒤에야 다시 돌아섰다. 그런데 닐크 녀석은 뭐 하는 거지? 왠지 조용한 게 불길한데…….

편지 생각을 머리 속에서 지워 버리고 닐크를 찾았다. 닐크는 말안장에서 두 개의 커다란 바구니를 양손으로 들고 내게 걸어왔다.

"그거 먹을 거?"

"오~ 잘 아시는군요. 배가 많이 고프셨나 봅니다, 마마."

"아아……."

대답하기도 귀찮다. 난 그냥 순순히 긍정하면서 슬쩍 농부들을 바라보았다. 나를 힐끔거리며 불안한 표정을 짓고 있는 저들. 내가 고개를 돌리자 이제는 완전히 비어버린 스튜 솥을 나무 스푼으로 긁기 시작한다. 음… 아직 더 먹으려는 걸까? 역시 많이 먹는구나.

"난 먹었으니까 저들 줘. 에린!"

"넵… 끄윽… 흡!"

대답하고 트림하고 놀라고 입을 가리고 아주 정신없이 바쁘군, 에린 녀석. 난 에린 녀석을 불러서 닐크가 들고 있는 바구니 하나를 들어 농부들 앞에 내려놓으라고 시켰다. 힘들게 일할 테니 많이 먹어야지, 암. 난 내 시선을 피해 고개를 슬그머니 돌리는 농부들 중에서 가장 나이가 많은 늙은 농부에게 말을 했다.

"내가 신세 졌으니까 이건 내 성의라고 생각해."

"가… 감사합니다, 마마."

"별로. 대단할 것도 없는데 뭘."

"하… 하오나……."

"응? 모자라? 그럼 저것도 가져가서 먹어."

난 닐크가 들고 있는 다른 바구니를 가리키며 그렇게 말했다. 그러자 닐크 녀석이 그들 앞에 들고 있던 바구니를 내려놓고는 바구니 위를 덮고 있는 보자기를 들어 올렸다. 아직 따뜻하게 김이 올라오고 있는 흰 빵들과 긴 소세지들, 훈제 오리 고기, 거기다 붉은 사과까지… 저거 한 바구니면 여섯 명은 먹겠군. 어디 보자. 저 농부들 일행이 열 댓쯤 됐으니까 대충 머릿수는 맞겠구나. 내가 먹은 것만큼 저 사람들이 못 먹었을 테니까 이거 다 줘버려도 되겠지?

"난 걱정 말고 많이 먹어. 힘들게 일하니까 많이 먹고 힘내야지."

그렇게 말하며 난 왠지 침울한 표정인 늙은 농부에게 바구니를 밀어 주면서 말했다. 그러면서 붉은 사과 하나를 꺼내 든 뒤에 어서 맛을 보라고 재촉했다.

"뭐 해? 걱정 말라고. 이건 내가 선물하는 거니까 먹어도 돼. 난 입가심으로 사과 하나 먹으면 되니까 마음껏 들라고."

"그… 그게… 저…….."

"당신들이 힘들게 추수한 밀로 만든 거잖아. 힘들게 키운 밀이니까 남기면 안 돼. 알았지?"

"예에……."

뭐, 이들이 먹을 걸 남길 리는 당연히 없겠지만 난 표정이 안 좋은 농부들을 보면서 그렇게 말했다. 평민들은 보통 배불리 먹지 못한다고 들었으니까 말이야. 거기다 보통의 귀족들보다 배도 커서 많이 먹는다는 이야기를 들었기에 오랜만에 좋은 일이나 하자는 생각으로 내 몫의 음식들을 모두 밀어주었다. 황송해하면서도 어딘가 착잡해 보이는 표정인 늙은 농부를 물끄러미 바라보던 나는 닐크가 타고 온 말 쪽으로 걸어가며 말했다.

"닐크, 나 말 타고 주변 한 바퀴 돌고 올 테니까 그동안 내 대신 여기 있어."

"마마, 저도……."

"에린도 안 와도 돼. 거기서 이 사람들이랑 있어. 오래 안 걸릴 테니까."

내가 얼굴이 파리해진 에린 녀석을 생각해서 쉬라고 한 뒤에 말 위에 올라탄 뒤 막 말을 몰아서 길을 따라 달리려고 할 때 등 뒤에서 작게 수군거리는 소리가 들려왔다. '헤유…', '이렇게 죽는구나', '이게 다 너 때문이야'. 귀를 기울이니 이런 소리가 바람을 타고 들려왔다. 뭔 소리인가 해서 뒤를 돌아보니 아까 전에 나보고 첩이라는 발칙한 소리를 했던 꼬맹이 녀석이 어른들에게 꿀밤을 연신 얻어맞고 있었고, 모두들 바구니를 물끄러미 바라보면서 가끔씩 한숨을 내쉬고 있다. 거기다 에린과 닐크마저도 바구니를 노려보며 농부들과 같이 주저앉아 있다. 뭐야… 기껏 남이 호의를 가지고 먹을 걸 줬더니만… 식으면 맛없을 텐데 빨리 먹지. 흠… 뭐, 남 먹는 걸 빤히 쳐다보고 있는 것도 예의가 아니니 잠깐 말이나 몰아볼까?

"이럇!"

난 박차로 말 배를 차면서 소리쳤다. 내 발길질에 놀란 말이 히히힝… 거리면서 앞발을 높이 들었다가 전력으로 달리기 시작했고 두두두… 하는 소리와 함께 주변의 사물이 빠르게 내 뒤로 지나갔다. 바람이… 시원하구나.

말을 타고 주변을 잠깐 돈다는 게 귓가로 스치고 지나가는 속도에 마음이 빼앗겨서 랭스턴 영지 주변을 한 바퀴 삥 돌고 와버렸다. 그것도 아까 농부들이랑 점심을 먹었던 곳을 지나쳐 버렸다. 문득 정신을 차리고 고개를 들어보니 저택의 정문이 보인다. 어느새… 에에이. 이왕 여기까지 와버린 거 그냥 저택에 들어가서 푸욱 쉬자. 뒷일은 닐크에게 맡겨뒀으니까 알아서 잘하고 오겠지 뭐. 난 그렇게 생각하면서 말을 몰았다. 영지에 달랑 열여섯 명밖에 안 되는 경비병 중 한 명이 날 보고는 급히 인사하면서 문을 열었다.

저택 안으로 들어선 나는 말에서 내린 뒤 지나가는 하인에게 말고삐를 쥐어주고는 마구간에 가져다 놓으라고 시켰다. 마구간이라고 해봐야 말이 세 마리인가밖에 없어서 대충 얼기설기 지은 천장만 있는 목조 건물이지만. 하여간 저택 안으로 들어간 나는 습관적으로 에린을 부르다가 그 녀석을 농지에 버리고 온 것을 깨닫고는 작게 혀를 찼다. 이래서야 원……. 그나저나 에린 녀석이 없으면 누가 내 식사 시중, 목욕 시중, 잠자리 시중을 들어주지? 가서 데려오라고 시킬까? 에이, 귀잖아. 하루쯤 안 씻는다고 뭐 어떻게 되는 것도 아니고 말이야. 그냥 들어가서 잠이나 자자.

대충 씻고 하녀들이 가져온 저녁 식사를 먹어치운 내가 소파에 늘어져서 차를 마시고 있는데 갑자기 아르케네스가 문을 열고 들어왔다. 힐끔 돌아보니 평소와 마찬가지로 무표정한 아르케네스는 내 옆으로 뚜벅뚜벅 걸어와서는 어깨에 지고 있던 밧줄 무더기(?)를 내 맞은편 소파에 내려놓았다. 그런데 다시 보니 붉은 머리의 카렌이 목 아래부터 발끝까지 밧줄로 친친 감겨 있는 게 아닌가. 누구 작품인지는 물어보나마나겠지?

"뭐야, 이건?"

"스승님이 로프 트릭(Rope Trick)으로……."

"흐음……."

이 녀석 아직도 포기 안 한 건가? 의외로 끈질기다. 정말 적으로 삼으면 골치 아플 녀석이라니까. 하여간 맨날 지기만 하면서도 틈만 나면 그 노마법사를 노린다니까. 진짜로 죽일 것도 아니… 음. 카렌 성격이면 죽일지도…….

"이거 못 풀어?"

난 카렌을 둘둘 감고 있는 로프를 가리키며 말했다.

"스승님이 걸어둔 마법이라서… 그리고 절대 풀어주지 말라는 엄명을 받았습니다. 그래서……."

"그래? 그럼 이 녀석 계속 이러고 있어야 하는 거야?"

"아니요. 시간 지나면 저절로 풀려 버릴 것입니다. 아마… 내일 아침때쯤……."

"호오~ 그렇단 말이지?"

난 눈동자만 데굴데굴 굴리고 있는―아마도 Hold Person이라는 그 마법 같다―카렌에게 슬금슬금 다가가서 씨익 웃었다. 그리고 카렌의 보들보들한 양 볼을 잡고 쭈욱~ 늘렸다. 우힛, 재미있다. 두 쌍의 붉은 빛이 감도는 눈동자가 날 노려보았지만 난 가볍게 무시하고 손가락 두 개로 입술을 쭉 잡아당겨 보기도 하고 카렌 녀석의 귀를 잡고 앞뒤로 부채질해 보기도 하는 등 녀석의 얼굴을 가지고 장난을 쳤다. 아마 안면 근육을 움직일 수 있었다면 당장 인상을 팍 쓰면서 볼을 부풀리겠지만 지금 이 녀석은 눈동자밖에는 못 움직이니까 자기의 감정을 표현하지 못하겠지. 물론 난 안구어(眼球語) 따윈 들어본 적도 없으니 카렌 녀석의 눈동자가 뭘 말하는지는 전혀 모른다. 그런데 이거 나중에 보복당하는 거 아닌지 몰라.

"아르케네스! 잉크 있지?"

"예? 있긴 합니다만……."

"줘!"

"…불쌍하지 않습니까?"

전혀! 조금도! 우후훗.

난 아르케네스가 건네주는 잉크를 받아 들었다. 뭐… 말로는 불쌍한 것처럼 말하지만 결국은 나에게 협조하잖아. 자기도 보고 싶으면서 괜히 뺀다니까. 난 잉크의 마개를 열고 검지손가락 끝을 안으로 집어넣었다 뺐다. 새까만 먹물이 내 손가락 위에 듬뿍 묻은 채 위로 올라왔고 난 입꼬리를 말아 올리며 카렌에게 천천히 손을 뻗었다. 아마 저 녀석이 말을 할 수 있었다면 비명을 질렀을지도…….

에린과 닐크가 창백한 표정으로 내 방으로 들어온 건 한창 예술 작품을 그리고 있을 때였다. 이젠 완전히 관전자가 된 아르케네스는 때때로 내게 더 나은 방향으로 충고―코밑 부분이 너무 연하다든지, 눈썹은 좀 더 진하게 칠하라든지… 이 사람… 즐기고 있다―하고 있었고 카렌 녀석은 눈물을 줄줄 흘리면서 내 창작 작업을 방해했는데 난 이에 굴하지 않고 눈물 자국 옆에 계곡을 그려주었다. 인간폭포! 후후훗.

"다… 다녀왔습니다, 마마."

에린 녀석이 한 손으로 입을 가리면서 작게 말했다. 얼굴색도 창백한 게 완전히 병자처럼 보인다. 그리고 닐크 녀석도 그건 마찬가지였고…….

"어서 와. 그런데 뭔 일 있었어? 둘 다 표정이 왜 그래?"

"그게… 마마께서 그… 것들을 다 먹으라고 하셔서……."

"응? 뭐가?"

"그… 점심 식사요."

"응? 그거? 그거 농부들 준 거잖아. 그게 왜?"

영문을 모르겠네. 음식이 상하기라도 한 건가?

"그게… 양이 너무 많아서… 그래서……."

"많으면 남기면 되잖아."

바보냐? 그런 것까지 내가 일일이 지시해 줘야 하나? 응? 하여간… 그렇다는 건 너무 많이 먹어서 탈이 났다는 건가? 진짜 바보들이다. 이런 내 생각이 얼굴에 드러났는지 역시 창백한 얼굴인 닐크 녀석이 버럭 소리를 질렀다.

"마마께서 남기지 말고 다 먹으라고 말하지 않으셨습니까? 거기다 잠깐 다녀오신다는 분이 우리를 지나쳐 저택으로 가버리셨고……."

"그거야 날씨가 좋아서 말을 몰다 보니까 그런 거고. 먹다가 배부르면 남기면 그만이잖아. 미련하게 누가 그걸 다 먹으라고 했어?"

"하… 하지만……."

"뭐가 하지만이야. 남으면 가져가서 저녁때 먹으면 되는 거지. 내 말뜻은 먹을 거 버리지 말라는 거였다고! 하여간 미련하기가 곰 같다니까."

내 말 덕분에 졸지에 큰 곰이 되어버린 닐크는 '하지만… 상황이…' 어쩌구 했지만 안 들린다. 그리고 작은 곰 역시도 억울하다는 표정이 역력했지만 그저 고개만 푹 숙일 뿐이었다.

"그보다 둘 다 저녁 안 먹었지? 오늘 저녁은 진하게 끓인 닭고기 스튜던데 하너 불러서 가져다 달라고 할까?"

"…우욱!"

작은 곰 화장실로 뛰어가다. 그리고 큰 곰 녀석도 방을 질주하여 화장실로 뛰어간 에린만큼이나 창백한 표정으로 연신 고개를 저었다. 훙. 싫으면 말라고. 내가 배고픈가 뭐. 난 이들에게서 관심을 끊고는 다시 작업을 재개했다. 잠시 후 닐크 역시 내 작품을 보면서 조언을 했고 화장실에서 돌아온 에린 녀석도 역시 동참했다. 흠, 카렌이 말하는 저 안구어(眼球語)는 해석할 수 있을 것 같다. '에린 언니마저…' 일걸? 아마… 그 뜻일 게 분명하다.

잉크 한 통을 다 썼을 때쯤 카렌 녀석의 몸을 구속하고 있던 마비 증세가 풀렸다. 그래도 아직 로프는 단단히 감겨 있어서 발광을 하면서 뛰어다니지는 못했지만 녀석은 잉크가 묻어 있는 내 손을 꽉 깨물고는 몸을 날려서 소파에서 뛰어내린 뒤 애벌레처럼 바둥대며 기어다니기 시작했다. 아파라…….

"후우……."

난 녀석에게 물린 손가락을 쪽쪽 빨면서 문 쪽으로 열심히 기어가는 카렌 녀석에게 걸어간 뒤 녀석의 등 부분을 발로 밟았다. 너무 세게 밟으면 죽거나 다칠지도 몰라서 조심스럽게 밟았는데도 '끼엑~' 하는 비명을 지른다. 누가 죽이기라도 하나… 쯧.

"미워! 미워! 모두 미워! 에린 언니도 미워! 닐크도 미워! 아르케네스는 더 미워! 아넬리안이 가장 미워! 미워!"

"이것이 감히 이 몸의 이름을 함부로 부르다니! 너 엉덩이에서 불나도록 맞아볼래?"

"…키히잉… 미워어어."

내가 패준다고 했더니 카렌 녀석은 온몸으로 바둥거리면서 내 발에서 도망치려고 바둥거렸지만 공허한 발버둥일 뿐이었다. 훗. 난 허리를 숙여 카렌의 발을 묶고 있는 로프를 잡은 채 가볍게 들어 올렸고 카렌 녀석은 거꾸로 들려진 채 몸을 흔들어댔다. 난 인상을 쓰면서 바둥거리는 카렌 녀석을 든 채로 아르케네스를 보면서 물었다.

"이 영지에 천 염색할 때 쓰는 염색약 있을까?"

"…어떤……?"

"음, 없으려나? 하긴 이런 촌동네에 뭐가 있겠어. 대도시나 가야 있을 테지."

아쉽군, 카렌 녀석의 얼굴을 총천연색으로 치장해 줄 수 있었는데 말이야. 물론 본인은 싫어하는 것 같지만……. 난 녀석을 든 채로 벽 쪽으로 뚜벅뚜벅 걸어가서는 벽에 걸려 있는 장식용 롱 소드와 카이트 실드를 바닥에 던져 버린 뒤 카렌을 벽에 걸어주었다. 역시 예술 작품은 벽에 걸어야 하는 법!

"내려줘! 내려줘! 내려줘!"

"싫어."

"우에에에엥… 에린 언니이이……!"

카렌 녀석이 울면서 발버둥을 친다. 저런… 저러다가 내가 손수 만든 예술 작품에 손상이 가겠는걸? 그래서야 쓰나. 난 주춤거리며 내 눈치를 보고 있는 에린 등에게 물러서라고 시킨 뒤 바닥에 떨어져 있는 롱 소드 두 개를 들고 카렌의 눈 높이에 맞춰서 몸을 숙였다. 그리고 롱 소드 하나를 들어서 카렌의 머리 옆에 찔러 넣었다.

콰직… 콰드득.

손바닥이 좀 얼얼하군. 하지만 그래도 뭉툭한 롱 소드는 내 힘에 의해서 카렌 녀석의 얼굴 바로 앞에 박혔고 난 녀석의 새파래진—그러나 별로 표는 안 났다. 얼굴의 대부분이 검은색이라…—얼굴을 감상하면서 반대쪽에도 하나 남은 롱 소드를 박아주었다.

투둑…….

돌가루가 바닥에 우수수 떨어지고 작은 조각들이 튀어나왔지만 가볍게 무시.

"훗."

손을 탁탁 턴 나는 가볍게 웃으며 에린과 닐크 등을 바라보며 말해주었다.

"내 작품에 손대면 대신 저기 걸릴 줄 알아. 알았지? 그럼 난 자러 간다."

마치 괴물 보듯 나를 바라보는 이들을 가볍게 무시한 난 내 침실로 향했다. 여자 맘도 모르는 로이드 녀석을 저기에 걸어놓… 무슨 생각을 하는 거냐. 난 화풀이하려고 카렌 녀석을 벽에 걸어놓은 게 아니라고! 이건 엄연히 창작 활동이야! 암! 그렇고말고!

푹 자고 일어났더니 몸이 날아갈 듯 가뿐하다. 끄응… 난 길게 기지개를 켜며 몸을 일으켰다.

똑똑.

"마마, 들어가도 되겠습니까?"

"응. 들어와."

난 잠옷을 벗어 던지면서 말했다. 이윽고 에린이 물병과 방 안의 꽃병에 꽂아놓을 화초를 들고 들어왔다. 내가 옷을 갈아입는 사이 창문을 열고 창밖으로 시든 꽃과 물을 버린 에린은 가져온 꽃을 꽃병에 넣은 뒤 물을 부어주었다. 흠… 향이 괜찮네. 오늘은 백합인가 보군. 난 에린이 탁자 위에 올려놓은 물병을 들고 한껏 들이켰다. 푸아~ 시원하구나. 속이 싸해지는 느낌이 아주 좋다.

"마마, 아침 식사를 방으로…… 풋."

응? 뭐… 뭐냐? 저 녀석이 갑자기 미치기라도 한 건가? 에린 녀석이 갑자기 입을 손으로 가리고 고개를 푹 숙였다. 거기다 어깨가 작게 떨리는 것으로 봐서는 웃음을 참느라 안간힘을 쓰는 것 같았다. 불길한 예감…….

운동할 때 입는 셔츠와 바지를 재빨리 입은 난 아예 바닥에 주저앉아서 어깨를 떨고 있는 에린 녀석의 등을 발로 밀어버린 뒤 거실로 나와보았다. 역시 어제 카렌을 걸어놓았던 곳에는 아무것도 없었다.

"에린! 에린! 에리이이인!!"

"네! 마마! 지금 갑니다아!"

"당장 거울 가져와! 당장!"

난 방에서 뛰어나오는 에린에게 소리쳤고 녀석은 분노로 떨고 있는 날 보고는 급히 손거울을 찾아 뛰어갔다. 불안해… 불안해… 내가 초조하게 손톱을 깨물고 있을 때 갑자기 방문이 벌컥 열리면서 닐크와 아르케네스가 안으로 들어왔다.

"정말 카렌이 여기로 오라고 했단 말이야?"

"그래."

"갑자기 웬일이지? 어? 마마, 좋은 아… 쿡."

대화를 나누며 안으로 들어오던 둘 중 닐크가 내게 인사를 하다가 갑자기 돌아서서 쿡쿡대며 웃기 시작했다. 예감 적중.

"마마! 거울 가져왔습니다."

늦어!!

볼기를 백 대쯤 때려도 시원치 않을 망할 꼬맹이 녀석은 간밤에 내 방에 침입했던 게 분명하다. 거울을 들여다본 난… 나도 모르게 웃어버릴 뻔했다. 거울에 비친 여인의 얼굴은 그야말로 낙서판! 예쁘게 생긴 얼굴 망가지는 건 실로 한순간이구나……

"카레에에에엔!!"

분노에 미친 난 비명과도 같은 외침을 길게 내뱉었다. 그러다가 머리 속에서 뭔가가 툭 하고 끊기는 듯한 느낌을 받고… 정신을 잃어버렸다.

햇살이 감은 눈을 찌른다. 난 슬며시 눈을 떠보았다. 창문을 통해 들어오는 빛이 너무 눈부시다. 손을 들어서 눈가를 가리고 나서 조금 지나자 흐릿하던 사물이 조금씩 뚜렷하게 보이기 시작했다. 아아… 잠이 들었던 건가? 응? 여긴 내 침대 위가 아니잖아? 이게 어떻게 된 거지?

"으음……."

"마마! 정신이 드세요? 네? 마마!"

내가 작게 신음성을 터뜨리며 살짝 고개를 들자 저쪽 테이블에 앉아 있던 에린 녀석이 잽싸게 뛰어와서는 내 손을 잡고 따따따 말을 했다. 난 그런 에린 녀석을 손으로 쓰윽 밀어낸 뒤 몸을 일으켰다. 약한 두통이 일지만 그럭저럭 참을 만했는데… 뭔가 빠진 듯한 느낌이…….

"에린."

"네? 마마."

"지금 몇 시쯤 된 거지?"

"열 시쯤 되었습니다, 마마."

"으응. 오늘은 늦잠 잤나 보네. 닐크가 화내지 않을까?"

"저… 닐크님이라면 아까 돌아가셨는데요."

"응? 언제 왔었어?"

"…저기, 마마, 기억 안 나세요?"

왜 갑자기 에린 녀석이 걱정스러운 표정을 짓는 거지? 기억? 무슨 기억? 응? 어라? 그러고 보니 나 아까 일어나지 않았던가? 고개를 숙여 내 몸을 바라보았다. 운동 때 입는 셔츠와 바지를 입고 있는걸? 그렇다는 건… 아까의 일들이 모두 현실? 고귀하고 우아하며 아름다운 이 몸의 얼굴에 카렌 녀석이 낙서를 한 짓거리도 사실이며 그런 흉측한 몰골을 닐크와 아르케네스에게 보인 것도… 모두 현실이라는 것이야? 아… 아아… 아아아…….

"카레에에에에엔!!"

끄아악! 분노가 활활 타오르는 장작처럼 몸속에서 끓어올랐다. 우웃. 또 정신이 희미해지는… 안 돼! 이럴 때일수록 정신을 똑바로 차려야 해!
"크으으으으!!"
그 빌어먹을 꼬맹이! 잡히기만 해봐라아아아!!

복수는 복수를 낳는다는 말이 있다. 내가 누군가에게 상해를 입히면 그 상대방은 내게 악의를 품게 되고 그 악의를 '정당한' 복수라는 이름으로 내게 보복해 온다. 물론 이 점에 대해서는 나도 인정한다. 하지만 그렇다고 그냥 넘어갈 수야 없는 법이지 않은가! 후후후. 내가 복수를 당하면 다시 복수해 버리면 그만! 음핫핫! 발칙한 꼬맹이 녀석! 어디 잡히기만 해봐라!
"에린! 준비하고 있어?"
"네에… 마마. 그런데… 정말 하실 건가요?"
"물론! 그걸 말이라고 해?"
"…카렌이 불쌍해."
뭐라고 하는 거야? 저 녀석! 그 발칙한 꼬맹이와 한통속이 되고 싶다는 말이냐? 그렇다면 너도 같이 처형해 주마! 속으로 그렇게 다짐하면서 난 저택 후원으로 나갔다. 그곳에서는 한창 내 명령을 받은 하인들이 창고에서 겨울 동안 쓸 땔감들을 한 아름씩 들고 나와서 꽤 넓은 공터에 쌓고 있었다. 그리고 그 옆에서는 마을에서 불러온 미장이들이 찰흙으로 둥근 반원형 가마를 쌓고 있었고 그 뒤로는 소 한 마리쯤은 집어넣고도 남을 만큼 커다란 원형 나무통이 목수들에 의해서 급조되고 있었다. 흠… 대충 보니 저녁때쯤이면 다 끝나겠군. 내가 그들 사이를 걸으면서 구경하고 있을 때 창백한 얼굴의 시만 집사가 내게 다가와서 말을 걸었다.

"…나오셨습니까? 마마."

"그래. 수고하네. 일은 잘 되어가지?"

"예에……."

대답이 시원치 않긴 했지만 시만 집사는 지금 아프니까 따지지 말자. 일만 잘하면 그만 아니겠어? 후후후… 어라, 그런데 하나가 빠졌잖아?

"교수대는 어디 있지?"

"그게… 저희 영지에서는 교수대를 만들어두지 않아서……."

"그래? 그럼 평소에는 어떻게 하는데?"

"…큰나무에 밧줄을 걸고 매답니다."

"흠. 그럼 이 기회에 교수대도 하나 만들라고. 사방에 널린 게 나무니까 알아서 만들라고 해. 모양은 상관없으니까 튼튼하게! 알았지?"

"예… 후우……."

큭큭큭. 빌어먹을 꼬맹이 녀석! 두고 보자! 감히 이 몸에게 기어오른 대가가 어떤 것인지 똑똑히 보여주마! 우하하하핫!

손이 남는 주민들을 모조리 끌어 모아서 작업에 투입시키고 저택의 지리를 잘 아는 하인과 하녀들을 카렌 녀석의 수색에 투입시킨 나는 아예 저택 뒤에서 이루어지고 있는 작업장에 의자를 가져다 놓고 작업이 진행되는 것을 지켜보고 있었다. 하루도 아니고 반나절 만에 대여섯 명은 들어갈 법한 흙가마니와 나무통을 만들라고 시켰는데 이들은 의외로 일을 잘해주었다. 아마 평소에도 이렇게 마을 사람들끼리 모여서 마을에서 필요한 물건이 있으면 직접 만드는 것 같다. 하긴 산간에서 사는 사람들이니 매일 땅만 파는 농부들보다는 손재주가 좋겠지. 농부들이야 필요한 물건이 있으면 밀과 바꾸면 되지만 약초나 짐승 가죽, 고기들은 우선 돈으로 바꿔야 하는 물건들이니까. 밀이야 어디서나 통용되는 대체 화폐이지만 이곳 랭스턴 영지에는 밀이 거의 자라지 않으니 저렇게 필요한 게 있으면 직접 만들던지 먼 도시까지 나가서 사 와야겠지.

"차를 내올까요, 마마?"

"응, 그래."

이들이 일하고 있는 모습을 지켜보고 있으니까 많이 진정된 것 같았다. 나는 에린이 가져온 홍차를 마시면서 고함을 지르고 나무망치로 못을 박고 서로 머리를 맞대며 의견을 나누는 시끄러운 작업장을 바라보며 미소를 지었다.

탕탕탕!

나무망치가 길쭉한 쇠못을 박아 넣을 때마다 나무진이 흐르는 통나무가 서로 이어져서 세워졌고 하녀들이 치마를 걷어 올리고 맨발로 고운 흙에 물을 부어가면서 밟아줄 때마다 벽돌이 될 진흙덩어리들이 생겨났다. 갓 구워낸 벽돌들이 식을 틈도 없이 두꺼운 천 장갑을 낀 하인들에 의해서 가마의 벽으로 만들어졌고 미장이들이 급조해 낸 벽돌을 쌓고 고운 흙으로 갠 회를 바르자 얼추 흙가마의 모습이 드러났다.

거기다 저택에 쌓인 목재로 나무통을 만드는 목수들은 또 어떤가. 랭스턴 영지에 단 한 명뿐인 대장장이가 내 명령에 따라 만들어온 긴 쇠테가 그들의 손에 들려올 때마다 앙상하던 나무통이 수십 명을 먹일 만큼 커다란 물통으로 변모하고 있었다. 그 나무통 아래에는 시꺼멓고 끈적끈적한 타르를 한 통 가득 담은 아이들이 말갈기로 만든 붓으로 열심히 나무통에 칠하고 있었다. 좋아좋아. 이 얼마나 아름다운 광경이냐. 훗. 단 한 사람을 위해서 이 많은 이들이 피땀 흘리며 노력하는 이 모습! 내 꼭 마음속에 담아두었다가 예술 작품으로 승화시키리라! 기필코! 두고 보자, 카렌!!

그 뒤로 네 시간 뒤. 당연하다면 당연하겠지만 내가 카렌을 찾으라고 시킨 하인과 하녀들은 빈손으로 돌아왔다. 별로 기대는 안 했지만 조금 실망스럽기는 하군. 벌써 하루가 거의 다 가버려서 한두 시간 뒤면 석양이 질 텐데… 하지만 아직 닐크와 아르케네스가 있으니까 걱정 없이…

"다녀왔습니다, 마마."

"응? 벌써 온 거야?"

"예. 뭐……."

내 말에 닐크가 손으로 볼을 긁적이면서 대답한다. 뭐… 뭐야! 설마…

"못 잡아온 거야? 설마 빈손으로 돌아온 건 아니겠지? 응?"

"그게… 오늘은 카렌 양이 스승님께 안 왔다고 하던데요? 덕분에 빈손입니다만……."

"그럴 리가 없어! 그 녀석… 그 녀석이 먹잇감(?)을 포기했다는 거야?"

"아마도… 오늘 하루만 쉬나 보죠."

"크으… 이 망할 꼬맹이 녀석! 왜 하필이면 오늘이야! 왜?! 평소처럼 그 노인네에게 겁없이 덤볐다가 둘둘 말린 애벌레가 되어서 아르케네스의 어깨에 들려오는 게 평소 패턴이잖아!"

으아! 짜증나! 왜 하필이면 오늘인데! 내가 그 녀석을 위해서 얼마나 열심히 준비했는데 말짱 허사가 되어버렸잖아! 대실망!!

왠지 기운이 쭉 빠져 버렸다. 아직도 저택 뒤에서 땀 흘려가면서 일하고 있는 목수와 미장이, 그리고 하인, 하녀들에게 조의를… 아니지! 꼭 오늘만 날인가? 내일 해도 되잖아! 훗. 아냐… 카렌 고녀석이 얼마나 눈치가 빠른데… 아마 모르긴 몰라도 내일부터는 머리카락 하나 못 볼지도… 그래도 설마 제까짓 게 내가 무슨 생각을 하는지 알 수가 있으려고? 그래도… 아아아!! 몰라몰라! 짜증나!

"에잇! 에린! 차 내와! 당장!"

"네… 네! 마마!"

내가 소리치자 내 뒤에서 눈치만 살피고 있던 에린 녀석이 눈부신 속도로 내 시야에서 사라졌다. 저 녀석의 위기 감지 능력도 나날이 늘어나는 것 같군. 또 눈치없이 굴면 카렌 녀석 대신으로 써먹으려고 했는데 말이야. 난 소파에 축 늘어져서 멍하니 창밖을 내다보았다. 오늘 하루… 난 뭘 한 걸까? 그런 비참한 몰골로 늘어져 있는데 등 뒤에서 문이 열리는 소리가 났다. 에린 녀석인가 해서 뒤를 돌아봤더니 그동안 얼굴 보기도 힘들던 크렌 녀석이 뚱한 표정으로 방 안으로 들어와서는 내게 다가왔다.

"뭐야?"

"…방금 전 저택으로 돌아오는데 영지 밖에서 온 전령이 편지를 전해주더군요."

"……."

그 말을 끝으로 크렌 녀석은 내 손에 들고 있던 편지를 넘겨주더니 뒤도 안 돌아보고 밖으로 나가 버렸다. 저 녀석, 내가 몇 번 괴롭혀 줬다고 이를 바득바득 갈면서 달랑 검 한 자루만 차고 산으로 올라갔다던데… 뭐라더라… 자기가 좌천된 건 여자한테 얻어터질 정도로 실력이 없어서라나? 그래서 그동안 나태해진 정신을 버리고 새로운 마음가짐으로 검술을 익혀서 댄 녀석의 눈에 들겠다나 뭐라나. 하여간 부하라고 있는 것들이 죄다 내 속을 긁는 녀석들뿐이다. 에이… 그런데 편지는 또 뭐람? 이 동네에 편지가 올 게 있나? 밀랍 봉인을 보니 왕실 문장이군. 그렇다는 건…….

"또 로이드 전하인 건가."

난 건조한 목소리로 중얼거리면서 편지를 뜯었다. 안에는 역시 달랑 한 장의 종이뿐이었고 그 한 장뿐인 종이는 이전과 마찬가지로 흰 백지 위에 달랑 단어 두 개가 쓰여져 있었다.

빨리 돌아와.

―로이드.

흥이네요. 정말 누가 무뚝뚝함의 대명사 아니랄까 봐 편지를 써도 꼭 이렇게 멋대가리없게 쓰냐. 남자라면 직접 찾아와서 날 설득해 보란 말이다. 바보!

난 편지를 구깃구깃 구겨서 등 뒤로 던져 버렸다… 가 다시 주워 들어서 촛불 위에 대었다. 화르륵… 불타오르기 시작한 종잇조각을 텅 빈 벽난로에 집어넣고 다 타 들어가길 기다린 나는 불쏘시개를 들어서 재가 된 편지를 흩어버렸다. 먼지가 약간 피어올랐지만 이로써 완전 범죄 성립! 난 아무것도 못 받았어. 편지 따윈 온 적도 없다고. 훗.

카렌 녀석은 저녁 시간이 지나도 나타나지 않았다. 덕분에 주민들의 노력으로 완성된 흙가마와 큰 나무통, 그리고 교수대는 상대를 찾지 못하고 쓸쓸히 저택 뒤편에 을씨년스러운 모습으로 서 있었다. 내일은 반드시…

쾅!

"마… 마마! 큰일 났습니다, 마마!"

뭐… 뭐야? 깜짝 놀랐잖아! 뒤를 돌아보니 에린 녀석이 헉헉거리며 숨을 몰아쉬고 있었다.

"뭐야? 무슨 일인데?"

"바… 밖에… 헉헉……."

밖에? 뭐? 도둑이라도 들었나? 아니면 군대라도 쳐들어온 거야? 이 조그만 산간벽지에?

"밖에 뭐?"

"사… 사람들이……."

답답하긴! 에이, 뭔 일인지 몰라도 저 답답한 에린 녀석에게 듣는 것보다는 그냥 직접 가서 눈으로 확인하는 게 낫겠다.

그렇게 생각한 나는 몸을 일으켜 아직도 숨을 몰아쉬고 있는 에린 녀석을 지나쳐 저택 밖으로 나가보았다. 밖으로 나가보니 정문 앞에 몇 개의 횃불이 흔들리고 있었고 저택을 지키는 병사들의 고함 소리와 주민들의 아우성 소리가 시끄럽게 들려왔다. 저렇게 한꺼번에 떠들어대니 뭔 소리인지 하나도 못 알아듣겠네.

정문으로 다가가니 경비병의 창대를 밀면서 아우성치는 주민들 모습이 눈에 들어왔다. 대부분 청년들이었고 몇몇은 꽤 나이 든 어른들이었는데 그들의 모습은 하나같이 얼굴이나 손등에 긴 생채기 자국이나 있었고 모두들 마치 실성한 듯 침을 튀겨가면서 뭐라고 소리 질러

대고 있었다. 하지만 열댓 명이 거의 쉬지도 않고 죽자고 떠들어대니 뭔 소리인지는 도저히 못 알아듣겠다. 그저 가끔씩 '괴물'이니 '저주'니 하는 소리를 외쳐 대는 걸로 봐서 몬스터라도 나타난 건가? 난 그렇게 생각하면서 마침 정문 근처에 서 있는 크렌에게 다가갔다.

"무슨 일이래?"

"자기들 마을에 이방인들이 찾아왔다는데… 이들 이야기로는 괴물이라고 합니다. 이야기가 워낙 허황되어서 별로 믿을 건 못 되지만요."

"그래?"

난 고개를 끄덕인 뒤 정문 앞으로 다가갔다. 내가 모습을 드러내자 문가에 몰려 있던 주민들이 더욱 열광적으로 내게 손을 뻗으며 빠르게 말을 지껄이기 시작했다. 이런 열렬한 호응에 나는 뒷열에 서 있는 경비병의 창을 빼앗아 들고는 그것을 높이 치켜들었다가 강하게 바닥을 쳤다.

콰앙! 우우웅…….

바닥에 깔린 돌을 격파하고 들어간 창대는 괴상한 소리를 내면서 떨었고 덕분에 주변은 조용해졌다.

"시끄러우니까 입 닥쳐. 뭔 사정인지는 모르지만 그렇게 제멋대로 떠들어들 대서야 뭔 소린지 알아듣지를 못하겠잖아! 거기 당신! 그래, 당신 말이야. 이리 와서 뭔 일이 벌어진 건지 말해 봐. 자세히!"

난 그들 중 한 명을 가리키며 말했다. 곧 이어 내 앞으로 나선 그 사내는 손짓 발짓을 해가면서 내게 상황을 설명했다. 이 사람의 말을 들어보니 이들은 여기서 10km쯤 떨어진 북쪽 마을에 사는 주민이었다. 오후쯤에 산을 넘어서 한 무리의 사내들이 자기들이 사는 마을로 들어오는데, 검은 로브를 머리끝부터 발끝까지 둘러싼 이 이방인들이 수상

쩍어 마을로 들어오는 걸 거부했더니 그들이 갑자기 폭도로 변해서 자기들 마을을 점거했다는 것이었다. 때는 사냥철인지라 마을을 지키는 주 전력인 사냥꾼들은 모두 산으로 들어간 뒤였기에 겨우 서너 명의 자경대 청년들이 저항해 봤지만 그들은 순식간에 제압당했고, 그 다음으로 마을 주민들을 광장으로 끌어낸 이방인들은 주민들에게 '개종 아니면 죽음'이라는 간단명료한 선택을 권한 것이다. 브리츠 놈들의 잔당인 건가? 그놈들과의 악연은 여기 와서도 끊어지지 않는구나.

난 우선 크렌에게 비상종을 쳐서 영지 내의 각 마을에 위급을 알리고 마을마다 이 소식을 알려줄 청년들을 보내라고 명령했다. 그리고 무기를 들 수 있는 사내들을 모아두라고 명령한 뒤 랭스턴 자작을 찾았다. 아무래도 군사권은 영주의 고유 권한이니 그를 이번 일에 끌어들이든지 아니면 최소한 위임이라도 받아야 할 것 같았기 때문이다.

난 급히 2층의 귀빈실로 향했다. 내가 영주의 방을 차지한 뒤 쫓겨난 랭스턴 자작이 여기서 생활했기 때문이다. 귀빈실 앞에 당도한 나는 지체없이 문을 열어젖혔다. 어둠침침한 귀빈실 안에는 예상대로 술 냄새가 진동을 하고 있었고 안으로 들어서자 침울한 표정의 시만 집사와 흐트러진 차림의 랭스턴 자작이 눈에 들어왔다.

"오오~ 이거 귀.하.신. 왕자비 마마 아니신가? 크흐흐… 이 누추한 방에는 웬일입니까, 마마?"

"……."

"영주님, 제발 정신 좀 차리십시오. 네?"

"시끄럽다, 시만. 흠. 표정을 보아하니 여기서도 나가달라는 부.탁.을 하러 오신 게요? 큭큭. 좀 더 지나면 이 영지에서도 쫓겨나겠구만."

날 보면서 한껏 비꼬는 걸 보니 아직 덜 취했나 보군. 그나마 좀 낫네. 난 혼자서 킥킥대며 웃는 영주 앞으로 걸어간 뒤 탁자에 발을 올려 놓고 술병을 입에 댄 채 마시는 랭스턴 자작의 멱살을 움켜쥐었다.

"으응?"

내가 자기 멱살을 잡자 작게 놀라는 표정을 짓던 그는 자기 몸이 내 손에 잡힌 채 아주 쉽게 들어 올려지자 당황한 듯 팔다리를 허우적거렸다. 그런 그의 몸을 앞뒤로 몇 번 가볍게 흔들어준 난 그와 눈 높이를 맞춘 뒤 낮은 목소리로 말했다.

"네 녀석의 영지에 폭도들이 나타났다. 당장 갑옷을 입고 무장을 챙겨."

"…내가 왜? 난 이름뿐인 영주라고. 권리가 필요한 건가, 잘나신 마마? 그럼 가져가. 다 가지라고!"

두 손으로 내 오른팔을 잡고 버둥대던 영주는 목에 핏줄을 세우면서 내게 소리쳤다. 이런 한심한 놈이 크레센트의 귀족이라니… 우리 로세니아의 별 볼일 없는 남작도 이놈보다는 낫겠다. 그런 생각이 드니 내 앞에서 얼굴을 붉히고 있는 이 사내놈이 더욱더 미워 보인다. 난 가볍게 손을 휘둘러 그를 뒤로 내동댕이친 뒤 콜록거리며 몸을 일으키는 랭스턴 자작을 노려보며 말했다.

"그러고도 네놈이 귀족이냐? 너 같은 겁쟁이 녀석의 밑에서 땀 흘려 일하는 영지민들이 불쌍하다. 병신 같은 네놈의 이름 아래 몇천 명의 목숨이 달려 있는지 알기나 하는 건가? 그래, 좋아. 네놈 같은 겁쟁이 녀석은 나도 사양이야. 네 녀석 소원대로 작위를 압수하고 이 나라에서 추방시켜 주지."

"크윽……."

"충고 하나 할까? 네 녀석이 매일같이 퍼마신 술이 어디서 나온 건지 그 쓸모없는 대가리로 생각해 봐라. 영주란… 아니, 귀족이란 바로 이런 때를 위해 있는 거다. 죽음의 위협을 감수하고 병사들을 통솔하여 자신의 주민들을 지키는 일이 바로 귀족이 해야 할 당연한 의무란 말이다. 이런 때를 위해 주민들이 네 녀석에게 권리와 돈을 주는 거다. 이런 게 싫다면 당장 작위 반납하고 꺼져. 지휘권은 내가 받도록 하지."

난 경멸 어린 눈초리로 그를 노려보다가 휙 하고 돌아섰다. 기분이 아주 엉망이다. 귀빈실의 문을 쾅 소리나게 닫은 나는 잔뜩 인상을 쓴 채 복도를 걸었다. 등 뒤에서 '끄아아악' 하는 소리와 함께 술병 깨지는 소리가 들려왔지만 저런 머저리를 위해 신경 써줄 시간은 단 1초도 없어!

영주에게 지휘권을 인수받고 저택 정문으로 나와보니 닐크와 아르케네스가 대충 스무 명쯤 되는 청년들과 함께 날 기다리고 있었다. 나는 그들을 데리고 지금까지는 이름만 있었던 무기고로 향했다. 무기고는 두터운 자물쇠로 채워진 작은 석조 건물이었는데 여기 열쇠를 시만 집사가 가지고 있다는 소리를 들은 난 자물쇠를 잡고 힘껏 잡아당겼다.

덜컹… 우지직…….

왜… 왜에… 철문에 붙어 있는 자물쇠는 멀쩡한데 경첩이 부서지는 건데? 난 연약한 소녀라고!!

"저… 마마……."

"다들! 어서 들어가서 무기를 꺼내와! 당장 무장하고 브리즈 놈들이 난동을 피우고 있는 마을로 이동한다! 어서!"

"옛! 마마."

내 말에 닐크가 청년들 몇을 데리고 무기고 안으로 뛰어들어 갔고 곧 이어 검과 도끼, 창 등과 함께 갑옷류와 방패를 한 아름씩 들고 밖으로 나왔다. 난 닐크가 들고 나온 갑옷들 중 체인 메일을 집어 들었다. 셔츠처럼 입을 수 있는 체인 메일을 위아래로 둘러본 나는 한 손으로 내 가슴팍을 잡고 입고 있던 드레스를 쭈욱 찢었다.

"찌이이익……."

귀에 거슬리는 소리와 함께 내가 입고 있던 원피스형 드레스는 그대로 반으로 찢어지면서 내 몸에서 떨어져 나갔다.

"마… 마마! 모두 돌아서! 눈 돌려! 마마, 저택으로 들어가셔서 갈아입으십시오!!"

"됐어. 일 분 일 초가 아까워."

그렇게 말한 난 체인 메일을 꿰입었다. 차륵차르륵 소리가 나면서 내 몸 위에 씌워진 체인 메일은 생각보다 훨씬 커서 내 허벅지 중간까지 덮었다. 속옷 위에다 체인 메일을 입으니 비록 속바지와 거들을 갑옷 속에 입고 있긴 했지만 피부에 닿는 느낌이 별로다. 뭐… 이런 착용감을 따질 시간조차 없지만 말이야.

난 호들갑을 떠는 닐크 녀석을 발로 뻥 차준 뒤에 가죽 레깅스(정강이 보호대)와 팔목 보호대를 찬 뒤 구두를 벗어 던지고는 긴 가죽 부츠를 신었다. 그때 슬그머니 사라졌었던 아르케네스가 내가 입을 바지와 셔츠를 들고 왔다. 그가 내게 바지를 넘겨준 뒤에야 약간 부끄러움이 느껴진 나는 얼굴을 살짝 붉히며—다행히 밤이라 내 얼굴색이 변한 걸 눈치챈 사람은 없는 것 같았다—잽싸게 옷가지를 받아 들어서는 그것들을 빠른 손놀림으로 입었다. 덕분에 레깅스는 다시 착용해야 했지만… 체인 메일 위에 옷을 꿰입고 가죽 벨트로 허리를 조이고 나자 헐렁하던 느낌이 많이 줄어들었다. 그래도 불편하긴 마찬가지라 꽤나 거추장스러웠다. 갑옷을 다 입고 투구를 쓴 뒤 뒤를 돌아보니 영지의 민병으로 모인 청년들도 각자 손에 맞는 무기와 갑옷을 입은 뒤 기다리고 있었다.

그리고 그때 마침 크렌이 완전 무장을 한 채 말 두 필을 끌고 우리 쪽으로 다가왔다.

"타십시오."

"……."

"왜 그러십니까?"

"아니. 아무것도."

크렌 녀석. 기사였지. 저놈이 입는 갑옷, 플레이트 메일이던가? 왠지… 난 들러리 같고 저 녀석이 튀어 보이잖아! 반짝거리는 플레이트 메일!! 멋대가리없고 칙칙한 체인 메일! 저건 내가 입어야 하는 거 아니야? 응? 내가 우선은 여기 지휘관이잖아! 에잇! 기분 또 한 번 잡친다!

난 닐크에게 마을에 남아 있다가 주변 마을에서 도착하는 자경단과 민병들을 모아서, 뒤따라오라고 시킨 뒤 비상종을 듣고 마을로 달려온 사냥꾼 열여섯 명을 부대에 포함시킨 뒤 10km쯤 떨어져 있다는 북쪽 마을로 향했다.

밤이긴 했지만 숲과 산을 타며 돌아다니는 사냥꾼들 덕분에 길을 잃거나 하지는 않았다. 혹시 모를 브리츠의 감시자나 정찰조를 피하기 위해서 횃불조차 없이 나아갔지만 하늘에는 구름 한 점 없었고 둥근 보름달인 루나가 우리들의 앞길을 비춰주고 있어서 그럭저럭 주변 사물을 확인해 가면서 빠른 걸음으로 북쪽 마을을 향해 걸어갈 수 있었다. 대충 걸어서 2시간쯤이면 도착한다고 했었는데…

"…또야?"

말 위에 타고 있던 난 나도 모르게 중얼거렸다. 내 눈앞에 나지막한 언덕이 또 나타난 것이다. 이 북쪽 마을은 랭스턴 영지 북부에 솟아 있는 산 뒤편에 자리 잡고 있어서 직선으로 산을 타 넘는 게 아니라면 이렇게 우회해야 하는데 길 같지도 않은 흙길 위에 가파른 경사의 언덕이 또다시 나타난 것이다. 그것도 말 위에 타고는 넘기도 힘들 정도의 급경사를 가진 언덕! 이래서는 도착하기 전에 내가 먼저 지치겠네.

"병사들이 많이 지쳤습니다. 여기서 잠시 쉬었다 가시겠습니까?"

스무 명의 청년들과 열댓 명의 사냥꾼들로 이루어진 랭스턴 영주군—뭐가 이리 거창한지…—의 실질적인 지휘관인 크렌 녀석이 거의 달리는 듯한 속도로 두 개의 언덕을 넘어온 덕에 지쳐 쓰러지기 직전인 민병들을 보면서 내게 물었다.

"여기서 마을까지 얼마나 걸리지?"

"좀 전에 사냥꾼들에게 들은 바로는 저 언덕만 넘으면 북부 마을의 불빛을 관측할 수 있을 것이라 합니다. 아마 여기서 30분 정도면 도착할 겁니다."

"그래? 그럼 저 언덕까지 올라간 다음에 쉬도록 하자. 그렇게 해."

"예."

내 명령이 전해지자 주변에서 죽는소리, 앓는 소리가 들려왔지만 그래도 내 주먹에 맞고 진짜 죽는 것보다는 낫다고 생각했는지 다들 알아서 일어섰다. 그렇게 우리들은 세 번째 고지를 향해서 지친 몸을 이끌고 올라갔다.

후아아아… 달밤에 체조한다는 게 이런 때를 위한 말인 걸까? 한밤중에 움직이려니 왠지 피곤하고 힘들다. 거기다 이제는 눈에 익숙해진 어둠이었지만 그래도 조금 무섭기도 하다. 어디 이런 한밤중에 이런 곳을 돌아다녀 본 경험이 있어야 말이지.

크렌의 말대로 저 멀리 붉은 빛이 눈에 들어온다. 아마도 저기가 북쪽 마을인가 보지? 후에에… 이거 까마득하게 멀어 보이잖아?! 좀 더 가까이 다가가도 될 것 같은데… 새끼손가락 손톱보다도 작아 보이는 붉은 불빛은 산바람에 흔들리며 반짝이고 있었다. 역시 좀 더 다가가 보는 게 좋겠지?

"크렌."

난 멀리 떨어진 마을의 불빛에서 눈을 돌려 등 뒤에 옹기종기 모여 있는 민병들을 바라보며 크렌을 불렀다. 그러자 막 한 늙은 사냥꾼의 도움을 받으며 갑옷을 벗고 있던 크렌 녀석이 '예' 하고 대답하더니 방금 벗은 흉갑을 바닥에 내려놓고 내게 다가왔다.

"좀 더 가까이 다가가는 게 좋지 않겠어? 여긴 너무 먼 것 같은데?"

"지금도 충분히 가깝습니다. 저 정도 거리라면 전력으로 10분만 질주하면 도달할 거리이고 혹시 있을지 모를 저쪽의 정찰조도 주의해야 하니 이 정도가 알맞을 것입니다."

"흠… 그래? 뭐… 기사인 크렌이 나보다 잘 알겠지. 그런데 왜 갑옷은 벗는 거야?"

"저쪽 전력이 얼마나 되는지 파악하기 위해 정찰을 나가려는 것입니다. 갑옷을 입고 있으면 거추장스러운데다 시끄러우니까요. 더욱이 조용한 밤이니 주변에 더 크게 들릴 것입니다."

"그래도 갑옷 입는 게 좋지 않아? 잘못해서 싸우기라도 하면 다치잖아."

"소리가 큰 갑옷을 입고 가서 적을 끌어들이느니 아예 처음부터 맨몸으로 가는 게 낫습니다. 그리고 혼자서 갈 것도 아니니 다른 병사들의 목숨도 생각해 줘야죠."

"흐응… 그래. 좋아, 그럼 나도 갈래."

"안 됩니다."

크렌 녀석이 딱 잘라서 거절했다. 뭐야… 어쨌든 여기 지휘관은 나라고!!

"왜? 왜 안 되는데? 크렌은 가도 되고 난 안 된다고? 여자라고 무시하는 거야?"

"마마께서는… 지휘관이니까요."

"뭐?"

"그러니까! 지휘관은 그냥 자리만 지키고 있으면 되는 겁니다! 괜히 전장에 나서서 사태를 불리하게 만들지 마시고 여기 계십시오. 제가 다 알아서 할 테니까요."

그런 게 어디 있어?! 난 그냥 여기서 자리나 지키고 있으란 말이야? 말도 안 돼! 그럴 거면 내가 여기 왜 왔는데? 영웅집이나 그런 책 보면 지휘관은 맨 앞에 서서 검을 높이 빼어 들고 '나를 따르라' 같은 멋들어진 말을 하면서 앞장서서 달려간다고!

"하지만 보통 지휘관은 맨 앞에 서서 검… 아니, 부대를 지휘하잖아."

"그건 말 그대로 지휘일 뿐입니다. 괜히 같잖은 영웅 소설 같은 생각을 하셨다면 당장 저택으로 돌아가십시오."

"너무하잖아! 그런 말!"

"후우… 과거부터 현재까지 수많은 전쟁 중 지휘관이 전사하여 다 이긴 전투를 패배한 전쟁은 셀 수도 없이 많습니다. 지휘관은 병사들의 정신적 지주가 되어주고 전황을 살펴서 필요한 곳에 병사를 보내주면 그만인 것입니다. 이게 현실입니다, 마마. 그러니 제 말을 들으십시오."

듣고 보니 크렌의 말이 맞는 것 같다. 하지만 그러면 내가 여기 있을 이유가 없잖아. 나보다 훨씬 경험 많고 군에 대해서 많이 아는 크렌 녀석만 여기로 보내도 그만인 거잖아. 에이, 몰라! 내가 가겠다는데 누가 뭐라고 하겠어?

"그래도 갈 거야. 준비해."

"……."

"걱정 말라고. 나도 내 한 몸 정도는 지킬 줄 아니까. 그리고… 카렌! 카렌! 이리 나와! 어서!"

내가 소리치자 크렌이 놀라서 주변을 두리번거렸다. 하지만 카렌 녀석은 내게 지은 죄를 아는지 나오지 않았다. 그래도 그 녀석, 아마 이 근처 어딘가에 있을 거야. 그건 확신할 수 있다. 왜냐하면 카렌 녀석은 바로 내 부하니까!

"쳇. 안 나오네. 그래도 상관없어. 크렌 경, 날 지켜주는 건 그대뿐이 아니니까 걱정하지 말고 정찰이나 가자고."

"…알겠습니다."

이번엔 순순히 허락했다. 아마 더 우겨봐도 내 고집을 꺾을 수 없다는 걸 알아챈 것이리라. 나도 고집하면 누구도 못 말릴 정도니까 말이야. 훗.

크렌과 마찬가지로 나 역시 체인 메일을 벗었다.

차라락.

발 밑으로 떨어지는 체인 메일을 내던져 버린 난 크렌이 타고 온 말 안장에 걸려 있는 짐더미 속에서 여벌로 가지고 다니는 셔츠와 바지를 꺼내서 덧입었다. 체인 메일과 그 위에 껴입었던 두터운 면옷을 벗어 던지니 추웠거든. 허리에 검집을 꽂는 벨트까지 찼지만 롱 소드는 크렌이 놓고 가라고 권해서 그냥 두었다. 쓸데없이 검을 뽑았다가 적에게 들킬지도 모르니 그냥 가라나? 나도 싸울 수 있단 말이야! 홍! 하지만 뭐… 나보다는 저 녀석이 더 잘 알 테고 억지로 따라가는 건데 짐이 될 수는 없기에 난 순순히 크렌이 말하는 대로 허리에 차고 왔던 롱 소드를 갑옷 위에 올려놓았다. 그 덕에 내 손에는 위급 시 나무 클럽 대용으로 쓸 불 꺼진 횃불뿐이었다. 이거 가지고 뭐 하라는 건지 참⋯⋯. 난 부싯돌 따윈 안 들고 다닌다고. 쳇.

"투구는 쓰십시오."

"응?"

"마마의 금발은 이런 밝은 밤에는 멀리서도 잘 보입니다. 그러니⋯⋯."

"아아. 알았어, 알았다고."

쳇. 뭐야. 난 어린애도 아니고 짐짝이 될 생각도 없단 말이야. 어린애 취급하긴⋯ 체에엣.

막 준비를 마친 우리들은 두 명의 노련한 사냥꾼들과 함께 마을 쪽으로 내려가려 했다. 그때 갑자기 수풀 속에서 카렌이 툭 튀어나오더니 손짓했다.

"이쪽."

저 녀석⋯ 아까 부를 때는 안 나오더니만. 쳇. 그래도 저 녀석이 앞장선다면 들키지는 않겠지? 이번만은 봐주도록 하자. 이번뿐이야!

카렌은 역시 암살자 출신답게 밤눈도 밝은지 뒤로 네 명이나 이끌고도 언덕 아래 펼쳐진 작은 숲 사이를 능숙하게 뛰어내려 갔다. 꽤 경사가 가파른데도 불구하고 마치 산양처럼 통통 뛰면서 뛰어내려 가는 저 모습을 보니 역시라는 생각이 든다. 그래, 저 정도는 되니까 이 몸의 목숨을 노릴 수 있는 거겠지. 음음.

투두둑⋯ 차르르르⋯⋯.

"마마, 좀 더 조심하십시오."

"…미안."

쳇. 나뭇가지가 썩어서 미끄러진 것뿐이야! 정말이라고! 난 끈적거리는 나무 진액이 흘러나오는 나뭇가지를 옆으로 집어던진 뒤 조심스럽게 크렌의 뒤를 따라 내려갔다. 그런데 왜 다른 사람들이 걸어갈 때는 거의 소리가 안 나는데 내가 걸으면 이렇게 소음이 큰 거야? 저 남정네들의 절반밖에 안 될 정도로 가벼울 텐데… 이건 불공평해!

대략 20여 분쯤 언덕 아래 펼쳐진 숲 사이를 조심스러운 발걸음으로 지나가니 바로 10~20m쯤 앞에 마을의 모습이 눈에 들어왔다. 이제 거의 새벽이 다가오는 시간임에도 불구하고 마을 안에는 사방에 횃불이나 불붙은 기름 가마가 놓여 있어서 눈부실 정도로 밝았다. 우리들은 마을 안 광장이 바로 보이는 수풀 사이에 몸을 숨기고 마을 안을 바라보았다.

"개종이냐? 죽음이냐! 선택해라!"

"사… 살려……."

"죽음!"

"으아아아아……."

퍼걱.

무언가 부서지는 소리와 함께 검붉은 무언가가 허공으로 튀어 오른다. …뭐지? 난 눈을 가늘게 뜨면서 마을 안을 들여다보려 했다. 하지만 갑자기 옆에서 튀어나온 손이 내 눈을 가렸다.

"보지 마십시오."

"치워."

난 내 눈을 가리는 손을 밀쳐 버렸다. 그때 내 눈에 머리채를 잡힌 채 질질 끌려오는 사내의 모습이 보였다. 검은 로브를 입은 자의 손에 잡힌 채 마치 도살장에 끌려가는 소처럼 질질 끌려온 그 사내는 곧 이어 우리들 눈앞에 놓인 붉은빛이 감도는 커다란 나뭇등걸 앞에 무릎 꿇려진 채 머리가 나뭇등걸 위에 올려졌다. 그리고 그의 앞에는 검은색의 사제복을 입은 브리츠의 프리스트가 그를 내려다보고 있었고 그 옆에는 굵은 나무 클럽을 들고 있는 브리츠의 신도가 그의 목을 겨누며 클럽을 높이 치켜들었다.

"개종이냐, 죽음이냐? 선택하라!"

"하… 하… 하겠습니다! 개종합니다! 하겠습니다! 제발… 제발……."

"흠. 잘 선택했다. 끌고 가."

그 사내는 여전히 머리채를 잡힌 채 바로 옆으로 끌려갔고 거기서 기다리고 있던 다른 브리츠의 신도가 활활 타오르는 장작 속에서 붉게 달아오른 쇠꼬챙이를 꺼내 들었다.

"으으……."

여전히 머리채를 잡혀 있는 그 사내는 겁에 질린 목소리로 고개를 좌우로 저었지만 달아오른 꼬챙이를 들고 있는 그 신도는 조금의 망설임도 없이 그의 어깨에 그 쇠꼬챙이를 가져다 대었다.

"끄아아아악!! 아아악!!"

살이 타는 역겨운 내음이 바람을 타고 우리 쪽으로 날아왔다. 우욱… 토할 것 같아. 결국 난 참지 못하고 고개를 돌려 버렸다. 저런 미친놈들이랑 싸워야 한단 말이야? 으… 끔찍해!

그 뒤로 다섯 명의 사내들이 예의 그 나뭇등걸에 고개를 처박았다. 그중 두 명은 그대로 머리가 깨진 채 바닥에 널브러진 시체가 되었고 세 명은 그전의 사내처럼 짐승 낙인을 찍듯이 낙인이 찍힌 채 마을 중앙에 모여 있는 주민들 사이로 내던져졌다.

"마마."

"으응……."

"돌아가겠습니다. 조심해서 따라오십시오."

"응? 그냥 가자는 거야? 저 모습을 보고?"

"지금 우리들 머릿수로는 달려들어 봐야 상대도 안 됩니다. 우선 뒤에 남아 있는 다른 병사들을 데리고 와야 합니다."

"하지만……."

난 브리츠의 신도들에게 둘러싸인 채 울고 있는 여자들과 아이들, 그리고 낙인이 찍힌 채 바닥에 널브러져 있는 사내들을 보며 말을 흐렸다. 그런 내게 크렌은 단호한 어조로 답했다.

"저들이 불쌍하긴 하지만 감정적으로 행동해서는 안 됩니다. 언제 어느 때라도 이성적으로 행동해야 하는 게 지휘관의 의무입니다."

"……."

"자, 가십시오."

"으응……."

난 마을 중앙에서 서로서로 껴안은 채 울고 있는 사람들에게 속으로 조금만 기다려 달라고 몇 번이고 말한 뒤에 조용히 몸을 돌렸다.

우리들이 언덕 위로 돌아갔을 때 그곳에는 이미 닐크와 아르케네스가 도착해 있었다. 그리고 그들뿐만 아니고 어깨에서 하얀 김을 내뿜고 있는 완전히 탈진한 수십 명의 청년들과 사냥꾼들이 모여 있었다. 나와 크렌도 꽤 빠른 속도로 여기까지 온 건데 이들은 아예 전력으로 달려오기라도 한 것 같은 모습이었다. 하긴 만약 여기서 저 브리츠의 미치광이 놈들을 막지 못하면 다음은 자기들이 사는 마을일 테니 급하기도 했을 거다. …내가 언제부터 이렇게 냉혈한 같은 생각을 하게 된 거지?

"당장 출발해도 부족할 텐데… 이래서야……."

"최소한 1시간은 쉬어야 합니다."

"그래."

난 거칠게 숨을 몰아쉬고 있는 닐크에게 손짓해 주면서 대답했다. 아무리 전장의 상식도 모르는 여인네라 해도 저런 몰골을 하고 있는 사람들을 싸움터에 내보내는 짓거리는 하지 않는다고.

나뭇등걸에 기대어 거친 숨을 몰아쉬는 자, 차가운 흙 바닥에 대자로 뻗어서 숨을 고르는 자, 거기다 몇몇은 토악질을 하고 있다. 역시 조금 쉬어두는 게 좋겠지? 그렇게 생각한 나는 닐크를 데리고 크렌과 아르케네스, 그리고 늙은 사냥꾼 두 명이 모여서 머리를 맞대고 있는 곳으로 다가갔다.

"적은 대충 팔십에서 백 명 사이일 겁니다. 외부에 나와 있는 자들은 서른 명 정도였지만 불이 켜져 있거나 굴뚝에서 연기가 올라오는 집들이 열네 군데 정도 되었으니 많아도 백 명은 안 되겠죠."

"흠… 그들의 무장 정도는 어떻던가요?"

"검은 로브를 입고 있어서 확신할 수는 없지만 대부분 로브만 입고 있는 것 같고 또 활과 같은 무기는 거의 없는 것 같더군요. 그들 중 대부분은 허리에 나무 클럽을 차고 있는 걸로 봐서 무장도 역시 그리 대단할 게 없을 겁니다. 아, 마마. 이쪽으로 앉으십시오."

"고마워."

난 크렌이 권해주는 자리에 손수건을 깔고 주저앉았다. 이 녀석, 맨날 나를 못 잡아먹어서 안달을 부렸었는데 오랜만에 전쟁놀이를 하게 되어서인지 꽤 나를 존중해 준다. 하긴 여기 모인 사람들 중 제대로 된 군사 교육과 훈련을 받은 인물은 기사인 크렌뿐일 테니 기분이 좋은 걸지도……. 검사인 닐크나 마법사인 아르케네스가 군사 교육을 받았을 리가 없고 또 병사들을 지휘해 본 적도 없을 테니까. 맞다! 마법사!

"아르케네스, 혹시 헤쉬케린님은 못 불러?"

"그게… 저녁때 여행을 떠나신 듯합니다. 카렌 양을 찾으러 나갔다 와보니 편지 한 장 남겨놓고 떠나셨습니다. 일전에 마마께서 주신 자금으로 이번에 사용할 연구 재료를 모으신다고 하면서 대륙 남단까지 가신다더군요. 아마 이 주일 정도는 걸릴 겁니다."

에이… 뭐야. 하여간 필요할 때는 도움이 안 된다니까.

"할 수 없지. 그럼 우리들끼리 어떻게든 해봐야 할 텐데. 크렌, 승산은?"

"흠… 솔직히 이대로 직접적인 교전을 벌인다면 단순히 무장도로만 봤을 때 저희 쪽이 우세합니다만……."

"상대 측에 브리츠의 프리스트가 있고 또 광신도들이라면 오히려 밀릴 가능성도 있습니다."

"무장도 변변치 않은 미친놈들이 뭐가 그렇게 겁난다는 거야?"

"죽음의 공포를 초월한 광신도들은 일반인들에게 크나큰 공포를 주는 법이니까요."

"흐음……."

"솔직히 가장 까다로운 상대입니다. 실제 전장에서도 사기가 꺾이지 않고 돌진해 오는 적들이 가장 상대하기 힘든 법입니다."

하긴 미친놈들이 침 튀겨가면서 죽자고 달려들면 좀 무섭긴 하겠다. 그런 놈들이니 그런 잔인한 짓도 서슴지 않고 행하는 것이겠지만…….

"그리고 인질로 묶여 있는 마을 사람들도 문제이고… 또 브리츠의 암살자들 역시 위험한 놈들입니다. 그들은 주로 지휘관과 장교들만 집중적으로 암살해서 지휘 체계를 마비시키는 역할을 한다고 하더군요."

"그거라면 카렌에게 물으면 되겠네. 카렌! 이 근처에 너와 같은 암살자들 있어?"

"…두 명."

"처리할 수 있지?"

"하나는 가능하지만… 다른 한 명은 몰라. 위험해. 나보다 경험 많은 자야."

어라? 카렌 녀석이 자기 일에 자신없다는 말을 할 때도 다 있네. 카렌이 대답하자 기다렸다는 듯이 크렌이 물었다.

"카렌 양, 그자들 지금 어디 있죠?"

"하나는 우리가 왔던 숲 주변. 다른 자는 마을 반대쪽."

그렇게 말하면서 카렌이 손으로 마을 너머의 꽤 울창한 숲 속을 가리켰다. 그리고는 갑자기 풀숲 안에서 무언가를 꺼내서 우리들 앞에 툭 하고 떨궜다. 우혜엑! 사람 팔이잖아!

"뭐… 뭐야! 이건!"

"저쪽에 있는 자. 팔. 완전히 처리하려고 했는데 반대쪽에서 그자를 노리고 있어. 죽이려고 하면 저격당해. 위험해."

저 꼬맹이 녀석, 어느새 이런 일까지 벌이고 다닌 거야?! 도저히 방심을 못하겠다니까. 아마 이 팔을 잃은 녀석은 방금 전에 카렌이 처리할 수 있다는 그 암살자 같다. 대충의 위치도 카렌은 알고 있는 것 같았고. 문제는 남은 암살자인데 아마도 부상당한 동료를 미끼로 카렌 녀석을 처리하려고 한다는 말 같군. 하긴 남들에게 잔인한 놈들이 자기들끼리 관대할 리가 없지.

"그렇다면 대략적인 전술을 짜보도록 하죠."

"역시 두 무리로 나눠서 길가와 숲으로 진입하는 게 좋을 것 같습니다."

"그렇겠죠? 특히 저쪽에는 활 같은 무기를 가진 자가 별로 안 보이니 자경단 청년들을 정면으로 진격시키고 사냥꾼 무리들을 측면으로 이동시켜서 인질을 확보하는 한편 배후에서 급습하는 게 좋을 듯하군요."

"그럼 사냥꾼들을 이끄는 건 저와 아르케네스가 맡기로 하죠."

"예. 그럼 전 병사들을 이끌고 시선을 끌겠습니다. 그사이에 일을 마무리 지어주세요."

"자… 잠깐! 그럼 난 뭘 하라고?"

"…마마는 여기서 총지휘를 맡으시는 게……."

"이봐이봐. 누굴 바보로 아는 거야? 여기 있는 사람들 다 데려갈 거잖아. 이 황량한 언덕 위에 날 내버려 두고 가겠다는 거야?"

"…하지만 난전이 벌어질지도 모르고 위험합니다. 차라리 전투가 끝날 때까지 여기서 카렌 양과 기다리시는 게……."

웃기지 말라고. 그럴 거였으면 아예 여기 오지도 않았어! 거기다 닐크도 아르케네스도 크렌도 다 앞장서는데 나만 뒤로 빠져 있으라니! 말이 되는 소리를 해야지!

"나도 갈 거야. 크렌, 준비해. 그리고 카렌, 넌 그 멀쩡한 암살자 찾아봐. 가능하면 죽이도록 하고 그게 안 되면 최소한 전투에 간섭 못하게 시선이라도 돌려놔. 알았지?"

"하지만… 마마!"

"시끄럿! 내가 간다면 가는 거야! 말해 두는데 괜히 나 빼놓는다고 쓸데없이 머리 굴리면 돌아가서 머리통을 갈아줄 테야. 카렌, 어서 가봐!"

"…알았어."

난 으름장을 놔서 크렌 녀석의 입을 봉쇄해 버렸다. 내 외침을 들은 카렌은 작게 대답한 뒤 수풀 사이로 사라졌고 그렇게 작전회의는 금세 끝났다. 이제 실전만 남은 거라고.

대략 한 시간 정도 쉰 뒤 우리는 두 무리로 갈라져서 마을로 내려갔다. 닐크가 이끄는 사냥꾼들은 숲 속으로 들어가 우회하여 마을로 향했고 나와 크렌들은 길을 따라서 마을로 향했다. 가는 도중에 저들의 시선을 우리 쪽으로 돌리기 위해서 저택에서 가져온 횃불을 열댓 개쯤 켰더니 주변이 환해 보인다.

"마을 쪽이 소란스럽네."

"이제야 저희를 보았나 봅니다. 생각보다 카렌 양이 잘해준 것 같군요."

"흐응……."

카렌 녀석이 칭찬받으니까 어깨가 절로 으쓱해지는… 왜 내가 그 녀석 칭찬을 듣고 기분이 좋아지는 거지? 음…… 그냥 내 부하니까 그런 거라고 생각하지 뭐. 부하의 공로는 주인의 공 아니겠어? 훗. 그건 그렇고… 내가 듣기로 브리츠의 암살자들은 뛰어난 정찰병이고 추적자이며 잠입에 능한 스파이라고 들었는데 그런 자들이 둘이나 있으면서 아직 어린애 티도 못 벗은 카렌한테 붙들려 있다니 한심하다는 생각이 든다. 저놈들 소문만 대단하고 실제로는 별 볼일 없는 녀석들 아니야?

밤이라 그런지 거리감이 좀 떨어진 것 같다. 얼마 걸은 것 같지도 않은데 벌써 마을 입구잖아. 우리가 마을 근처까지 다가오자 마을 안에서 우글우글 모여 있던 놈들이 불 맞은 개 떼처럼 달려나왔다. 곧 이어 마을 입구에는 길게 늘어서 우리 쪽 병사들과 브리츠 쪽 광신도들이 서로 대치를 하는 형상이 되었다. 수적으로는 저쪽이 배는 많지만 무장도로 보자면 우리 쪽이 더 좋기에 함부로 달려들지는 않는 것 같았다. 그들 중 역시 검은 로브를 입고 있는 사내가 다른 이들을 제치고 앞으로 나왔다. 가슴팍에 브리츠의 신표인 역십자가 모양의 금색 자수가 수놓여져 있고 허리에 나무 클럽이 아닌 뾰족한 가시가 달린 메이스를 들고 있는 걸로 봐서 저자가 아마 브리츠의 프리스트인 듯했다. 난 크렌에게 나서라고 작게 속삭인 뒤 말에서 내려서 다른 민병들 옆에 섰다. 말을 타고 싸워본 경험이 없어서 괜히 거치적거리기만 했기 때문이다.

진짜 기사답게 생긴—그리고 보니 저 녀석은 진짜 기사지—크렌이 나서자 몇 미터 앞에 서 있는 브리츠 측 프리스트가 꽤나 당황하는 표정이었다. 하긴 그로서도 이런 시골 영지에 이만한 병사들을 데리고 다니는 진짜 기사가 나타났으니 놀랍기도 할 것이다. 뭐… 속사정을 들여다보면 겉멋만 잔뜩 든 댄 녀석의 쓸모없는 부하 녀석과 실력은 누구한테도 지지 않지만 경험이 부족한 나, 그리고 어중이떠중이들을 모아 온 민병들이지만… 겉보기엔 그럴싸하니 문제없겠지.

"그대들은 누구이기에 이 마을에서 행패를 부리는 것인가?! 산적들이냐?"

"우리는 어둠의 신이신 브리츠의 순례자들이오! 그대들이야말로 누구이기에 무기를 들고 우리들을 핍박하는 것이오?!"

홍! 순례자라니. 웃기지도 않는다. 요즘 순례자들은 피와 시체로 길을 만들어가면서 고행하나 보지?

"나는 랭스턴 영지의 기사 크렌 드 마트레인 준남작이다! 네놈들이 이 마을에서 살인과 방화, 강간 등의 범법 행위를 저질렀다는 신고를 받고 그대들을 준엄한 법의 심판대 위에 세우기 위해 왔다. 무기를 버리고 항복하라! 목숨만은 살려주마."

"흥! 이런 시골 영지에 처박혀 있어서 소식도 못 들었나 보지? 우리는 존귀한 신의 명을 받들어 간악한 비젠의 개들을 처형한 것뿐이다!"

"어찌 되었든 이곳에서 살인을 벌인 죄는 간단히 묵과할 수 없다. 우리 영… 주님의 판결을 받아라! 거부한다면 그대들은 이곳에서 모두 죽임을 당할 것이다!"

하품난다. 하품나. 저런 빌어먹을 브리츠의 미친놈들 따위야 우선 쓸어버리고 난 다음에 대화를 해도 될 텐데 말이야. 뭐… 시체는 대답을 못하니 우선 대화부터 해야 하나? 이거, 기다리자니 지루한걸. 그냥 시비나 걸까?

"신권과 왕권은 서로 간섭하지 않는다! 이것이 이 크레센트의 법이 아닌가? 이건 우리와 비젠의 개들 사이에 벌어진 분쟁이다. 그대들이야말로 우리의 일을 방해한다면 평생 신의 저주를 두려워하며 살게 될 것이다!"

그자의 말에 크렌이 주저하며 뒤로 물러섰다. 이런이런, 이래서야 원… 이래서 크레센트 놈들은 안 된다니까. 저 말도 안 되는 소리를 듣고도 순순히 물러나다니 말이야. 물러나는 크렌에게 다가가서 물었다.

"왜 그냥 돌아오는 거야?"

"하지만… 저자들의 말에도 일리가 있……."

"웃기지 마. 저런 말도 안 되는 소리를 듣고도 물러서다니 머리가 어떻게 된 거 아니야?"

"하지만… 저희 크레센트 왕국은 대대로 신권과 왕권은 서로 간섭하지 않기 때문에 저들의 말대로 저희는 멸신전쟁을 벌이고 있는 저자들을 구속할 권리가 없습니다."

 "흥. 이런 고지식하고 꽉 막힌 멍청이라니. 잘 봐둬. 협상이란 이렇게 하는 거야."

 난 크렌을 옆으로 밀쳐 버리고 앞으로 나섰다.

 바보 같은 크렌이 물러서자 기회를 얻었다는 듯이 '꺼져라', '어서 가버려'라고 야유를 부리며 소리쳐 대던 브리츠 측 광신도들이 내가 무리 전면으로 나오자 조용해졌다.

 "아직도 안 간 건가? 정녕 신의 저주를 받아봐야 정신을 차릴 놈들이로군."

 "난! 랭스턴 자작을 대신하여 이 영지를 관리하는 영주 대리다."

 "홋. 목소리를 들어보니 계집애로군. 이 영지에는 계집애를 앞에 내세우고 뒤에서 눈치만 보는 소심한 사내들뿐인가 보지? 응? 안 그런가?"

 "와하하하하!"

 브리츠의 미친놈들이 그 프리스트의 조소에 호응해서 와 하고 크게 웃어댔다. 개중에는 배를 잡고 웃어대는 놈도 있었다. 저 자식! 기억해 둘 테다! 이 몸이 이런 모욕을 당했으니 뒤에서 반응이 올 때가… 안 되었나? 왜 이렇게 조용한 거야? 슬쩍 뒤를 돌아보았다. 아직도 '기사' 처럼 말 위에 올라타 있는 크렌 놈은 한숨을 쉬고 있었고 다른 녀석들은 불안한 표정으로 크렌 녀석을 올려다보고 있다. 그래, 사내놈만 믿을 만하다 이거지? 빌어먹을. 돌아가서 두고 보자! 다 죽었어!

 "입 닥쳐! 지금 귀족을 모욕하는 건가? 그걸로도 네놈들의 지저분한 목을 모조리 나무에 걸어둘 수 있어!"

 "흐음… 그래도 강단은 있군. 계집애 같은 사내놈들보단 사내 같은 계집애가 더 나은걸? 큭큭큭."

저 자식! 진짜 맘에 안 들어! 내 손에 잡히면 전력으로 두들겨서 뱃가죽에 구멍을 뚫어주고 말겠어!

"닥치고 증거나 보여봐. 멸신전쟁을 벌이고 있다고 했지? 그 증거를 보이지 못한다면 무고한 주민들을 학살한 죄로 모두 교수형에 처하겠다!"

"증거?"

내 말에 저 빌어먹을 프리스트 놈이 큭큭큭 하고 재수없게 웃더니 뒤에다 대고 손짓했다. 그러자 놈들 중 하나가 두툼한 가죽 자루를 들고 나와서는 그것을 거꾸로 들고 쏟았다.

촤르르르르······.

자루 안에서는 비젠의 신표―십자가 중앙에 태양을 상징하는 둥근 원이 달려 있다―가 주르륵 쏟아져 나왔다. 대충 봐도 수백 개는 되겠는걸?

"이 정도면 충분한가?"

"훙! 웃기지 마! 그게 무슨 증거야? 세례를 받을 때 한 명당 한 개씩 하사하는 신표가 이 조그만 마을에서 그만큼이나 나온다고?"

"여기저기서 조금씩 모으다 보니 저 정도가 되었다네, 소녀. 아마 이 마을에 살고 있던 비젠의 개들이 목에 걸고 다니던 것도 저 중에 있을 테니 원한다면 찾아보던지. 후후후."

"저딴 건 증거가 못 돼! 좀 더 명확한 증거를 제시해!"

"억지가 심하군. 우리보고 뭘 어쩌란 말인가? 눈앞에 보이는 증거를 제시해도 못 믿겠다고 한다면 뭘로 우리의 무고를 증명하란 말인가? 응?"

"억지는 무슨 억지! 내가 증거를 보이라고 했으면 너희들은 보여주면 그만이야! 증거를 제시 못하면 네놈들은 살인자인 거고!"

"도저히 상대하지 못하겠군 그래. 돌아가라! 안 그러면 신전을 통해 정식으로 항의하겠다!"

 흥. 누가 오란다고 오고 가란다고 가는 강아지인 줄 알아? 난 돌아서는 그 프리스트 놈을 향해 욕설이라도 내뱉으려고 입을 열었다. 하지만 막 닐크에게 배운 욕설을 내뱉기도 전에 우리들 머리 위에서 피잉… 하는 소리가 들려왔고 그 소리가 석궁에서 날아가는 쿼렐이 내는 비행음임을 내가 깨닫기도 전에 마을 왼쪽 숲에서 '크아아악' 하는 비명 소리가 들려왔다. 그리고 또 잠시 뒤에 반대 편 숲에서도 '그르륵…' 하는 낮게 깔리는 신음 소리가 들려왔다. 누군지 모르지만 타이밍 한번 기막히군 그래! 좋아!

 "흐응… 이래 놓고도 발뺌을 하시겠다? 크렌!"

 "예! 전군 돌격 준비!"

 "아… 아니, 이건 뭔가 오해가… 제길! 모두 싸워라! 신의 뜻에 반하는 놈들을 지옥의 불구덩이 속으로 던져 버려!"

 "우와아아아!!"

 "와아아아!"

 양쪽이 서로 고함을 지르면서 달려든다. 중간에 끼어 있던 난 내 옆으로 크렌이 말을 몰고 지나갈 때까지 기다린 뒤 뒤따라 뛰어갔다. 내 좌우로 창을 들고 있는 민병들이 악을 쓰며 달려들었고 아주 가까운 거리인지라 서로 몇 발짝 달리기도 전에 상대와 맞붙는 광경이 눈에 들어왔다.

 부웅…….

 우와악! 내 앞에 가던 크렌 놈은 어디 가고 시꺼무리 죽죽한 로브를 뒤집어쓴 놈이 눈앞에 튀어나오는 거야?! 깜짝 놀랐잖아!

 난 몸을 옆으로 틀어 놈이 내려치는 나무 클럽을 피한 뒤 그자의 옆구리에 팔꿈치를 찍어 넣었다.

콰득…….
 "커헉……."
 뭔가 부러지는 소리와 함께 그자가 비명을 지르며 바닥에 쓰러졌다. 흥! 내게 까불면 이렇게 된다고!
 "다 덤벼!!"
 난 용감하게 외치며─하지만 내 목소리를 들은 자는 별로 없는지 덤비는 놈이 없다─난투극이 벌어지는 전장으로 뛰어들었다.
 마악 민병의 머리에 나무 클럽을 내려치려는 자의 등을 손등으로 내리찍은 나는 허리가 뒤로 꺾이며 피를 토하는 그자를 옆으로 내던져 버리고 쓰러진 청년에게 손을 내밀었다.
 "어서 일어나."
 "아예… 감사……."
 내 손을 잡고 일어서던 그 민병의 머리가 갑자기 옆으로 홱 하고 꺾이면서 그대로 축 늘어졌다. 그리고 그 뒤로 예의 미친놈이 피 묻은 나무 클럽을 들고 아직도 내 손을 잡고 있는 그 민병의 머리를 두들겼다. 몸이 부들부들 떨려왔다.
 "이… 개자식아!!"
 온몸을 날려 놈의 배를 들이박자 그자와 난 서로 뒤엉킨 채 바닥을 굴렀다. 자세를 잡고 정신을 못 차리는 놈의 배 위에 올라탄 난 양 주먹을 들어 이 빌어먹을 자식의 대가리가 아까 그 민병의 머리처럼 깨지기를 원하면서 휘둘러 댔다.
 퍽! 퍼억!
 "크어억……."
 "아파? 아프냐고! 이 미친 새끼야!"

"쿨럭… 커흑……."

비명을 지르는 놈의 면상을 열댓 번쯤 때리고 나니 핏물을 토해내던 그자가 축 늘어진다. 코뼈가 엉망으로 박살나고 피 묻은 이빨이 사방에 흩어져 있는 놈은 기이한 각도로 벌어진 턱 사이로 침과 피가 범벅된 끈적거리는 액체를 쏟으며 고개를 떨궜다. 기절한 건가? 기절했겠지. 죽을 정도로 때리진 않았으니까!

퍼억!

"아아악……!"

혹시나 내가 깔고 앉은 놈이 죽은 건 아닌가 해서 목에 손을 대보려다 어깨에 강한 통증이 몰려오자 나도 모르게 비명이 터져 나왔다. 본능적으로 몸을 숙이며 옆으로 굴리자 내 머리 위로 부웅 하는 바람 가르는 소리가 났고, 몇 바퀴를 옆으로 구른 뒤 일어선 내 눈에 두 손으로 나무 클럽을 단단히 잡고 있는 놈이 보였다. 왜 내 주변엔 병사들은 없고 이놈들뿐인 거야!

후들거리는 다리를 간신히 부여잡고 몸을 일으키자 또 다른 브리츠의 미친놈이 날 노려보며 두 손으로 나무 클럽을 단단히 붙잡고 겁을 주듯 좌우로 휘둘렀다.

"크아아아아!!"

깜짝. 노… 놀랐잖아! 갑자기 소리는 왜 지르고… 으아아아! 놈의 나무 클럽이 갑자기 몇 배나 커지면서 눈앞으로 다가온다. 난 급히 몸을 숙이면서 앞으로 굴렀고 내가 쓰고 있던 투구의 끝이 놈의 클럽에 맞아서 뒤로 날아가는 걸 바닥을 데굴데굴 구르면서 본 나는 온 힘을 다해 나무 클럽을 휘둘러 비틀거리는 그자의 정강이를 온 힘을 다해 발로 찼다.

빠직.

나뭇가지 부러지는 소리가 나면서 휘청이던 놈이 나무 클럽을 떨어뜨리며 쓰러진다. 난 누운 채로 발을 들어 발뒤꿈치로 그자의 엉덩이를 강하게 내려찍었다. 뭔가 기묘한 소리가 나면서 놈이 꿈틀거린다. 혹시나 다시 달려들지도 모르기에 난 잽싸게 일어서서 그자의 배를 강하게 발로 차준 뒤에 뒤로 물러섰다. 휴우… 저놈 피거품을 입에 물고 있는 걸로 봐서 당분간 일어나지는 못하겠지? 살았다… 아우. 아까 맞은 자리가 쑤셔온다. 거기다 축축한 걸 보니 피까지 나는 것 같은데… 이 고운 몸에 상처라니 너무해, 정말…….

미친놈들과 미친 듯이 싸우다가 정신을 차려보니 나 혼자만 저자들의 대열을 뚫고 뒤로 나와 있었다. 크렌과 민병들은 아직도 마을 입구에서 한창 격전을 벌이는 중이었고 수적으로 우세한 브리즈의 미친놈들은 그런 우리 측 병사들을 반포위식으로 둘러싼 채 싸우고 있었다. 앞으로는 내게 등을 보이고 있는 브리즈 놈들이 보였고 뒤를 돌아보니 텅 빈 마을 안과 그 마을 중앙에 밧줄로 얼기설기 묶여 있는 마을 주민들이 보였다. 어느 쪽을 먼저 가봐야 하지? 다시 저 싸움터로 들어가 한판 붙어야 하나? 아니면 주민들부터 풀어주고 대피시킬까?
"저기 있다! 저쪽이야!"
"응?"
빌어먹을 놈들. 어느새 알아챈 거야? 그냥 모르는 척하면 어디가 덧나나? 크렌 등과 싸우던 놈들 중에 대여섯이 날 발견하고 내 쪽으로 뛰어왔다. 그냥 피해 버릴까? 아니면 맞서 싸워서 크렌이 있는 데까지 뛰어갈까? 그런데 닐크 놈들은 왜 안 와?!
"마마! 엎드리세요! 빨리!"

응? 닐크? 등 뒤에서 닐크의 목소리가 들려왔다. 난 이것저것 가릴 것 없이 바로 그 자리에 바싹 엎드렸다. 그러자 곧바로 내 머리 위로 씨잉… 씨잉… 하는 화살 날아가는 소리가 들리더니 내 쪽으로 뛰어오던 여섯의 광신도 중 세 명이 비명을 지르면서 몸에 대여섯 발의 화살을 꽂은 채 바닥에 쓰러졌다. 남은 놈들 중 눈치가 빠른 녀석이 나처럼 바닥에 엎드리려 하자 다른 둘도 역시 엎드리려 했지만 맨 처음에 엎드린 녀석만 두 번째 날아간 화살을 피했을 뿐 다른 둘은 엉거주춤한 자세로 어깨와 머리에 화살을 꽂은 채 풀썩 쓰러졌다.

씨잉… 탁.

눈앞에 뾰족한 화살촉이 반쯤 흙 바닥을 파고들어 간 채 부르르 떨린다. 으으으으! 왜 저 닐크 자식만 있으면 내가 생명의 위협을 느껴야 하는데? 앞으로 저 자식에겐 절대 도와달라고 안 한다! 맹세코!

"마마, 다치신 데는 없습니까?"

"응… 괜찮아."

내 쪽으로 달려오며 엎드려 있는 남은 광신도의 등에 화살을 쏘아 보낸 닐크에게 난 이를 갈며 답했다. 조금만 뒤로 떨어졌어도 내 목덜미를 꿰뚫었을 화살대를 주워 든 나는 그것을 열댓 조각으로 잘게잘게 조각낸 뒤 뒤로 던져 버렸다. 저 자식, 언젠가 날 잡아서 죽도록 패주 겠어! 무조건! 이유없이!

사냥꾼들이 본격적으로 싸움에 참가했다. 털이 숭숭 난 짐승 가죽을 입은 가벼운 차림의 사냥꾼들은 함성을 지르면서 등을 보이고 있는 브리츠의 광신도들에게 달려들었고 서너 명이 한 명의 적에게 달려들어 확실하게 목숨을 끊어버리는 방식으로 공격을 가했다. 한두 명의 사냥꾼이 숏 소드나 단검으로 적을 교란하면 뒤에서 대기하던 활 든 사냥꾼이 10m도 안 되는 가까운 거리에서 화살을 날린다. 혹은 한 명이 적의 공격을 피하거나 흘려서 허점을 만들면 다른 사냥꾼이 그 사이로 파고들어 치명적인 공격을 하는 것이다. 닐크의 말로는 이쪽 사냥꾼들이 곰이나 멧돼지 같은 맹수를 사냥할 때 자주 쓰는 방식이란다. 뭐… 인간 사냥하는 데도 효과가 있군.

"난 더 안 싸워도 되겠는걸?"

"하하, 마마께서는 저희랑 여기 계십시오. 괜히 싸우다 상처라도 입으시면 저희가 로이드 전하께 맞아 죽습니다."

"흥. 부인이 이 고생을 하고 있는데도 코빼기조차 안 보이는 그 인간이 뭐가 무섭다고……."

거기다 이미 부상은 당했다고. 그러니 맞아 죽을 준비나 해. 하여간 싸움은 이젠 일방적인 학살에 가까운 상황이 되었다. 사냥꾼들의 가세로 뒤를 급습당한 광신도들은 일방적으로 밀리면서 한쪽으로 몰려들었고 그런 그들을 역으로 포위한 민병과 사냥꾼들은 크렌의 외침에 꽤 잘 따라주었다.

"마을 쪽으로 몰아! 숲으로 도망치지 못하게 막아! 어서!"

핏물이 뚝뚝 떨어지는 롱 소드를 휘두르며 크렌이 소리쳤다. 목소리가 커서 그런지 비명과 고함 소리가 난무하는 전장에서도 아주 잘 들리는군. 역시 장군감인가. 흥. 저런 멍청이가 뭐가 좋아서 좋게 봐준담. 이런 작은 전투에서나 써먹을 쓸모없는 무능한 녀석인걸.

싸움은 거의 소강상태에 들어섰다. 대충 한 20분쯤 싸운 것 같은데 바닥에는 부상자들과 시체로 가득하다. 겨우 서른 명 남짓 남은 브리츠의 광신도들은 뒤로는 마을 건물에 막히고 앞과 좌우로는 사냥꾼과 민병들로 구성된 병사들에게 둥그렇게 포위된 채 한구석에 몰려 있었다. 난 항복하라고 소리치는 크렌과 신의 저주가 있을 거라며 욕지거리를 내뱉는 브리츠 놈들의 다정한 대화를 한 귀로 흘려버리면서 주욱 늘어선 민병들 사이를 헤치고 앞으로 나섰다. 내가 나서자 죽지도 않고 잘도 살아 있는 아까 그 프리스트 놈이 내게 손가락질하면서 소리쳤다.

"네… 네년 때문에!! 내장을 꺼내 튀겨 먹어도 시원치 않을 년!!"

"숙녀한테 못하는 말이 없네 정말. 하긴 그러니 미친놈 소리를 듣는 거겠지만 말이야. 자, 항복할래? 아니면 죽도록 두들겨 맞고 끌려갈래?"

"미친! 네깟 계집년 따위한테 항복하라고?"

"거참, 사내놈 따위 주제에 말 많네. 아니면 머리가 한 바퀴 휙 돌아 버려서 지금 상황이 어떤지 모르는 거야?"

"크으으으……."

훗. 이럴 때 바로 승자의 미소를 짓는 법이지! 우하하하! 이겼다!

"네깟 것한테 머리를 숙일 줄 알아? 차라리 사내놈 궁둥이에 대가리를 처박고 뒈지겠다!"

저거 프리스트 맞아? 신을 믿는 프리스트 주제에 입이 왜 저렇게 더러워? 하여간 누가 칙칙한 브리츠를 믿는 놈들 아니랄까 봐… 어이, 아저씨. 그렇게 악을 쓰며 말한다고 지금 상황이 바뀌기라도 한대? 빨리 포기하고 두 손 번쩍 드는 게 좋을 것 같은데 말이야.

난 속으로 조소를 보내며—얼굴에 나타났을지도 모른다—내 머리카락을 쓸었다. 아까 전에 나무 클럽에 맞아 날아간 투구를 못 찾아서 길고 긴 금발머리가 흩날리고 있었거든. 그때 그 프리스트 놈이 앞으로 걸어나오더니 큭큭거리며 웃었다. 저게 미친 건가? 아니, 원래 미쳤었지.

음… 그럼 미친 녀석이 다시 미친 거니 정상으로 돌아오는 건가?

"자! 지켜봐라! 우둔한 네놈들이 어떻게 신의 저주를 받게 되는지를!"

그자는 기분 나쁘게 웃으며 머리에 쓰고 있던 후드를 젖혔다. 그러자 붉게 타오르는 횃불만큼이나 붉은 눈동자가 나타났다. 아니, 저 인간의 경우에는 눈동자뿐만 아니고 흰자위 전체도 붉은빛이다. 왠지 기분 나빠.

"이것이 바로 신의 권능이라는 것이다! Animated Dead!"

브리츠의 프리스트가 그렇게 외치면서 목에 걸고 있던 목걸이의 사슬을 뜯어내며 하늘 높이 들어 올렸다. 그러자 목걸이에서 검붉은 안개 같은 것이 흘러나오더니 바닥에 낮게 깔리기 시작했다. 거기다 주변에서 유령이 중얼거리는 듯한 괴상한 소리가 낮게 울려 퍼졌다. 불길해!

"크렌!"

"구… 궁수대! 사격… 어엇?"

"와아악!"

"괴… 괴물이다!"

"시체가… 시체가……."

"…말도 안 돼."

난 말도 안 된다고 중얼거렸다. 허공에 울려 퍼지는 주문이 끝나자 바닥에 쓰러져 있던 시체 중 여섯 구가 '그어어…' 하는 끔찍한 비명을 내지르면서 천천히 일어섰다. 그제야 프리스트를 노린 화살 몇 발이 날아갔지만 이미 살아난 시체들에 의해 둘러싸인 그에게는 아무런 피해도 주지 못했고 몸에 몇 발의 화살이 박혔는데도 불구하고 멀쩡한 시체 덕분에 우리 쪽 사기만 더 떨어졌다.

"좀비……."

"응? 뭐야? 저게 뭔데?"

"좀비입니다. 언데드로서 주로 사악한 마법사나 타락한 성직자가 시체를 가지고 소생시키는 몬스터입니다."

"위험해?"

"시체를 사용해서 만들어내기 때문에 느리고 움직임도 단순하지만 절대 지치지 않고 힘도 보통 사람보다 세집니다. 하지만 그런 것들보다 위협이 되는 점은… 바로 저들처럼 평범한 살아 있는 자들은 언데드를 보는 것만으로도 공포에 떤다는 점입니다."

아르케네스가 가리키는 곳을 바라보았다. 그의 말대로 민병들은 공포에 질려서 패닉 상태에 놓여 있었고 당장이라도 엉덩이를 뒤로 빼고 도망치려는 것처럼 보였다. 하긴 나도 저 좀비를 보고 있으면 역겹고 구역질이 나는걸…….

"후하하하하!! 보았느냐? 복종하라! 신에게 경배를 드려라! 안 그러면 네놈들은 죽어서도 안식을 얻지 못할 것이다!"

"시끄럿! 이 시체나 가지고 노는 변태자식!"

"건방진 계집 같으니라고! 하지만 네 뒤에 있는 겁쟁이들은 너처럼 간이 배 밖으로 나오진 않은 것 같은걸? 당장이라도 도망칠 듯한 꼴들하곤… 큭큭큭."

"제 부하를 삼 분의 이나 잃은 무능한 놈 주제에 말이 많다! 닐크! 아르케네스! 크렌! 하나씩 맡아! 그리고 남은 놈들은 나머지들이 알아서 처리해! 언데드라 해도 어차피 인간의 몸! 육신을 가지고 있으니 찌르고 베면 죽을 거다! 물러서는 놈은 내 손에 죽을 줄 알아!"

그렇게 소리친 나는 내 옆에 서 있는 병사에게서 장창을 빼앗아 들었다. 창을 거꾸로 쥔 나는 그것을 어깨 높이로 들어 올렸다.

타앙!

왼발을 강하게 구르며 온 힘을 다하여 창을 힘껏 던지자 2m에 달하는 긴 창이 화살처럼 날아갔다.

퍼억!

"그워어어어······."

내 눈앞에서 어기적거리던 좀비 중 하나가 내가 던진 창에 가슴을 꿰뚫린 채 공중에 붕 떠 뒤로 날아가더니 그대로 마을 건물 중 한곳에 꽂혔다. 왠지 꼬치구이가 생각나는걸··· 기분 나빠. 벽에 박힌 채 괴상한 소리를 지르며 버둥거리는 좀비를 보고 있자니 구역질이 다 나온다.

"저··· 저··· 네··· 네년! 오우거였냐?"

"이 빌어먹을 자식아! 이렇게 아름답고 기품있는 오우거 봤어? 너도 한번 꿰여볼래?"

누구보고 오우거라고 하는 거야! 내가 그렇게 못생겼는 줄 알아? 저놈 눈이 벌게지더니 시력이 아주 안 좋아졌나 보군!

"목걸이! 마마! 저것을 부수면 좀비들은 시체로 돌아갈 것입니다!"

"모두 죽여 버려! 죽여!"

브리츠의 프리스트가 발악을 하듯 소리쳤다. 그러자 좀비들이 우리 쪽을 향해 어기적거리며 걸어왔고 한곳에 모여서 발악을 하던 광신도들도 프리스트의 외침에 아무런 망설임도 없이 민병들과 사냥꾼들을 향해 달려들었다. 저런 미친··· 난 내게 창을 빼앗겨 숏 소드를 꺼내 든 아까 그 병사에게 달려들어서 검을 빼앗았다. 그리고 손을 머리 높이로 들어 올린 채 소리치는 프리스트의 손목을 향해 힘껏 던졌다.

윙윙······.

거센 바람 소리를 귓가에 울리며 날아간 숏 소드는 격렬하게 회전을 하였다.

퍼억! 터엉…….

어… 어어?

"크아아악! 끄아아아……."

그 프리스트가 아까 전 내가 던진 창에 꿰여 벽에 박힌 채 아직도 버둥거리고 있는 좀비의 옆에 박혔다. 이런… 난… 놈의 손목을 노리고 던진 건데… 내가 날린 숏 소드는 그자의 가슴을 반이나 갈라놓았다. 고통스러운 몸짓으로 비명을 질러대며 꿈틀거리는 브리츠의 프리스트가 내 눈에 들어왔다. 하지만 그도 잠시, 단 몇 초도 지나지 않아서 벽에 박힌 프리스트는 축 늘어졌고 그의 손에서 목걸이가 떨어지자 좀비들이 그대로 털썩 주저앉으며 다시 시체로 돌아갔다. 미친 듯이 달려들던 광신도들도 자신들의 프리스트가 허무하게 쓰러지자 그 자리에 멈춰 섰다. 그들 중 일부는 아예 병사들에게 등을 보인 채 벽에 꽂힌 브리츠의 프리스트를 향해 눈물을 흘리기도 했다. 뭐야… 이건… 내가… 죽인 건가? 응?

그들의 지도자였던 브리츠의 프리스트가 쓰러지자 광신도들은 순한 양처럼 돌변하여 순순히 밧줄에 묶였다. 난 시체들로 가득한 마을 입구에서 벗어나 나무 벽에 박힌 채 축 늘어진 프리스트를 향해 걸어갔다. 내가… 살인을… 아니, 어차피 여기 올 때부터 사람을 죽일지도 모른다는 생각을 했지만… 하지만… 막상 눈앞에 이렇게 명확하게 보이니 나도 어떻게 해야 할지 모르겠다.

"마마, 안색이 안 좋으십니다. 저택으로 돌아가시는 게……."

"기다려."

난 내게 말을 거는 닐크에게 손을 들어 제지한 뒤 벽에 박힌 채 축 늘어져 있는 그 프리스트에게 다가갔다. 그자의 몸을 따라 흘러내린 피가 놈의 발치에 뚝뚝 떨어지고 있었고 미동도 하지 않은 채 축 늘어진 놈을 보고 있자니 뭐라고 설명할 수 없는 복잡한 심정이 내 마음을 어지럽혔다.

"죽은 건가……."

"쿨럭… 커헉……."

"너!"

죽은 줄 알고 있었던 브리츠의 프리스트가 갑자기 입에서 피를 쏟으면서 거친 숨을 몰아쉬었다. 난 급히 그자에게 다가가서 가슴에 박힌 숏 소드를 뽑으려고 했다.

"이거 뽑을 테니까 참아! 누가 의사 좀 불러와! 당장!"

"쿨럭… 날 죽일 셈이냐? 지금 그걸 뽑으면 바로 즉사할 거다. 큭큭큭, 우웨엑……."

내 발 밑으로 붉은 핏덩어리들이 주르륵 쏟아졌다. 이럴 땐 어떻게 해야 하지? 응? 누가 좀 가르쳐 줘!

"쿨럭쿨럭… 킥. 꼴에 선한… 척하려고 하는 거… 냐? 웃기… 는군."

"틀려! 누가 좀……."

"동정이라면… 집어쳐. 어차피 죽… 을 테니. 그보다 네 이… 름이 뭐지?"

"아넬리안. 아넬리안 폰… 아니, 드 크레센트. 크레센트 왕국의 이 왕자비가 바로 나야."

"쿡… 쿡쿡. 꽤나 거창하신 신분… 이었군. 하긴… 그 정도는 돼야지. 암! 큭큭… 크하하하하!!"

갑자기 놈이 팔을 뻗어서 내 팔목을 움켜쥐었다. 뭐… 뭐야? 이놈은… 놈의 붉은 눈동자가 이제는 피처럼 시뻘건색으로 변했다.

"너!! 나… 나를 속인 거냐?"

"틀려. 킥킥. 아까 말했듯이 난 죽는다. 하지만 그전에 네년에게 신의 이름으로 저주를 내릴 시간은 충분하지! 크하하하! 난 여기서 죽겠지만 네년도 머지않아 나처럼 비참한 죽음을 맞이하게 될 거다!!"

"놔… 놔아!"

난 놈의 팔을 뿌리치려고 힘을 썼지만 어찌 된 일인지 힘이 들어가질 않는다. 이럴 수가… 이게 어떻게 된 거야?!

"인간은 죽음 직전에 가장 강해진다고 하지! 크하하하! 쿨럭… 시간이 없구나. 네년! 저주하겠다! 신의 이름으로 저주하겠다! 나 브리츠의 프리스트인 크론벨의 이름으로 네년 아넬……."

퍼어억!

내 팔목을 잡고 내 이름을 부르던 브리츠의 프리스트가 갑자기 고개를 옆으로 꺾으며 축 늘어졌다. 그런 그의 옆머리에는 가드 부분이 없는 단검이 거의 손잡이 부분까지 파고들어 가 있었다. 이 사이로 나도 모르게 신음 소리가 흘러나왔다.

"으……."

"저주 위험해."

옆을 돌아보니 카렌이 서 있다. 난 아직도 잡혀 있는 팔목을 쳐내듯 떨쳐 버린 뒤 뒤로 몇 걸음이나 물러섰다. 우리들 뒤에서 정리를 하고 있던 닐크가 뭐라고 소리치며 달려온다.

"응?"

"저주 위험해. 그래서 처리했어. 그리고 이거."

프리스트를 노려보던 카렌은 등 뒤에 매달아놓은 끈을 풀어서 내 앞으로 둥근 물체 두 개를 던졌다.

툭… 데구르르…….

이건… 사람 목?

"둘 다 처리했어. 힘들었지만……."

나를 빤히 올려다보는 두 개의 눈동자를 보고 있으니 속에서 구역질이 올라온다. 우웁… 더 이상은…

"마마! 괜찮으십니까?"

"나… 난 괜찮……."

내가 억지로 고개를 돌리며 괜찮다고 말할 때 옆에서 철퍽 하는 소리가 났다. 돌아보니 방금 전까지 멀쩡하게 서 있던 카렌이 피 웅덩이 속에 쓰러진 채 꼼짝도 하지 않는다.

"카렌! 닐크, 어서!"

"예! 예!"

피 웅덩이 속에서 카렌을 건져 내고 그 애의 등을 보니 옷이 길게 찢겨져 있었다. 손으로 옷자락을 잡고 길게 찢어보니 카렌의 새하얀 어깨부터 옆구리까지 긴 검상이 나 있었고 거기서 따뜻한 피가 계속 흘러나오고 있었다.

"닐크! 어서! 아무나 불러와! 어서!"

"예! 아르케네스! 이봐! 어디 있어? 여기 급하다고! 이봐!"

난 카렌을 조심스럽게 안아 들었다. 이 애도 죽는 건 아니겠지? 설마…….

닐크와 크렌에게 뒷일을 맡긴 난 아르케네스와 카렌을 데리고 급히 말을 몰아 저택으로 돌아왔다. 카렌은 피를 많이 흘려서 정신을 차리지는 못했지만 다행히 아르케네스의 적절한 조치 덕분에 목숨은 건졌다고 한다. 그래도 상태가 아주 안 좋기에 내일 도시로 사람을 보내 신성력을 사용할 수 있는 프리스트를 초빙해야 할 것 같다.

그리고 나도 몰랐는데 나무 클럽에 얻어맞은 나도 좀 더 시간이 지났으면 위험할 뻔했다고 한다. 체인 메일의 고리 중 몇 개가 부서져서 살을 파고든 것이다. 속옷을 다 적실 정도로 피가 흘렀는데 왜 나는 몰랐을까? 아르케네스의 말로는 극도로 흥분한 상태라서 자신의 몸 상태를 제대로 인식하지 못했기 때문이라고 하는데 그 말이 맞는 걸까? 난 별로 흥분하거나 하지 않은 것 같은데… 뭐… 머리 좋은 아르케네스가 한 말이니 맞겠지.

"하아아아……."

난 뜨거운 물이 가득 담긴 욕조에 몸을 담근 채 길게 한숨을 내쉬었다. 아아… 나른해지는 게… 피로가 한순간에 싸악 풀리는 것 같아. 아차. 어깨에 붙인 약초가 물에 젖지 않도록 해야지…….

눈을 감은 채 조용히 생각해 보았다. 그 크 어쩌고 했던 프리스트는 내 손에 죽었다. 마지막에 카렌이 단검을 던지기는 했지만 그자는 내가 던진 검에 맞고 죽게 된 것이다. 살인. 좋은 느낌은 아니다. 하지만 왜인지 모르겠지만 나의 첫 살인의 감상은 꼭 첫 경험 때와 비슷한 것 같았다. 일을 치르기 전까지는 정말 내가 해낼 수 있을까? 하는 걱정과 불안을 느꼈지만 막상 상황이 닥치자 몸이 먼저 반응했고 우선 처음이라는 것을 넘어서자 그 뒤로는 이전과 같이 큰 거부감이 일지 않는다. 마치 한 번 경험해서 이미 익숙해진 것처럼… 구역질이 올라온다.

"우욱… 우웨엑……."

촤아악…….

내 입에서 흘러나온 쓴물이 욕조 옆 바닥에 떨어졌다. 빌어먹을. 언제부터 내가 살인에 익숙해졌는데? 사람을 죽여놓고도 이렇게 냉정할 수 있는 건가? 내가 왜 이렇게 변한 거지? …그때겠지? 강철의 심장을 움켜쥔다고 맹세한 그날… 그래, 맞아. 그때부터였어. 후후…….

"마마, 들어가겠습니다. 어머? 마마! 괜찮으세요? 네?"

"에린이냐?"

"네! 마마. 몸이 안 좋으신가요? 의사를 부를까요?"

욕실 안으로 들어온 에린 녀석이 내가 토해놓은 걸 보고는 놀라서 조잘조잘 떠들어댄다. 아아. 괜스레 짜증이 나잖아! 한 대 콱 쥐어박을까 보다.

"됐어. 그보다 찬물이나 가져와."

난 그렇게 말하면서 몸을 일으켰다.

촤아악…….

물방울을 튀기면서 일어선 난 수건으로 몸을 두르고 밖으로 나서려 했다. 그러자 에린이 조심스럽게 뒤따라오면서 물었다.

"저어… 아직 피 냄새가 나는 것 같은데요. 물을 갈아드릴까요?"

"아니야, 됐어. 이거… 향수 한 통을 다 써도 안 없어질 것 같아. 그보다… 아니, 물 말고 술 가져와. 포도주로."

"마마, 술은 몸에 안 좋다고…….'

따악!

어디서 말대답이야!

"키힝……."

"더 맞고 가져올래? 아니면 가져온 다음에 몇 대 더 맞을래?"

"지금 당장 가져올게요. 당장 …예?"

"맞고 싶다고?"

"아니요! 전혀요!"

아프긴 아픈가 보네. 내 주먹이 그렇게 센가? 흠. 뭐… 저 녀석이 부지런히 뛰어다닐 수 있게 만들려면 역시 이 방법이 최고지. 가끔 애용해야겠다. 에린 녀석에게는 안된 일이지만 말이야.

침실로 돌아간 나는 침대에 길게 엎드렸다. 이제야 어깨가 조금씩 욱씬거린다. 이거 신경 쓰여서 잠이 올지 모르겠는걸… 거기다 몸에서는 아직도 진한 피비린내가 나는 것 같다. 피비린내라… 후훗. 옛부터 강한 힘에는 언제나 많은 희생이 뒤따랐지. 역사를 봐도 그렇고… 내가 만족할 만한 힘을 얻었을 때 난 얼마나 많은 시체를 쌓아 올릴까? 수십 미터? 아니면 수백 미터? 어쩌면 대륙인 전부를 몰살시킬지도 모르지……. 아아. 귀찮고 피곤해. 이런 음울한 생각 따윈 접어버리고 잠이나 자야겠다.

끼이이익…….

문 열리는 소리. 누구지?

"저어… 마마, 주무세요? 마마?"

에린이군. 대답하기도 귀찮다. 내가 대답을 안 하자 조심스럽게 안으로 들어온 에린은 들고 온 쟁반을 테이블 위에 조심스럽게 올려놓았다. 달그락 소리가 들리는걸. 에린, 넌 아직도 시녀 교육이 부족해. 제린이나 죠안 등을 좀 닮아보라고.

"마마? 음. 이렇게 주무시면 감기 걸릴 텐데… 시트라도 덮어드려야겠다."

작게 중얼거린 에린은 그렇게 말하면서 밖으로 나갔다. 저 녀석… 기특할 때도 다 있네. 상으로 술 가져오면 때려주기로 했던 건 잊기로 할까? 아아, 졸려.

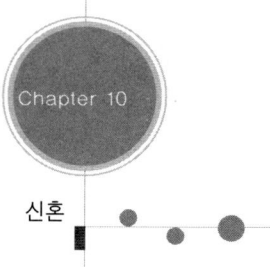

신혼

응? 가장 즐거웠던 기억? 음… 글쎄? 남부 연합의 군대를 물리쳤을 때일까? 아니면 로세니아를 정복하고 돌아가신 아버지 묘소 앞에 섰을 때일까? 케센의 주력군을 격파하고 그 나라 국왕을 붙잡았을 때도 굉장히 기분이 좋았지. 흠… 하지만… 역시 생각해 보니 그때가 가장 행복했던 것 같아. 겨우 한 달도 안 되는 짧은 기간이었지만 말이야. 그런데 이런 것도 역사서에 들어가는 거야?

─제2대 황실 서기관이자 궁중 역사학자인
후렌 경이 집필한 '황실 비사' 중.
─크레센트 제국의 국모이신 아넬리안 황후 마마와의 대담 중.
─주:…들킨 건가? 요즘 내 주변에 정보부 요원으로 보이는 이들이 가끔 눈에 띈다. 좀 더 보안을 철저히 해야 할 것 같다는 생각이 든다.

―대륙력 995년 가을. 단풍으로 물든 풍경을 자랑하는 랭스턴 자작령.

눈을 떴다. 흐릿하던 시야가 조금씩 맑아지기 시작한다. 마치 안개가 낀 것 같던 눈앞이 조금씩 시간이 지나면서 선명하게 바뀌기 시작했다. 귓가로 참새들이 지저귀는 소리가 들려온다. 아아… 아침인가. 작게 하품을 하면서 몸을 일으켰다.

"우우웅……."

등 뒤에서 작은 웅얼거림이 들려왔다. 고개를 돌려 돌아보니 검은 머리의 앳되어 보이는 얼굴을 하고 있는 소년이 엎드린 채 베개에 얼굴을 문지르면서 고개를 돌리는 게 보인다. 밤새 투덜투덜 잘도 떠들더니 오늘도 늦잠을 자는군. 하긴 나보다 일찍 일어난 적이 그동안 단 한 번도 없었으니 당연한 거겠지만 말이야. 물론 이 소년은 내 정부나 애완용 미소년 같은 건 아니다. 결혼한 지 얼마나 됐다고 내가 벌써 그런 사치스럽고 귀찮기만 한 녀석들을 곁에 두겠어?
"후훗."
 손가락으로 그의 볼을 콕콕 찌르자 귀찮은지 고개를 반대로 돌린다. 장난기가 발동한 내가 반대쪽 볼도 콕콕 찌르니까 이번엔 양팔로 베개를 껴안은 채 이불 속으로 쑥 들어간다. 정말 애가 따로 없다니까. 난 침대에서 몸을 뺀 뒤 잠옷을 벗고 아침 운동을 나갈 준비를 했다.

 아직도 한두 시간은 더 있어야 일어날 침대 속의 소년은 바로 로이드다. 남들에게는 올해로 열여섯이 된 성인식도 치른 '청년'이겠지만 내 앞에서는 어린애가 되어버리는 귀찮지만 사랑스러운 내 남편인 것이다. 그러고 보니 로이드가 여기 랭스턴 영지로 온 지도 벌써 일주일이나 지났구나.
 그 일이 있은 지 이틀이 지난 뒤 랭스턴 영지의 주민들은 생전 처음 보는 대규모 군대를 보고는 입을 다물지 못했다. 하긴 천여 명의 병사들과 번쩍이는 갑주를 갖춘 수십 명의 기사들, 그리고 그런 기사들의 호위를 받으며 영지로 들어서는 왕자들을 이런 시골의 주민들이 본 적이 있을 리가 없지. 그런 화려한 행렬을 꽁무니에 매달고 들어온 왕자들이 술과 쾌락의 신인 디온을 모시는 프리스트를 셋이나 데리고 와서―이들은 건전한 쾌락주의자이자 행복한 광대이며 위대한 성교육 강사들이다―나와 카렌을 행복하게 해주었다. 역시 신의 이름을 빌리는 프리스트의 마법은 강력하다니까. 덕분에 피를 많이 흘려 죽을 만큼 큰 중상을 입은 카렌도 많이 호전되어서 이틀 전에는 정신을 차리고 죽을 먹을 정도로 나아졌다. 내 어깨의 상처야 주문 한 번에 약간의 흉터만 남기고 사라졌지만 말이다.

디온의 프리스트들이 그들의 사상대로 나를 행복하게 해줬다면 만나자마자 내 두 손을 꼬옥 붙잡고 노골적으로 '왜 나와 결혼해 주지 않은 것이오?'라고 물은 마틴 왕세자는 나를 당혹스럽게 만들었고, 그 모습을 뒤에서 지켜보면서도 고난에 빠진 날 도와주지 않은 로이드 왕자는 나를 불행하게 만들어주었다.

이야기를 들어보니 마틴 왕세자는 이곳 랭스턴 영지에 나타난 브리츠의 광신도들 때문에 왔다고 하는데 여기에 내가 있는 건 알 만한 사람은 다 알고 있는 사실이니 저게 핑계라는 건 물어보나마나다. 그리고 로이드 왕자는 멋대로 사고 치고 역시나 멋대로 가출해서 왕족의 이름에 먹칠을 한 괴씸한 부인네를 잡으러 왔다나? 하여간 하나밖에 없는—남편이 둘이면 심히 곤란하다—남편이라는 게 이렇게 꽉 막히고 답답해서 어디 살 수가 있어야지.

그러니까… 포로로 잡은 브리츠의 광신도들을 저택 뒷켠에 급조한 지하 던전—던전이라고 거창하게 말하지만 그저 구덩이를 깊게 파고 구멍 위에 나무판자를 댄 것뿐이다. 그나마 판자에 나무 문을 달아놔서 던전이라는 명칭에 초라해지지는 않았다—에 집어넣어 놓고 괴씸하기 그지없는 카렌 녀석을 괴롭히기 위해서 만들어놓은 가마와 나무통, 그리고 교수대를 광신도들에게 써먹고 있을 때 왕자들이 나타난 것이다. 그때의 망신이란… 쯧.

물론 난 잔인한 사람은 아닌지라 흙가마 속에 장작과 사람을 집어넣고 불을 지핀다든지, 교수대 밧줄에 광신도를 목매단다든지, 물이 가득 든 나무통 속에 그들을 집어넣은 뒤 나무통에 뚜껑을 덮고 못질을 하는 잔인한 짓은 하지 않았다. 단지 가마 속에서 불타오른 장작들이 새까만 숯으로 변했을 때 뜨거운 숯들을 꺼내서 곱게 빻은 뒤 숯가루와

진흙을 섞어서 물이 가득 든 나무통에 집어넣고 잘 저은 다음 광신도 놈 중 한 녀석의 발목에 밧줄을 묶어서 거꾸로 통 속에 집어넣었다 빼기를 몇 번 한 것뿐이다.

  푸훗… 다시 생각해 봐도 진짜 웃긴다. 멀쩡하던 사람 하나가 통속에서 빠져나오면 시커먼 흑인이 되어서 어기적어기적거리면서 걸어다니는 꼴이란……. 뭐… 내가 이 일을 직접 실행했을 때 이를 구경한 주민들은 물론이고 직접 당하는 광신도들까지 김빠진 표정을 지으면서 한숨을 내쉴 때는 내가 뭘 잘못한 게 아닌가 하는 생각도 들었었지만… 재미있으면 그만 아니겠어? 훗.

  그렇게 내가 광신도 놈들을 물에 빠진 새까만 쥐로 만들고 그걸 보면서 깔깔거리며 웃고 있을 때 로이드가 떡 하고 나타난 거다. 평소였다면 이런 방심하는 모습은 절대로 보이지 않았을 테지만 솔직히 새까맣게 변한 광신도들을 보면서 카렌을 그 꼴로 만들고 있다고 상상하며 혼자서 좋아하던 난 주변을 돌아볼 겨를이 없었다. 배를 잡고 웃고 있는 내 앞으로 걸어온—그때까지도 눈치 채지 못했다—로이드 왕자는 나를 노려보면서 이를 갈았고 지은 죄가 있던 난 아무 말도 못한 채 고개를 푹 숙여야 했다. 그때 왕자들을 따라온 디온의 프리스트들이 나서지 않았다면 숨 막힐 듯한 압박감에 숨도 제대로 못 쉬었을 거야. 음음.

  우리 로세니아는 교리도, 프리스트도, 그리고 신 역시도 딱딱하고 검소하기 그지없는 비젠 신을 국교로 삼고 있기 때문에 난 디온의 프리스트를 본 적이 없다. 하지만 그래도 귓소문으로 들어는 본 적이 있었다.

  늘 행복한 낙천주의자들. 이게 그들을 지칭하는 말이었는데 그들은 말 그대로 실력있는 바람둥이요, 폭소를 금치 못하게 하는 광대이며 주도를 아는 주당들이라고 했었다. 왕자들과 함께 온 디온의 프리스트들 중 한 명이 내가 만들어놓은 예술 작품을 보고는 호기심 어린 표정으로 '호오~ 대단한 흑인인데? 이래서야 어디가 얼굴인지 알 수가 없잖아?' 라고 말하면서 감탄을 하자 다른 두 명의 프리스트가 '그럼 네 녀석도 한번 저렇게 되어봐라', '그래, 너도 저렇게 되면 어디가 얼굴인지 알 수 있을 거다' 라는 말과 함께 그 프리스트를 번쩍 들더니 나무통에 집어 처넣었다. 맙소사… 라고 생각하고 있는데 통 안에서 허우적거리면서 나온 그 프리스트는 두 손을 번쩍 들고 큰 소리로 웃으며 '아아!! 이제야 어디에 내 머리통이 달려 있는지 확실히 알겠다! 우하하핫!' 하고 말해 버려서 나와 로이드 왕자의 심각한 분위기는 물론이고 남편, 친척, 혹은 오빠, 형 등이 이번 전투로 전사하여 슬픔과 분노에 빠져 있던 주민들의 우울한 분위기까지 한 방에 날려 버렸다. 그리고는 영지 분위기가 너무 침울해 보인다며 내게 돈을 건네주며 영지 안의 술을 다 산다고 말하더군. 그중 한 명은 디온의 프리스트를 상징하는 신관복을 벗으며 '난 돈 없으니 이거 팔아서 계산할게요' 라고 말하기도 했다. 신의 수족이라 할 수 있는 프리스트가 단지 술을 사기 위해 교단에서 하사한 신관복을 팔아먹는단다. 로세니아였다면 절대 있을 수 없는 일이지만 여기는 크레센트니까… 하지만 좀 심한 거 아니야, 이거?

그래서 조금 이른 수확제가 벌어졌다. 영지 일에 관심이 없던 랭스턴 자작 덕분에 오랫동안 제대로 된 축제 한 번 벌어진 적 없는 이곳에서 참으로 오랜만에 축제가 벌어진 것이다.

저택 지하실에 쌓여 있던 포도주와 위스키, 그리고 맥주가 순식간에 동이 났고 주민들이 만들어놓은 밀주들도 몽땅 풀려 나와서 애 어른

할 것 없이 마을의 모든 주민들이 술에 취해 고함치고 춤추며 놀았고, 소문을 들은 다른 마을의 주민들까지 술과 안주거리를 들고 몰려와 완전히 난장판이 되어버렸다. 마을 중앙대로는 물론이고 저택 안마당까지 술과 노래, 그리고 춤판이 벌어졌으니까. 아마 가장 좋아했던 건 늘상 입에 술을 끼고 사는 랭스턴 자작이었을 거다. 지금은 가장 불행한 사내겠지만……. 늘상 술을 마셔대느라 시만 집사가 없는 돈 쪼개서 모아둔 술을 모조리 동내 버렸고, 영지의 자금을 모두 내가 쥐고 있으니 어딜 가서 술을 마시겠어? 거기다 주민들이 집에서 만든 밀주까지 모조리 쓸어버렸으니까 아마 내년 수확제 때까지는 술은 입에도 못 댈걸?

내가 속바지를 입고 그 위에 품이 넉넉한 셔츠와 사내들이 입는 긴 바지를 입고 일어서자 침대 속에서 눈을 감은 채 꾸물거리면서 손을 뻗어 날 찾던 로이드 왕자가 반쯤 감긴 눈으로 고개를 들어서 날 바라보았다.

"…후아암… 가는 거야?"

"네. 아침 식사 때까지 아직 시간 있으니까 좀 더 자요."

"으응……."

내 말에 고개를 끄덕인 로이드 왕자는 다시 이불 속으로 기어들어가면서 잠이 들었다. 어제 억지로 내가 아침 운동하는 걸 따라온다고 날 귀찮게 하면서 쫓아왔다가 언덕 하나도 못 넘고 헥헥대며 퍼질러진 전적 때문인지 오늘은 날 귀찮게 하지 않는다.

저렇게 말을 잘 들어주면 얼마나 좋아. 하여간 로이드 왕자는 말 잘 듣고 착한 어린이가 얼마나 귀엽고 예쁜지를 모른다니까. 그래도 오늘은 날 귀찮게 하지 않았으니까 상을 줘야겠지? 난 침대가로 다가가서 얼굴을 반쯤 내놓은 채 눈을 감고 있는 로이드 왕자의 볼에 '쪽' 소리가 나게 뽀뽀를 해주었다. 그러자 이 왕자 녀석이 갑자기 팔을 뻗더니 내 목을 휘감았다. 그리고는 갑자기 키스를 해오는 게 아닌가?

"우읍……."

우에엣… 당했다!! 이 카렌과 맞먹는 영악한 꼬맹이 녀석! 혀는 넣지 말라고! 혀는! 이봐이봐!! 디온의 프리스트 놈들이 순진한 소년 하나 버려놨어! 이 호기심 많은 꼬맹이 왕자가 디온의 프리스트들에게 성교육 강좌를 받을 때부터 알아봤어야 했는데…….

한바탕 찐하게 키스를 한 로이드 왕자 녀석은 기분 좋은지 입맛을 다시면서 다시 이불 속으로 들어간다. 기습적으로 당해(?) 버린 나는 이 개구쟁이 같은 남편을 어떻게 골려줄까 고민하다가 멀찍이 떨어져 있는 창가로 걸어갔다. 두터운 커텐을 열어젖히고 창문을 활짝 여니 새벽의 차가운 공기가 방 안으로 흘러 들어왔다. 고개를 빼꼼이 내밀고 좌우를 살펴보니 역시나 카렌이 애용하는 밧줄이 아직 창문 옆에 걸려 있었다.

"후후후……."

감히 이 몸의 허락도 없이 키스한 죄는 매우 크도다! 어디 한번 당해 보라고! 사악하게 웃은 뒤 머리끝까지 이불을 덮어쓴 로이드 왕자에게 발소리를 죽여가며 다가갔다. 그리고는 이불 끝자락을 두 손으로 잡은 뒤 힘껏 잡아당겼다. 화아악! 펄럭거리며 날아오른 이불과 어린애 같은 잠옷을 입고 잠자는 왕자. 마치 한 폭의 그림 같은 장면이지만 복수심에 불타는 내 눈에는 가련한 먹잇감으로밖에 안 보였다.

"…추워."

"으흐흐……."

난 한 손으로 이불을 쥔 채 아직도 침대에 누운 채 게슴츠레한 눈으로 이불을 달라고 손을 뻗는 로이드 왕자를 가볍게 무시해 주고는 당당한 걸음걸이로 창가로 걸어갔다. 그리고는 창밖으로 이불을 내던져 버린 뒤 반쯤 몸을 일으킨 로이드 왕자에게 혀를 내밀어 보인 뒤 창문을 뛰어넘어 밧줄을 타고 잽싸게 지면으로 내려섰다.

"아넬리아아안!!"

물론 위에서 소리치며 추위에 떨고 있을 불쌍한 남편님의 외침은 무시. 날씨 한번 참 좋구나아~

가벼운 뜀박질로 저택 후원으로 돌아온 나는 왼쪽 발이 밧줄로 엮인 채 줄줄이 저택을 나가고 있는 광신도들을 슬쩍 비켜가면서 지나쳤다. 포로로 잡힌 삼십여 명의 브리츠의 광신도 중 직위가 조금 있는 여섯은 삼 일 전에 돌아간 마틴 왕세자가 끌고 갔고 대단할 것 없는 신도들은 이렇게 랭스턴 영지에 남았다. 이들은 모두 영주의 농노가 되었는데 대부분이 농부 출신이거나 도시의 빈민들이었기에 일 하나는 잘한다고 한다. 그래도 도망치지 못하게 발에 밧줄을 묶어놓긴 했지만… 덕분에 그렇지 않아도 모자라던 농부들의 일손을 거들 수 있게 되어서 영주도 좋고 농부들도 좋고 저들도 처형당하지 않아서 좋고… 좋은 게 좋은 거지 뭐.

후원의 낮은 담벼락을 기어올라 간 뒤 반대쪽으로 뛰어내리면 듬성듬성 나 있는 조그마한 숲과 함께 높다란 언덕이 나온다. 지면에 착지한 나는 자세를 낮춘 뒤 전력으로 달리기 시작했다. 휙휙… 바로 옆으로 나무와 나뭇가지들이 빠른 속도로 스쳐 지나가고 저 멀리 있던 돌멩이나 바위들이 순식간에 내 눈앞에 나타났다. 좀 더 강하게 지면을 박차면 십여 미터쯤은 가볍게 허공을 활공하여 날아간다. 저번에 이렇게 하다가 굵은 나무와 부딪쳐서 밑둥을 부숴먹었지… 오늘은 부딪치지 말고 잘 가야겠다.

"헉… 헉……."

근 이백여 미터를 전력으로 달리고 나니 이마에서 땀이 솟아나면서 숨이 가빠왔다. 숲은 이미 저만치 뒤로 밀려나 있었고 눈앞으로 정강이까지 올라오는 풀밭이 나왔다. 여긴 동물도 안 다니는지 제대로 된 길이 없다니까. 잠시 멈춰서 숨을 고른 나는 다시 가볍게 뛰기 시작했다. 곧 이어 저 멀리 급조한 듯한 목조 건물이 나타났다.

"오신다!!"

"휘이익~"

"마마! 사랑합니다!"

"사랑해요!!"

"마마께서 오셨다! 다 나와!"

내가 그 건물로 다가가자 열렬히 나를 환영하는 청년들이 우르르 몰려나왔다. 원래 3층 건물로 사용할 목조 건물이었지만 아직 1층밖에 못 지어서 마치 폐가처럼 보이는 건물 사이로 반바지 차림이나 웃통을 벗은 사내놈들이 부스스한 몰골로 튀어나오는 것이다. 하여간 저놈들은……. 내가 그들 쪽으로 뛰어가자 안에서 자고 있던 녀석들까지 모조리 뛰어나오더니 이 열 종대로 주르륵 늘어섰다.

"잘 잤어?"

"예!! 그렇습니다아!!"

귀청이야… 대부분 20대 초반이라 그런지 아침부터 활기가 넘치는구나. 난 깊이 숨을 들이마시면서 숨을 골랐다. 그리고 뻣뻣한 자세로

서 있는 청년들에게 미소를 지어 보이면서 그들 앞을 지나 언덕 위를 향해 뛰어가려 했다. 하지만…

"오늘은 안 하십니까?"

"보여줘! 보여줘! 보여줘!"

"오늘은 싫어! 진짜 싫어! 안 돼!"

"우우우우우~ 보여줘! 보여줘!"

또냐… 에휴. 난 어색한 웃음을 입가에 머금으면서 안 된다고 말했지만 역시나 그냥 넘어갈 만큼 만만한 녀석들이 아니다. 한껏 야유를 하면서 '보여줘! 보여줘!' 를 외치는데 뭐… 별수있나. 할 수 없이 난 걸음을 멈추고 그들 쪽으로 걸어갔다. 그러자 '와아~' 하는 함성 소리와 함께 청년들이 좌우로 쫘악 갈라졌다.

"오늘은 힘들 겁니다! 마마!"

"전 1골드 걸었어요!"

"난 5골드! 마마, 파이팅!"

내가 지나가자 녀석들이 각자 한마디씩 떠들어댄다. 난 그런 청년들에게 손으로 답례를 해주면서 그들을 지나 목조 건물 앞에 섰다. 아직 문짝도 못 달아서 천으로 대충 가려놓은 문 옆에는 내 허리만큼이나 두꺼운 통나무가 바닥에 깊숙이 박혀 있었는데 통나무 중간에 침대 시트가 둘둘 말려 있다. 오늘은 통나무냐? 어제는 각목 뭉치였고 그저께는 손때가 묻은 단단한 곡괭이 자루였지? 아마.

하여간 내가 통나무 앞에 서자 등 뒤에서 '와~' 하는 함성과 함께 내 이름을 부르며 환호하는 녀석들이 난리를 쳤다. 마악 내가 심호흡을 하고 통나무 앞에 서려고 할 때 갑자기 건물 안에서 역시나 부스스한 머리를 한 채 튀어나온 사내 녀석이 버럭 소리를 질렀다.

"이! 빌어먹을 놈들! 네 녀석들 또 한 번 굴러볼래? 잠 좀 자자! 잠 좀!"

씩씩거리며 튀어나온 사내는… 이젠 별로 의외의 인물도 아닌 댄. 아니, 대니어스 드 워렌 자작이다. 난 그에게 손을 흔들며 말했다.

"안녕, 댄. 잘 잤어?"

"에휴… 또입니까? 마마, 정녕 제가 수면 부족으로 쓰러지는 꼴을 보고 싶으신 겁니까? 네?"

"나야 뭐……."

난 어깨를 으쓱거리며 손으로 뒤를 가리키며 말했다. 그러자 기다렸다는 듯 함성을 질러대고 발을 구르며 손을 휘젓는 한마디로 광란 상태의 청년들이 댄에게 야유를 퍼부으며 독재자는 물러가라고 소리쳐댔다.

"시끄러워! 이 녀석들! 두고 보자!"

난 투덜대는 댄을 무시하고 벨트 주머니에서 닐크가 만들어준 두터운 가죽 장갑을 꼈다. 괜히 맨주먹으로 쳤다가 뼈에 금이라도 가면 망신이니까 말이야.

내가 준비를 마치고 자세를 잡자 댄은 한 손으로 이마를 감싸며 길게 한숨을 내쉬었지만 나도 내 뒤의 청년들도 그런 건 조금도 개의치 않았다.

"후우……."

통나무 앞에 서서 눈을 감은 채 숨을 깊게 들이쉬고 내쉰다. 등 뒤에서 열광하던 청년들도 이때만큼은 숨소리도 안 들릴 정도로 조용해졌다. 몇 번 숨을 깊이 들이마셨다 내쉰 나는 눈을 번쩍 뜨고 정신을 집중했다. 눈앞에 침대 시트에 싸인 통나무가 보인다. 난 왼발로 강하게 지면을 차면서 앞으로 발을 내디뎠다.

"하아아압!!"

쿠우웅!

지면으로 왼발이 쑤욱 들어가는 느낌을 받으며 난 허리를 한껏 뒤로 젖혔다가 강하게 회전하면서 통나무를 향해 오른 주먹을 내뻗었다.

뻐어억! 콰지직… 터엉…….

"우… 우… 우와아아아아!!"

"멋집니다!! 최고!"

"싸랑해요! 마마!"

"그 주먹으로 절 때려주세요! 죽어도 좋습니다!"

아우… 시끄러워라. 난 오른 주먹을 폈다 접었다 하면서 만족스러운 미소를 지었다. 저만치 떨어진 바닥에는 마치 찢겨 나간 듯한 몰골의 반쪽 난 통나무가 굴러다니고 있었다. 훗. 이 정도 펀치면 갑옷 입은 상대도 가볍게 즉사시킬 수 있다고 그러던데 말이야. 역시 난 천재인가 봐. 우후후…….

"시끄러워! 자식들아! 기둥으로 쓸 통나무 뭉개먹었으니까 오전 중으로 하나 베어와! 안 그러면 네 녀석들 밥 없다!"

"우우우우!!"

"너무합니다! 보스!"

댄에게 야유가 쏟아졌다. 훗. 하긴 먹는 것 가지고 협박하는 게 가장 치사하다고 하던데 말이야. 댄은 치사한 건 신경 안 쓰나 보지?

난 야유를 받으면서도 꿋꿋하게 훈계를 늘어놓는 댄에게 수고하라고 말해 준 뒤 역시나 뜨거운 전송을 받으면서 언덕을 향해 달려 올라갔다.

댄과 함께 있는 청년들은 농촌의 순박한 청년… 들이면 좋겠지만 모두 평범한 녀석들은 아니다. 댄이 맡고 있는 외교부 산하 정보과 요원들인 것이다. 그리고 그 정보과 중에서도 크레센트 국내를 담당하는 녀석들이다. 주로 반란이나 반역 등의 정보를 캐고 다니는 저들은 추적술의 달인인 스토커들과 사교술이 뛰어난 스파이들로 구성된 이들로서 이곳에서 댄의 지휘 아래 훈련을 받고 있는 아직은 정식 요원이 아닌 이들이다. 뭐… 로이드 왕자 덕분이랄까? 왕위 계승권을 가진 왕자가 이런 산골에 틀어박혔으니 왕실에서도 여간 고심한 게 아닌 듯하다. 대놓고 병사들을 파견하자니 특산물도 없고 지리적 이점도 없는 이런 벽지에 대규모의 군대를 보낼 수도 없고—오히려 스파이와 암살자들을 끌어 모을걸?—그렇다고 왕자를 호위할 병력을 안 보낼 수도 없기 때문에 내놓은 절충안이 암살자의 훈련과 추적자 훈련을 받는 스토커들을 다수 이곳에 배치하는 것이었다. 하지만 그것도 모자라다고 생각했는지 아예 여기에 정보과 요원들의 훈련장을 만든단다. 아마 댄과 프로센 후작의 입김이 강하게 작용한 것 같다.

바늘 가는 데 실 간다고 왕실을 나와 이곳에 처박힌 로이드 왕자를 따라서 댄 녀석도 왕실을 나왔고, 아예 거창한 핑계까지 만들어서 지금도 빵빵하게 뜯어온 듯했다. 그런 주제에 목조 건물이라니, 짠돌이라니까. 하여간 시간이 좀 더 지나면 수백 명에 달하는 요원들이 아마 내가 달리고 있는 이 언덕을 돌아다니며 훈련을 받고 대륙 각지로 파견 나갈 것이다. 하지만 저 녀석들, 누가 댄 녀석의 부하들 아니랄까 봐 여자만 보면 광분하며 날뛰니… 쯧. 저래서 어디 제대로 된 요원이 될 수 있을까?

두 개의 나지막한 언덕을 넘고 나면 좀 전에 넘어온 숲과는 비교도 안 되게 울창한 숲이 눈앞에 나타난다. 여기까지 가볍게 달려온 나는 숲 앞에서 멈춰 선 뒤 숨을 골랐다. 여기서는 조심해서 올라가야 하니까 말이야. 하지만 그래도 예전에 비하면 체력이 많이 좋아진 것 같은걸? 이전에는 여기까지 오는 데만도 두 시간 가까이 걸렸는데 이젠 30분이면 가뿐히 도착한다. 뭐… 이 속바지를 입은 덕도 꽤 큰 것 같지만 말이야.

"후아아아아……."

숨을 고르고 흘러내리는 땀을 소매로 쓱쓱 닦은 나는 꽤 경사가 가파른 숲을 향해 전력으로 뛰어올라 갔다.

왼쪽, 오른쪽, 고개 숙이고… 눈가로 휙휙 지나가는 나뭇가지들과 굵은 기둥들을 피하면서 경사진 숲 속을 달려 올라갔다. 이렇게 숲을 뛰어다니면 가끔 사슴 같은 야생 동물들이 내 좌우로 슬쩍 보였다가 등 뒤로 쑤욱 사라지기도 한다. 저런 동물들의 눈에 난 어떻게 비칠까? 앗차! 위험! 황급히 고개를 숙이면서 자세를 낮췄다. 그러자 굵은 나뭇가지가 휙~ 소리를 내면서 머리 위를 스쳐 지나간다. 휴우… 다행이… 와아아악!!

콰지직… 우두둑.

"끄으응……."

아우… 머리야……. 난 고개를 흔들면서 내 몸을 한껏 품고 있는 나무 부스러기들을 헤치고 반쯤 쓰러진 나무 속에서 비틀거리며 빠져나왔다. 내가 움푹 파인 소나무 속에서 나오자 조금 전까지만 해도 멀쩡하던 그 나무는 그대로 뿌지직 소리를 내면서 내 옆으로 조금씩 기울어졌다.

끼이이이… 콰드드득. 우둑. 콰아아앙!

거참 요란하게도 쓰러지네. 꽤 큰 거목이 비명을 지르며 쓰러진 덕분에 주변에 있던 몇몇 나무들이 역시 같은 비명을 질러대며 동반 자살을 시도했다. 아… 또 햇빛이 들어오네. 이걸로 여기도 좀 더 밝아지려나?

"휴우……."

주변을 둘러보니 여기처럼 햇빛이 들어오는 작은 공터가 보였다. 물론… 내 작품이다. 후에에… 오늘은 안 부딪치려고 했는데에……. 저 아래 있는 열혈 바람둥이―댄의 부하다. 이 이상의 표현은 없다―들만 좋아하겠네. 에이… 운동이나 계속 해야겠다.

난 머리카락에 붙은 나뭇조각들을 대충 털어내고 옷을 뚫고 들어온 조각들을 빼내어 뒤로 던져 버린 뒤 욱씬거리는 몸을 일으켰다. 그리고 또다시 숲 속을 달리기 시작했다.

경사진 숲을 빠져나오면 주변이 탁 트인 높은 언덕이 눈에 들어온다. 저 언덕을 넘어서 반대쪽으로 조금만 달리면 마법사의 탑이 나오는 것이다. 말을 타고 빠른 속도로 몰아도 30분이나 걸리는 길을 단지 두 다리만으로 뛰어서 같은 시간에 도착했다. 물론 이건 내가 말처럼 빠르다는 건 아니다. 난 다리가 두 개뿐이거든. 다리가 네 개인 말보다 느린 건 당연하지. 대신 말 같은 동물은 못 달릴 경사진 언덕에 흙길을 직접 만들면서―왜 내가 발에 힘주고 달리면 땅이 패이는 거지?―뛰어올라 가고 숲을 돌파해서 직선으로 달리기 때문에 빨리 도착할 수 있는 것이다. 뭐… 탑에 도착하면 완전히 파김치가 되어버리지만 그것만 해도 어디야? 건장한 사내놈들도 나처럼은 못한다고.

언덕을 넘어서자 눈앞에 마법사의 탑이 보였다. 후아~ 거의 다 왔구나. 여기서부터는 가볍게 달려야지. 너무 무리해서 달리면 체력이 붙기 전에 몸이 먼저 망가진다고 닐크가 그랬으니까. 적당히. 적당히.

주인 없는 탑을 지나 길을 따라서 계속 달리자 곧 이어 헤쉬케린 노친네의 오두막이 나타났다. 그 늙은이는 일주일이면 돌아온다고 하더니만 아직도 올 생각을 안 한다. 하긴 없는 게 더 낫지만 말이야. 아침 일찍 일어나 상쾌한 기분으로 운동하는데 그 짜증나는 할아버지의 얼굴을 보게 되면 기분 잡칠 게 뻔해.

땀이 주륵주륵 흐르는 몸으로 오두막에 다가가니 집 밖에서 모닥불을 피운 뒤 그 위에 솥을 걸어놓고 앉아서 잡담을 나누는 닐크와 아르케네스가 보였다.

"오~ 마마! 오늘은 어제보다도 빠른 것 같은데요?"

"후에… 후에… 안녕? 잘 잤어? 후우우우……"

"물론입니다. 수건 드릴까요?"

"응!"

고개를 연신 끄덕이면서 아르케네스가 건네주는 물 주머니를 받아 들었다. 크아… 시원해!! 갈증이 한 번에 날아가 버리는 기분! 최고야! 최고! 난 꽤 커다란 물 주머니를 거의 다 비운 뒤 만세를 부르며 흙 바닥에 털썩 주저앉았다.

"후아~ 살 것 같다. 고마워, 아르케네스."

"별말씀을……"

이 곰처럼 커다란 사내는 너무 겸손해서 탈이라니까. 닐크와 너무 대조된다.

꼬르륵…….

우에엣! 숙녀의 뱃속에서 나는 소리치고는 너무 우렁찬 거 아니야? 너무하잖아! 내 뱃속에서 난 소리를 들었는지 국자로 솥 안을 휘휘 젓고 있던 아르케네스가 물끄러미 나를 바라본다. 이에 난 헤실거리며 웃었다.

"에헤헤……."

"한 그릇 드릴까요?"

"응! 응!"

내가 고개를 연신 끄덕이면서 대답하자 아르케네스는 나무 그릇을 들고 솥에서 묽은 감자 수프를 퍼 담았다. 그리고는 한 손으로 그릇을 잡고 눈을 감고는 주문을 외웠다.

"Cantrip."

휘오오오…….

그의 말이 끝나자마자 내 손바닥만한 회오리바람이 허공에 생겨났다. 그 회오리바람은 이내 아르케네스가 들고 있는 수프 그릇 위에 올라섰고 수프가 빠르게 회전하며 빨려 올라갔다. 하지만 신기하게도 그릇 밖으로 쏟아지진 않는다. 이때만은 오우거 같은 아르케네스가 진짜 마법사처럼 느껴진다. 뭐… 아르케네스의 말로는 마법사라면 누구나 할 수 있는 아주 간단한 마법이라던데 말이야. 아! 다 됐다. 아르케네스가 눈을 뜨면서 작게 숨을 내쉬자 그릇 위에서 춤추듯 돌아다니던 회오리바람이 사라졌고 뜨거운 김을 내뿜던 수프는 바로 먹을 수 있을 만큼 식은 것 같았다. 우후후~ 행복해~

"여기 있습니다, 마마."

"응! 고마워."

나무 접시를 받아 들자 예상대로 그리 뜨겁지 않았다. 난 단숨에 수프를 마셔 버린 뒤 접시를 아르케네스에게 돌려주었다.

"후아아아! 맛있어."

"더 드릴까요?"

"아니. 또 돌아가서 같이 아침 식사 해야 되거든. 여기서 너무 많이 먹어버리면 아침을 못 먹는다고. 거기다 과식하면 살찌잖아."

내가 살찐다고 말하니까 아르케네스가 쓴웃음을 짓는다. 뭐야. 왜 웃는데? 뭐 잘못됐나? 그때 마침 닐크가 손에 흰색 모포를 들고 오두막에서 나왔다.

"여기요, 마마."

"응? 뭐야, 그건?"

"수건입니다. 수건."

"…내가 보기엔 잘 때 덮고 자는 모포 같은데?"

"이 정도는 되어야 옷 입은 채로 뛰어들어도 물에 빠진 생쥐 꼴로 돌아오시지 않을 거 아닙니까."

"……."

흥! 그게 누구 때문인데!! 난 닐크가 건네주는 수건을 받아 들고는 오두막 뒤쪽의 숲 속으로 향했다. 아참, 가기 전에 한마디 해줘야지.

"닐크! 엿보면 진짜 죽인다!"

"저도 안 봅니다! 부러지는 건 팔 하나로 족하다고요!"

흥! 저렇게 말해 놓고 또 엿보겠지? 하여간 남자들은 믿을 수가 없다니까.

오두막을 지나쳐 10분쯤 걸어가면 작은 호수가 나온다. 옹달샘이라기엔 너무 크고 개울이라고 부르기엔 너무 고요하기에 내 눈앞에 있는 이 물은 호수라고 불린단다. 나야 호수든 옹달샘이든 상관없지만 말이야. 중요한 건 네댓 명이 뛰어들어 수영을 해도 충분할 정도로 넓다는 거다.

호숫가에 도착한 난 아직 차가운 바위 위에 신과 겉옷을 벗어놓은 뒤 속옷만 입은 채 물속으로 뛰어들었다.

첨벙~

"꺄아아아! 차가워!!"

저절로 이가 딱딱 부딪칠 정도로 차갑지만… 운동으로 달아올랐던 몸이 차가운 물에 닿자 시원하고 상쾌한 기분이 들었다. 오늘은 열 바퀴만 왕복해 볼까?

첨벙첨벙…….

온몸이 나른해질 정도로 물장구를 치면서 수영을 한 나는 해가 높이 올라가는 걸 보면서 호숫가로 나왔다. 그리고는 두 손으로 가슴을 가리면서 물 밖으로 나온 뒤 가져온 모포로 몸을 가리며 주변을 살펴보았다. 가끔 댄의 부하 녀석들이나 닐크 녀석이 엿보곤 하기 때문이다. 물론 바보 같은 닐크 녀석이나 걸리겠지만 말이야. 얼마 전에 내가 수영하는 걸 엿보다가 걸린 닐크 놈에게 주먹을 날렸는데 그걸 엉겁결에 맞은 닐크 녀석 오른 팔목이 뚝 하고 부러졌다. 덕분에 녀석은 술병을 들고 디온의 프리스트를 찾아가야 했고 그 뒤로는 엿보기를 포기한 것 같지만 별로 신용은 안 간다. 그러니 조심해야지. 외간 남자한테 막 보여줄 만큼 싸구려도 아니니까 말이야.

다시 옷을 입고 혼자 있는 아르케네스에게 손을 흔들어준 나는 길을 따라 달렸다. 이렇게 길을 따라서 저택에 도착하면 내 아침 운동이 끝나는 것이다. 돌아가는 길이 올 때보다 배는 시간이 더 걸리고 지루하지만 이게 다 내 몸을 위한 것이라 생각하면서 열심히 달렸다.

구불구불한 산길을 따라서 쭈욱 달리고 있는데 갑자기 머리 위에서 '으아아~' 하는 비명 소리와 함께 연갈색 머리카락을 가진 사내가 데굴데굴 굴러 떨어지더니 내 발치에 쓰러졌다. 응?

"…닐크냐?"

"으윽! 헤헤… 저… 그것이……."

왜 헤실거리면서 실없이 웃는 건데? 난 닐크 놈이 왜 안 하던 짓을 하는지 궁금하다는 표정을 지으며 고개를 갸우뚱거렸다. 그때 닐크 녀석이 굴러온 곳에서 카렌이 튀어나왔다. 한 손에 새파랗게 날이 선 단검을 들고 닐크와 날 한번 쓰윽 바라본 카렌은 그를 가리키면서 말했다.

"엿봤어."

"……."

"저… 저는 안 하려고 했는데요. 그게… 저기……."

죽여 버릴까? 저놈.

"죽일까?"

카렌이 갑자기 단검을 치켜들면서 물었다. 어이어이. 넌 죽이라고 하면 진짜 죽여 버릴 녀석이잖아! 그렇게 무표정한 얼굴로 묻지 말라고. 절로 한숨이 나왔다. 난 카렌에게 됐다고 손짓했다. 그러자 닐크 녀석이 고개를 땅바닥에 처박으면서 말했다.

"용서해 주시는 겁니까? 정말 감사합니다! 마마! 이 은혜… 꾸에엑!"

그래, 은혜는 잊지 말라고. 난 고개를 땅에 대고 뭐라고 중얼중얼거리는 녀석의 머리를 왼발로 사뿐히 밟아주고 오른발로 등을 밟은 뒤 다시 엉덩이를 강하게 꾸욱—꾸에엑… 하는 품위없는 비명이 들려왔다—눌러준 뒤 다시 길을 따라 뛰었다. 으음… 벌치고는 너무 약하지 않나?

"카렌!"

"…응."

"따라와!"

난 달리면서 카렌에게 소리쳤다. 그러자 부들부들 떨면서 꿈틀대는 닐크를 단검 끝으로 쿡쿡—위험하지 않을까?—찔러보던 카렌이 내 곁으로 뛰어왔다. 제자리에서 뛰면서 카렌을 기다린 난 그 애의 귓가에 입을 대고 작게 소곤거렸다. 내 말을 알아들었는지 카렌은 고개를 끄덕인 뒤 다시 수풀 사이로 사라졌고 괘씸한 닐크 녀석에게 복수를 할 준비를 마친 난 아침 운동을 끝내기 위해서 다시 달리기 시작했다.

아침 일찍 일어나 일터로 나가는 주민들이 나를 보고 모자를 벗고 고개를 숙이면서 인사를 해온다. 난 그들에게 일일이 손을 흔들어 답변을 해주며 저택으로 돌아왔다. 땀에 흠뻑 젖은 채 안으로 들어온 난 기다리고 있던 에린에게 물잔을 받아서 단숨에 마셔 버린 뒤 곧바로 욕실로 향했다.

촤아악······.

따뜻한 욕조 속에서 느긋하게 목욕을 즐긴 나는 콧노래를 흥얼거리면서 욕조에서 나왔다.

"마마, 갈아입을 옷을 가져왔습니다."

"거기다 놔둬."

"예."

적당히 땀만 씻어내고 장미 향을 가득 머금은 속옷들과 심플한 드레스를 입고 방으로 나오자 나를 열렬히 반기는 사내가 시뻘게진 얼굴로 씩씩거리면서 기다리고 있었다.

"아넬리안!!"

"···저 귀 멀쩡해요. 소리 지르지 마요."

"아, 미안··· 이 아니잖아! 감히 내가 덮고 있는 이불을 빼앗아서 창문으로 던져 버려? 어떻게 그럴 수 있어?! 응?"

"거참, 어차피 에린 불러서 새 이불 덮고 잤을 거 아니에요? 안 그래요?"

로이드 왕자가 씩씩거리며 화를 내든 말든 나는 전혀 상관하지 않고 축축하게 젖어 있는 긴 머리를 수건으로 말아 올리면서 천연덕스럽게 의자에 앉았다. 그러자 방 한구석에서 석상마냥—로이드 덕분에 겁먹은 듯하다—서 있던 에린이 쪼르르 달려와서 얇은 수건으로 내 머리의 물기를 닦아주고 빗질을 하기 시작했다. 난 아직도 내 앞에 서서 화를 내고 있는 왕자를 올려다보면서 내가 뭘 잘못했냐는 듯 턱을 치켜들며 바라봐 주었다.

"…후우."

아예 다리까지 꼬고 앉자 로이드 왕자는 이런 당당한 내 모습에 질렸는지 고개를 도리질 치면서 한숨을 내쉰다. 그러게 왜 아침부터 그런 찐한 키스를 하냐고. 로이드 왕자는 내 태도에 질렸는지 연신 한숨을 내쉬면서 내 맞은편에 앉았다. 그리고 심각한 표정을 지으면서 내게 물었다.

"그럼 왜 아침부터 그러는 건데? 응? 혹시… 내가 싫은 거야?"

"아니요."

"그러면 이유가 뭔데?"

그렇게 말하면서 로이드 왕자는 속이 타는지 테이블에 올려져 있는 물병을 붙잡고 단숨에 벌컥벌컥 마셔댔다. 푸훗. 귀엽기도 해라. 난 아예 한 손으로 턱을 괸 채 그를 빤히 바라보다가 꿀꺽꿀꺽 잘도 마시는 왕자를 향해 대답해 줬다.

"흥분되니까요."

"푸흡… 쿨럭. 쿨럭. 쿨럭……."

저런. 속에서 놀랐나 보네? 푸후후후. 이 로이드 왕자도 의외로 순진하단 말이야. 열여섯이나 되었으면 자식이 네댓은 되어도 전혀 이상할 게 없는데. 하긴 성격도 뭐 같고 책 외에는 관심도 없는 사람이니 어디 여자가 눈에 들어오기나 했을까.

"콜록. 콜록… 콜록……."

"아침부터 딥키스를 하는 건 예의가 아니라고요, 예의가. 그런데… 괜찮아요?"

"콜록… 아아… 괜… 찮… 콜록, 콜록."

얼굴이 아까보다 더 빨개졌다. 거기다 목에도 핏줄이 불끈 튀어나온 게 정말 괴로운 것 같았다. 이에 난 아직도 내 머리를 빗고 있는 에린에게 물러서라고 말한 뒤 자리에서 일어서서 로이드 왕자에게 다가갔다. 조심스럽게 그의 등을 몇 번 쳐주고 손바닥으로 쓸어주었다. 그제야 로이드 왕자의 기침은 진정되었지만 꽤 고통스러웠는지 눈물을 글썽글썽거리면서 잔기침을 내뱉었다. 그래도 많이 괜찮아진 것 같아서 내가 다시 자리로 돌아가려고 하니까 갑자기 그가 내 소매를 붙잡고 물끄러미 날 올려다본다.

"왜요?"

"…콜록, 흠흠. 내 옆 자리 비었는데……."

그렇게 말하면서 괜히 자기 옆의 의자를 툭툭 친다. 후훗. 아우~ 정말 머리를 마구 쓰다듬어 주고 싶을 정도로 귀엽다니까!! 난 살포시 웃어주었다. 그러면서 로이드 왕자가 권해준 의자에 다소곳이 앉았다. 생각 같아서는 이 귀여운 왕자의 머리를 마구마구 쓰다듬어 주고 껴안아주고 싶지만 체통을 생각해야 하니 참아야지. 난 다시 에린을 불러서 머리를 빗으라고 시킨 뒤 그의 옆에 앉아서 무슨 이야기를 하면 좋을지 생각했다. 하지만 다행히 로이드 왕자가 내 대신 말을 꺼냈다.

"그런데… 왜 아침에 그… 흠흠. 그걸… 아무튼 하면 안 되는 건데? 왜 예의가 아니지?"

아주 쑥스러워 죽으려고 하는구나. 저기에 몸까지 배배 꼬면서 '아이~ 난 몰라~잉' 같은 말을 하면 귀부인들에게 폭발적인 지지를 받을 수 있을지도… 무슨 생각을 하는 거냐, 나.

"전하, 전하도 바람둥이들이 뭘 하는 사람들인지는 아시지요?"

"응."

"바람둥이들은 아침에 일어나 옷을 입고 침대에서 자고 있는 숙녀들에게 잊지 못할 강렬하고 열정적인 키스를 해준다고 하더군요."

"왜?"

"바람둥이니까요. 아침이 되면 남편이나 아버지가 돌아올 테니 그전에 창문을 넘어서 도망가야 하잖아요. 그러니 잠이 확 달아날 만한 진한 각인을 남겨두고 사라지는 거예요. 그래야 다음에 또 한밤중에 숙녀의 침실에 숨어들어도 창문을 잠그지 않는 법이니까요."

"흠. 그러니까 아침에 진한 키스하면 바람둥이라는 거야?"

"아니요. 전 그렇게 말하지 않았어요. 단지 바람둥이들이 아침에 진한 키스를 숙녀에게 선물로 남겨주고 간다고 했죠."

"그 말이 그 말이잖아."

"달라요. 전혀 달라요."

"끄응……."

로이드 왕자가 고민하기 시작했다. 후후후. 전하, 앞으로 바람둥이 취급받기 싫으시다면 때와 장소를 가려서 애정 표현을 하시라고요. 무드없는 남자는 아무리 잘생겼어도 외면받는 법이랍니다.

로이드 왕자와 함께 아침 식사를 마치고 저택으로 찾아온 닐크에게 가려고 할 때였다. 막 운동복으로 옷을 갈아입으려고 할 때 내 방―신혼방이니 그의 방도 될지도⋯―으로 로이드 왕자가 들어왔다. 응? 갑자기 무슨 일이지?

"무슨 일이에요?"

"오늘도 운동하러 가는 거야?"

"네⋯ 뭐, 매일 하는 거니까요."

"그래⋯⋯."

슬쩍 돌아보니 왠지 실망한 표정이 역력한 로이드 왕자가 문가에 서서 주저하며 뭔가를 말하려는 듯했다. 하지만 쉽게 입이 떨어지지 않는지 계속 머뭇거리다가 내가 지루해져 고개를 돌리려 할 때쯤 간신히 입을 열었다.

"저기⋯ 오늘 날씨도 좋은데⋯ 어디 놀러 가지 않을래?"

"⋯네에?"

창밖을 내다봤다. 가을이니 푸르른 하늘이 내다보여야겠지만 비가 오려는지 하늘엔 구름이 잔뜩 끼어 있다. 날씨가 좋다고? 내가 창밖을 내다보자 로이드 왕자도 덩달아서 밖을 내다보았다. 그리고는 갑자기 말을 더듬는다.

"날씨가⋯ 조⋯ 좋아서 말이지."

"아아, 그렇군요."

"아니, 뭐⋯ 바쁘다거나 하면 말고. 나⋯ 난 서재에서 책이나 볼 테니⋯⋯."

"갈게요!"

"으응?"

"간다고요. 이렇게 날씨가 좋은데 밖에 나가서 즐기지 않으면 손해 잖아요."

"으응……."

내가 허락하자 로이드 왕자는 말을 보고 온다는 핑계를 대더니 잽싸게 밖으로 나가 버렸다. 훗. 정말 귀엽기도 하여라. 뭐… 이런 게 신혼의 재미 아니겠어? 푸후후후.

"우헤헤헤……."

앗차. 나도 모르게 요상한 웃음이 입가에서 새어 나왔다. 이미지 관리. 이미지 관리. 설마 들은 사람 없겠지?

외출용 드레스를 입고 머리에 챙이 넓은 나들이용 모자까지 챙겨 쓰고 저택을 나서자 로이드 왕자가 말 두 필을 끌고 내게 다가왔다. 하지만 난 멀리 갈 것도 아니니 그냥 걸어가자고 말했고 이에 그는 조금 표정이 어두워지긴 했지만 그럭저럭 동의하는 듯했다. 뭐… 로이드 왕자가 '오늘은 뒤처지지 말아야지' 하고 중얼거렸다는 건 비밀로 해줄까 나? 뛰어가는 것도 아닌걸. 설마 아무리 허약해도 남자인데 연약한 나보다 체력이 없을까.

우리가 외출한다고 하니까 댄과 크렌, 그리고 닐크 등이 부하들을 데리고 떼로 몰려왔지만 로이드 왕자의 신경질적인 한소리에 모조리 불 맞은 거미 떼처럼 사방으로 흩어졌다. 이 사람 내 앞에서 하는 짓을 보면 많이 좋아진 듯한데 왜 다른 사람들—특히 사내들—앞에서는 저렇게 신경질적이고 짜증을 내는 건지… 특히 요즘 댄과 닐크를 철천지원

수처럼 생각하는 듯 보기만 하면 화를 내는데, 저러다가 부하들이 불만이라도 품으면 어쩌려고 그러는 걸까? 물론 뒤에서 내가 보조해 주고 불만을 품는 놈이 있다면 당장 달려가서 두들겨 패줄 테지만 말이야.

간소하게 에린만 데리고 저택을 나섰다. 나 역시 말을 타고 돌아다니는 건 좋아하긴 하지만 이런 드레스를 입고 말을 탄다는 건 보기보다 훨씬 고역이란 말이야. 말안장에 엉덩이만 걸치고 옆으로 앉은 채 말을 몰아야 하는데 그게 보기보다 힘들거든. 승마용 바지라도 입었다면 모를까 이런 류의 드레스는 발목까지 내려오기 때문에 등자에 발을 걸려면 치마를 한참 끌어 올려야 한다. 그런 품위없고 멋없는 몰골로 돌아다니라고? 차라리 내 두 발로 걷고 말지. 거기다 흔들거리는 말 위에서 중심이라도 잃었다간 그대로 왼쪽이나 오른쪽으로 폭 하고 떨어질 거다. 그런 창피한 모습을 보이느니 안 타고 만다. 이게 내 신조다. 난 아넬리안 폰… 아니, 드 크레센트. 이 나라의 고귀한 왕자비니까! 이건 당연한 거라고.

왕자와 함께 흙길을 따라서 마을로 들어서자 마을 주변에 있던 주민들이 모두 모자를 벗고 한쪽 무릎을 꿇으면서 예를 갖췄다. 나보다 반보쯤 앞서 가던 로이드 왕자는 영지 주민들에게 손을 들어주면서 각자 할 일을 하라고 말했고 자신들에게 하늘 같은 영주보다 지위가 높은 로이드 왕자의 눈치를 보던 주민들은 그제야 슬그머니 우리들 앞에서 사라졌다. 등에 활을 차고 가죽 모자를 쓰고 있는 몇 명의 사냥꾼들이 허리를 깊숙이 숙이며 인사하는 걸 웃으며 살짝 고개를 끄덕여 답해준 난 여전히 내 앞에서 등을 보이며 걷고 있는 로이드 왕자를 눈으로 흘겨봤다. 아직도 부족해. 숙녀를 뒤에 걷게 하다니 말이야. 신분이 있으니 내 뒤에서 공손히 따라오며 날 빛내주는 역할을 바라는 건 아니지만 최소한 바로 내 옆에서 같이 가줘야 하는 거 아니야? 이러니까 내가 로이드 왕자의 시녀 같잖아. 에이… 기분 상해라. 하여간 저 무신경함에는 두 손 다 들었다니까.

"응? 빨리 와."

"네에. 지금 가요."

혼자서 생각을 하다 보니 어느새 로이드 왕자가 저만치까지 가 있다. 난 종종걸음으로 그의 옆으로 달려가서 씨익 웃으면서 그의 옆얼굴을 바라보았다. 하지만 이놈의 왕자는 같이 웃어주는 건 물론이고 팔짱 끼는 법도 모르는지 내가 옆으로 다가오자 또 혼자 걸어가 버린다. 치잇.

조금―아니, 많이―불만이 있는 산책이지만 그래도 괜히 이런 걸로 신경질 부리기는 싫어서 난 조용히 로이드 왕자의 뒤를 따라서 길을 걸었다. 어느새 마을을 빠져나온 우리들 눈앞에 조그마한―물론 크레센트 기준으로―밀밭이 나타났다. 이미 추수가 거의 끝났는지 황량한 밀밭에는 밀짚을 쌓아 올린 짚 무더기만 몇 개 있을 뿐이었고 밭에서 일하는 농사꾼들도 거의 보이지 않았다. 그런데… 어라? 저쪽 구석에서 밀짚을 나르고 있는 이들 중 몇 명은 익히 봐왔던 친구들인걸?

"전하……."

"응. 혹시나 했는데 역시 디온의 프리스트들 같군."

"헤에. 신관들이 농사를 짓는다니 재미있네요."

"가볼까?"

"네! 물론이죠."

이런 사건의 냄새가 풀풀 풍기는 걸 그냥 지나칠쏘냐! 우리는 길에서 벗어나 아침부터 땀을 뻘뻘 흘리며 일하고 있는 농부들에게 다가갔다. 가까이 다가가 보니 역시나 일하고 있는 농부들 중에 디온의 프리스트들이 같이 땀을 뻘뻘 흘리면서 밀짚을 나르고 있는 게 보인다. 저 사람들 진짜 프리스트 맞아?

"자자, 빨리빨리 하자. 오늘 저녁때까지는 모두 날라야 하니까 말이야."

"우오오오!"

"맞아요! 빨리 끝내고 과일주 마시러 가야죠!"

푸우… 왠지 한숨이……. 감독관으로 보이는 중년 사내의 말에 열광하는 두 명의 프리스트. 이건 뭔가 잘못된 거야. 그것도 아주 많이……. 그런데 저 감독관 뒷모습, 어디서 본 듯한데 말이야. 으음……. 그때 마침 그 감독관이 막 우리 쪽으로 얼굴을 돌렸다. 아! 저 얼굴! 어디서 봤나 했더니 맨날 술에 찌들어 살던 영주 랭스턴 자작 아니야?

"어엇? 저… 전하!!"

갑자기 랭스턴 자작이 양 무릎을 흙 바닥에 꿇으면서 고개를 땅에 처박았다. 그러자 같이 일하던 농부들은 물론이고 디온의 프리스트들까지 얼떨결에 그를 따라 바닥에 엎드렸다.

"모두 일어나라."

"예! 전하!"

목소리 한번 우렁차네. 그런데 저 영주 녀석이 여기서 뭘 하고 있는 거지? 옷 꼴은 또 저게 뭐야? 평민들이나 입을 법한 초라한 몰골이잖아. 로이드 왕자의 말에 모두들 다시 고개를 들고 조심스럽게 일어섰다. 그중 랭스턴 자작은 이마에 흙덩어리가 붙은 걸 아는지 모르는지 감격한 얼굴로 입을 반쯤 벌린 채 로이드 왕자만 빤히 바라보고 있었고 다른 농부들은 영주보다 높은 이가 밀밭 안까지 들어왔다는 게 놀라운지 멀찌감치 떨어져서 자기들끼리 수군거리고 있었다. 그리고 예의 그 낙천적인 프리스트들은 서로 뭐라고 수군거린 뒤―그중 한 명은 일반 평복이었다. 아마 신관복을 팔아먹은 그 녀석일 거다―왁자지껄 떠들어대기 시작했다.

"내게 할 말이라도 있나? 랭스턴 자작."

"아예… 그게… 저……."

아주 말까지 더듬는군. 뭐, 저 얼굴 표정을 보니 기뻐 죽을 듯한 얼굴이니 그냥 놔두도록 할까? 거기다 오늘은 술도 안 마셨는지 혈색도 좋아 보인다. 늘 만취한 몰골로 술 냄새나 풀풀 풍기고 다니던 인간이 많이 발전했네.

그렇게 내가 그를 좋게 평가해 주고 있을 때였다. 갑자기 로이드 왕자의 발치에 고개를 처박은 랭스턴 자작이 사방이 쩌렁쩌렁 울리도록 소리쳤다.

"저… 전하! 제가 곁에서 모실 수 있는 기회를 주십시오! 전하!"

"……."

"소신! 비록 별 볼일 없는 작은 영지의 영주이지만! 하지만! 곁에만 있게 해주신다면 이 몸이 부서지도록 충성으로 모시겠습니다! 전하!"

…골치 아파라. 저 랭스턴 자작. 술주정뱅이로만 평가했는데 오늘 하나 더 추가해야겠다. 순종 바보 멍청이. 상대의 성격도 파악 못했으니 정말 바보다. 최소한 저런 말을 할 때는 상대가 좋아할지 싫어할지 정도는 알아봐야 하는 거 아니야? 거기다 이런 밀밭에서 하는 충성의 맹세라니… 뭣보다 폼이 안 나잖아! 폼이!

"그대의 이름이……."

"델민… 델민 드 랭스턴이옵니다! 전하!"

"그래, 델민 드 랭스턴 자작. 그대는 그대의 영지나 잘 다스리게."

"…예?"

고개를 땅에 처박고 있던 랭스턴 자작이 멍한 얼굴로 슬그머니 고개를 들며 반문했다. 하지만 로이드 왕자는 그를 노려보다가 고개를 홱 하고 돌린 뒤 짚단이 쌓여 있는 짐마차 쪽으로 걸어가 버렸다. 혼자 밀밭에 엎드린 채 자기를 외면하고 걸어가는 로이드 왕자의 뒷모습을 그저 멍하니 바라보고 있는 영주가 조금은 불쌍해 보인다. 저 아저씨 설마… 로이드 왕자가 '그대 같은 충신을 기다려 왔소' 같은 대사를 말하며 자기 어깨에 손을 올려줄 거라고 기대한 건 아니겠지? 설마… 아무리 열혈 바보라도… 이긴 한데 저 당장 울 듯한 몰골을 보니 진짜 그런 생각을 했나 보다. 하긴 틈만 나면 이 별 볼일 없는 영지를 팔아버리고 수도로 올라간다느니 자긴 이런 벽지에서 썩을 인생이 아니라는 등 그런 말을 입에 달고 살던 영주이니 진짜 로이드 왕자의 눈에 들어서 왕성으로 들어가는 걸 상상했을지도…….

"에린아."

"예, 마마."

"여기다 자리 펴고 차 두 잔… 아니, 세 잔만 가져와."

"네, 마마."

에린이 평평한 곳을 골라 자리를 깔고 그 옆에 품에 안고 온 불씨로 모닥불을 피우며 물을 끓이는 모습을 보던 난 아직도 주저앉아서 고개를 떨구고 있는 랭스턴 자작에게 다가갔다. 내가 그의 바로 앞까지 다가가자 바닥을 쳐다보고 있던 그가 고개를 들어 나를 올려다보다 비실비실 일어섰다.

"날씨가 참 좋지요?"

"…실례하겠습니다."

어쭈. 나를 무시하겠다는 거야? 로이드 왕자는 내 남편이라고. 나한테 잘 보이면 콩고물이 떨어질 게 뻔하지 않아?

"보아하니 그대가 기대했던 일은 일어나지 못했나 보군요."

"……."

나를 돌아보던 랭스턴 자작은 입을 꽉 다문 채 내게 등을 돌리고는 내게서 멀어지려고 했다. 하지만 난 그를 그냥 보낼 생각이 없었기에 그의 등에 대고 작은 목소리로 말했다.

"겁쟁이."

"……."

"홍. 뭘 보시는지요?"

"마마… 제가 조금만 일찍 결혼했어도 당신만한 딸이 있었을 겁니다."

"그래서요? 아아… 알겠다. 딸만한 나이의 소녀보다 못한 자신이 너무 처량해서 슬퍼하는 거군요. 그런 거죠?"

훗. 조금 비꼬아주니까 당장 눈에 불을 켜고 날 노려보는군. 하지만 조금도 안 무섭다네.

난 랭스턴 자작의 어깨너머로 그의 뒤를 바라보았다. 로이드 왕자는 짐마차 앞에 서서 짚단을 만지며 주름이 가득한 늙은 농부와 뭐라고 이야기를 나누고 있었다. 흐음…….

"아직 차 마시는 법을 잊지 않았다면 저와 같이 차나 한잔하시죠?"

"…정중하게 거절하겠습니다."

"이건 권유가 아니라 명령이에요. 따라와요."

"끄응……."

난 영주한테 그렇게 말한 뒤에 턱을 치켜들며 고개를 돌렸다. 곧 이어 내 뒤로 터덜거리는 힘없는 발자국 소리가 났다. 아마도 로이드 왕자는 좀 더 시간이 지난 뒤에야 올 듯하니 우선 이 사람하고 차라도 마시고 있어야지.

요즘 들어 조금은 마음에 들게 만드는 에린은 이번엔 별다른 실수 없이—찻잎이 들어 있는 주머니 중 하나를 모닥불 속에 떨궜다. 하지만 이 정도야 뭐…—차를 끓이고 있었다. 나와 랭스턴 자작이 자리에 앉자 냉큼 두 잔의 차를 가져온 에린은 남은 찻잔 하나를 들고 내 눈치를 살폈다.

"전하께 가져다 드려. 그리고 옆에서 시중 들어드리도록 해."

"네, 마마."

내 말을 들은 에린은 활짝 웃으면서 대답하고는 뜨거운 김이 모락모락 올라오는 찻잔을 들고 로이드 왕자가 있는 쪽으로 뛰어갔다. 에린을 왕자에게 보낸 나는 주변을 둘러보았다. 근처에는 나와 랭스턴 자작뿐이었고 다른 이들은 십여 미터쯤 떨어진 곳에서 로이드 왕자의 말을 듣고 있었다. 뭔 이야기를 하기에 다들 저렇게 경청하는 걸까? 신기하기도 하네.

"저……."

"으응? 왜요?"

"왜 제게 이러는 것입니까?"

"그냥요. 차 한잔 마시는 데도 일일이 이유를 달아야 하나요?"

"……."

왜 또 실망스러운 표정을 짓는 건데? 하여간 남자들이란 너무 단순하다니까. 난 차를 한 모금 마시면서 그를 바라보았다. 무언가 생각하는지 내 시선을 못 알아채고 있던 그는 내가 한참을 빤히 바라본 뒤에야 정신을 차렸다.

"왜… 왜 그러십니까?"

"당신, 여기서 나가고 싶은 거예요?"

"…그런 것도 있습니다. 전 언제나 이런 작은 영지에서 벗어나고 싶어했으니까요. 아무도 봐주는 사람 없는 작은 영지에서 평생을 썩어야 한다니 끔찍했었습니다. 하지만 지금은 그보다 일전에 마마께서 하신 말씀을 생각하고 있습니다."

응? 내가 뭐라고 했었지?

"그때와 같이 위급한 때야말로 귀족이 있어야 하는 것이라고 말씀하셨었죠. 전 그 뒤로 계속 생각했습니다. 귀족이란 무엇이고 내가 왜 귀족이 되었는지를 말입니다. 어차피 세습으로 이어지는 거니 저나 제 아버님도 선조님들도 자연스럽게 귀족이 되었습니다. 하지만 귀족의 권리는 잘 알고 있었지만 의무에 대해서는 지금까지 한 번도 진지하게 생각해 본 적이 없었습니다."

"흐음……."

"진짜 귀족이란 무엇인지 궁금했습니다. 그리고 그때 마침 왕자 전하께서 이 작은 영지에 오셨습니다. 전… 이것이 진짜 귀족이 될 수 있는 기회라고 생각했었습니다만……."

뭔 소린지 잘 모르겠다. 하지만 그래도 한 가지는 알겠는걸? 이 영주는 술만 안 먹으면 꽤 괜찮은 사람이라는 것 말이야.

"로이드 전하는 늘 그러시죠. 십 년을 보필해 온 부하도 귀찮다고 내치시는 분이니까 말이에요."

"그렇… 습니까?"

"하지만 그분 본인에게 허락받지 않아도 곁에서 보필할 수 있는 방법이 있어요."

"…예? 어… 어떻게……."

"내 부하가 되면 되죠. 난 로이드 전하의 아내예요. 그리고 왕자비죠. 내게 충성을 맹세하고 내 명령에 따르면 그것이 바로 로이드 전하를 따르는 것이 되는 거예요. 부인의 것은 남편의 것이니까요."

"하… 하지만……."

"실제로 로이드 전하가 인정하시는 측근은 단 한 명도 없죠. 댄… 아니, 워렌 자작도 제 부하예요. 하지만 로이드 전하를 위해서 일하죠. 이해가 되나요?"

"예에……."

"그렇다면 좋아요. 정말 우리 로이드 전하께 충성을 다할 생각이라면 워렌 자작을 찾아가 봐요. 악독하게 사람을 부리고 같은 자작이라 자존심이 상하기는 하겠지만 오랜 시간 동안 로이드 전하의 곁에 머물던 사람이니 당신에게 길을 알려줄 거예요."

내가 선심 쓰듯 그렇게 이야기하자 갑자기 랭스턴 자작이 내 두 손을 꼬옥 잡고 연신 고개를 조아렸다.

"감사합니다. 감사합니다, 마마! 크흐흑……."

아주 눈물까지 흘려대는 그를 보던 난 왠지 찜찜한 느낌에 슬그머니 손을 뺐다. 그럼에도 불구하고 랭스턴 자작은 계속 고개를 조아리며 '감사합니다'를 연발하다가 당장 찾아봐야겠다고 소리치며 뛰어가 버렸다. 어이… 당신! 여기 감독하던 거 아니었어? 그냥 가버리면 여긴 어쩌란 말이야! 하여간 이래서 책임감없는 녀석은 죽었다 깨어나도 안 된다니까.

랭스턴 자작이 뛰어간 뒤 얼마 지나지 않아서 로이드 왕자와 에린이 내가 앉아 있는 곳으로 다가왔다.

"무슨 이야기 한 거야?"

"봤어요?"

"응. 조금······."

조금은 무슨··· 처음부터 다 본 거 아니야? 나야 상관없지만. 왠지 설명을 해달라는 표정인걸?

"워렌 자작을 소개시켜 준 것뿐이에요. 중앙 정계에 진출하고 싶어 하는 것 같아서요."

"보나마나 내 이름을 듣고 달라붙는 떨거지들 중 하나일 텐데 뭘 그런 걸 신경 써주는 거야? 응?"

"왜요? 싫어요?"

"···조금."

어이구, 벌써부터 질투하는 건가? 결혼한 지 얼마나 지났다고 벌써 이러는 건데? 이래서야 마음 놓고 바람도 못 피우겠잖아? 푸후후······.

"왜··· 웃는 건데?"

"아니에요, 아무것도. 자, 그럼 또 가볼까요?"

"그러지."

아무리 그래도 하는 짓이 귀여워서 웃었다고 말할 수는 없잖아?

내가 자리에서 일어서자 뒤에서 가만히 기다리고 있던 에린이 냉큼 달려와서 주변을 정리하기 시작했다. 에린이 준비를 마치는 동안 기다리던 난 왠지 뚱한 표정으로 서 있는 로이드 왕자에게 찰싹 달라붙어서 물었다.

"그런데 전하는 무슨 이야기를 한 거예요?"

"응? 아··· 이모작에 대해서 말했어."

"이모작?"

"응. 다른 데서는 보통 봄에 밀을 심고 추수가 끝난 가을에 보리를 심는다고 하던데 여기선 안 그렇거든. 물어보니 토질이 안 좋아서 수확이 별로 안 좋은가 봐. 그래서 몇 가지 물어보고 온 거야."

"그것도 책에서 본 거예요?"

"당연하지."

왜 그런 당연한 걸 물어보냐는 듯한 표정이다. 흐음… 하긴 십여 년간이나 도서관에서 살다시피 한 사람이니 웬만한 건 다 책으로 봤겠지.

우리가 대화를 끝마칠 때쯤 에린이 준비를 끝내고 등과 양손에 바리바리 싼 짐덩어리를 들고 우리들 뒤에 섰다.

우리는 다시 일을 시작하는 농부들을 뒤로한 채 한적한 흙길을 따라서 걸었다. 맨 앞에서는 로이드 왕자가 느긋한 걸음으로 한 발짝 앞서서 걸어가고 그 뒤를 내가 뒤따랐다. 그리고 내 뒤로는 헥헥거리면서도 잘도 쫓아오는 에린 녀석이 있었다. 에이에이… 정말이지, 숙녀를 뒤에 세워놓고도 혼자서 잘도 가네. 예의가 부족해! 정말 부족하단 말이야!

"전하."

"응? 왜?"

"그냥 불러봤어요."

내가 부르자 걸음을 멈추고 뒤를 돌아본 로이드 왕자가 피식 하고 웃는다. 그런 그의 옆으로 쪼르르 다가간 나는 슬며시 팔짱을 끼었다. 내 얼굴과 잡힌 팔목을 한번 힐끔 바라본 로이드 왕자는 다시 웃으면서 걸음을 옮겼다. 안 해주면 내가 하면 되지! 기다리는 건 이젠 질렸다고. 훗.

마을을 한 바퀴 삥 돌아서 도착한 곳은 왼쪽으로 저택의 지붕이 보이는 낮은 언덕이었다. 봄이었다면 사방에 들꽃이 만발했을 그런 곳이지만 지금은 가을. 초목들은 겨울을 나기 위해서 녹색의 옷을 갈색 옷으로 갈아입는 중이었다. 저택을 나서기 전까지는 마치 비가 올 듯한 날씨였는데 언덕을 다 올라서고 나니 몇 조각의 흰 구름이 하늘에 둥둥 떠 있었고 그 사이로 햇살이 쏟아져 내렸다. 거기다 산꼭대기에서 불어 내려오는 미풍이 몸을 휘감고 언덕 아래로 향하자 올라오는 동안 주르륵 흘러내리던 땀을 씻어주었고 약간 달아올랐던 몸이 천천히 식기 시작했다.

"여기로 하는 게 어때요?"

"응, 좋아."

언덕 끄트머리에 서서 영지를 내려다보던 로이드 왕자는 내 말에 순순히 고개를 끄덕였다. 이에 내가 에린에게 손짓하자 바닥에 주저앉아 헥헥거리고 있던 에린이 잽싸게 두께가 얇은 양탄자를 펼쳐서 바닥에 깔았다. 나와 로이드 왕자는 우리 둘이 누워서 굴러도 될 만한—꽤 크다. 그리고 이것을 둘둘 말아서 챙기면 꽤나 무거울 것이 분명하다—양탄자 위에 올라서서 자리를 잡고 앉았다. 옆에서는 에린이 가져온 간식거리를 작은 바구니에 나눠 담아서 우리들 옆에 내려놓았고, 낑낑거리면서 포도주 마개를 딴 뒤 다시 병 입구에 마개를 살짝 꽂고는 포도주 병을 로이드 왕자 옆에 내려놓았다.

"여기……."

로이드 왕자가 내게 투명한 유리잔 가득 따른 포도주를 넘겨주었다. 투명할수록 값이 비싼 게 유리인데 내가 받아 든 잔은 물속에 넣으면 찾지 못할 만큼 투명하다. 그런 잔 안에 포도주가 들어 있으니 마치 허공에 적포도주가 둥둥 떠 있는 듯한 모습이었다. 하늘은 맑고—구름이 좀 끼었지만…—바람은 시원하며 내 옆에는 귀여운 남편이 나를 빤히 바라보고 있다. 기분 좋다아~

"건배할까?"

"네. 그런데 무엇을 위해서 건배하죠?"

"으음… 아름다운 그대를 위하여… 라고 하는 건 어때?"

"푸훗. 그것도 좋지만요, 음… 전 앞으로 태어날 아기를 위해서 건배하고 싶은걸요. 당신을 닮은 귀… 아니, 잘생기고 씩씩한 우리 아이를 위해서 말이에요."

"그것도… 좋겠군."

쨍.

은은한 소리가 울려 퍼지면서 우리가 들고 있는 포도주가 잔 안에서 살짝 흔들렸다. 만족스러운 듯 미소를 지으며 포도주를 마시는 로이드 왕자. 그의 옆모습이 오늘따라 왜 이렇게 귀엽게… 가 아니라 멋있게 보이지? 내 눈에 뭐가 씌인 건가? 슬며시 몸을 뒤로 빼고 멀리 지평선을 바라보고 있는 로이드 왕자의 뒷모습을 바라보던 난 나조차도 이해할 수 없는 감정을 느끼며 멍하니 그의 머리를 뚫어지게 바라보았다. 한 치 앞도 안 보이는 그믐밤의 어둠 속 같은 새까만 머리카락이 바람에 살짝 흩날리면서 내 눈앞에서 춤추듯 움직였고 남자의 피부치고는 너무나도 새하얀 목 선이 머리카락 사이로 살짝살짝 보였다 사라지곤 했다.

"응? 왜?"

"아… 아니에요."

왜… 왜 갑자기 얼굴이 빨개지는 거야! 부끄럽잖아! 내가 손으로 얼굴을 가리면서 고개를 돌리자 로이드 왕자는 왜 그러냐는 듯 나를 빤히 바라봤지만 아무리 성격이 좋은 나라도 남편의 뒷모습이 너무 아름다워서 정신을 잃을 것 같다는 말을 할 정도로 넋을 잃은 건 아니라고.

내가 더 이상 말이 없자 가만히 날 쳐다보고 있던 로이드 왕자는 이

내 관심을 잃었는지 다시 고개를 돌렸다. 사내치고는 작은 어깨가 눈에 들어온다. 아으으으… 확 뒤에서 껴안고 싶어어어! 어머니!! 왜 절 이렇게 예절 바른 숙녀로 교육시킨 거예요오오오……!

객관적으로 보자면 로이드 왕자는 내 눈에 차지 않아야 정상이다. 남자라면 당연히 배워야 할 검술은커녕 자기 몸 하나 지킬 만한 호신술도 못하고, 사교적이긴커녕 자폐증으로 봐도 무방할 만한 특유의 무신경함과 배타적인 성격, 그리고 왕자이면서 자기 파벌을 만들기는커녕 오히려 지금 자신을 지지하는 파벌마저도 귀찮아하면서 어떻게 해체시킬까 궁리하고 있는 남자가 저 로이드 왕자이다. 꿈도 없어 보이고, 야망 역시 고양이 눈물만큼도 없으며, 오직 도서관에서 책이나 읽고 있는 게 유일한 자랑거리인 그는 귀족으로서도 남자로서도 모두 실격이다. 하지만… 이런 실격인 남편임에도 불구하고 그의 뒷모습을 보고 있자니 나도 모르게 빠져들고 만다. 이런 게 사랑일까? 아니면 댄이 말한 것이 바로 이런 것일까? 어느 쪽인지 판단이 잘 서지 않는다. 하지만 중요한 것은 그가 바로 나의 남편이라는 것과 난 언제부터였는지 모르겠지만 진심으로 그를 사랑하게 되었다는 것이다.

"…전하."

"왜?"

"머리… 카락 좀 만져 봐도 될까요?"

"응."

손을 뻗었다. 그의 부드러운 검은 머리카락이 손에 잡히자 내 손을 타고 전류가 찌르르… 흐르는 것 같았다. 왜일까? 왜 날아오를 듯이 기쁜데도 눈에서 눈물이 나오는 걸까?

"우는 거야?"

"예? 예… 아… 아니. 그게 아니고…….."

으아아… 왜 이러지? 나답지 않게… 나도 모르게 손발이 제멋대로 허둥거린다. 이래서야 꼴사납잖아! 난 턱 밑으로 눈물이 뚝뚝 떨어질 때까지도 허둥거리면서 어쩔 줄 몰라 했다. 그런 내 얼굴을 바라보던 로이드 왕자는 손을 들어서 내 눈가를 닦아주면서 웃었다.

"아넬리안도 의외로 울보네. 평소에는 찔러도 아픈 내색 하나 안 할 것처럼 도도하더니만."

"제… 제가 언제요…….."

"훗, 키스 한 번 했다고 남편이 덮고 있는 이불을 창밖으로 내던지는 부인이 몇이나 될까?"

"그… 그건… 모… 몰라요!"

에에잇! 나한테 불리한 건 빨리빨리 잊어버리라고! 몰라! 난 아까와는 다른 의미로 붉어진 얼굴을 옆으로 돌리며 말했다. 슬쩍 곁눈질로 로이드 왕자를 바라보니 그는 여전히 입가에 미소를 단 채 날 바라보고 있다.

"화났어?"

"…아니요."

"그래? 다행이군."

그렇게 말한 로이드 왕자가 갑자기 얼굴을 내 쪽으로 바짝 들이밀었다. 우아아… 아직 밝은 대낮이란 말이야! 거기다 여긴 야외인데다가 뒤에는 에…에린이…….

"그럼 이제 이 손 좀 놔줄래? 머리카락이 당겨서 아프거든."

"예에?"

어라… 아직도 잡고 있었나? 난 로이드 왕자의 머리카락을 쥐고 있던 손을 풀었다. 손가락 사이로 몇 가닥의 검은 머리카락이 딸려 나왔다. 나도 모르게 힘을 준 건가? 다행히도 쥐고 있던 머리카락이 몽땅 빠지지는 않았지만… 내가 손을 풀자 한 뼘도 안 되는 거리까지 다가왔던 로이드 왕자의 웃는 얼굴이 뒤로 물러선다. 아쉬워라… 가 아니잖아! 누가 볼지도 모르는 이런 야외에서 키스라니… 그런 건 천한 평민들이나 하는 짓이라고.

"흠… 어디까지 봤더라……."

에? 뭐… 뭘? 난 등을 돌리고 있는 로이드 왕자에게 다가가 어깨너머로 바라보았다.

이 사람이… 저 두꺼워 보이는 책은 또 언제 가져와서 펴놓고 있는 거야?! 캬아악! 정말로!! 나보다 책이 더 좋다는 거야?

"…전하."

"으응?"

"겨우 독서를 위해서 여기까지 나오신 건가요?"

"으응… 역시… 안 되겠지?"

"당연하죠! 저처럼 이렇게 아리따운 숙녀가 옆에 앉아 있는데! 책이나 읽고 있다니요! 이건 저에 대한 모독이라고요!"

"그런가……."

내 말에 책을 바닥에 내려놓으며 머리를 긁적이는 로이드 왕자. 그 모습도 귀여워! 아아 … 아무래도 이건 중증인 것 같아. 어떤 짓을 해도 로이드 왕자가 귀여워 보이다니 말이야. 난 무릎으로 일어선 자세로 로이드 왕자를 내려다보면서 숨을 골랐다.

"그럼… 무슨 이야기를 할까?"

손으로 책 표지를 쓰다듬던 로이드 왕자는 고개를 돌려 날 바라보며 말했다. 웃는 로이드 왕자의 얼굴이 내 눈앞에 어른거린다. 이젠… 통제 불능이야. 에이, 몰라!! 난 앉아 있는 로이드 왕자의 목에 양팔을 감으며 무너지듯 몸을 앞으로 내밀었다.

로이드 왕자는 내 체중을 견디지 못하고 뒤로 넘어졌다. 쳇, 허약하긴. 하지만 상관없다고. 내 두 팔이 그의 머리를 단단히 붙잡고 있으니까 말이야. 코끝이 닿았다. 난 눈을 감고 코끝으로 그의 볼을 간지르면서 입술 사이를 살짝 벌렸다. 곧 이어 로이드 왕자의 양팔이 내 등을 쓰다듬어 주었고 그의 입술이 내 입술에 닿았다.

"우우움……."

머리 속에서 폭죽이 터지는 듯한 느낌이 몰려오면서 머리 끝으로 피가 몰려온다. 아까 전에 빨개졌던 얼굴은 이제 더 이상 붉어질 수 없을 정도로 달아올라서 볼이 뜨거워졌고 쿵쿵거리며 뛰던 심장은 마치 전력 질주를 한 것처럼 쿵쾅거리면서 요동을 쳤다. 뜨거운 무언가가 목 아래서 샘솟듯 솟아오른다. 길고 긴 키스가 세상이 끝날 때까지 이어질 것처럼 느껴진다. 그의 손이 닿은 등에선 마치 전류가 흐르는 것처럼 찌르르… 한 느낌이 계속 퍼져 나왔다.

눈부시다. 난 한 손으로 눈가를 가리면서 이제는 푸른색으로 물든 가을 하늘을 올려다보았다. 아침까지만 해도 조금 찜찜하던 내 마음이 지금은 저 푸른 하늘처럼 맑고 깨끗해지는 느낌이 들었다. 사람들은 이런 충족되는 느낌을 얻기 위해서 사랑을 하는 걸까? 글쎄… 그거야 모르는 일이겠지. 하지만 한 가지는 알 것 같다. 사랑하는 사람의 곁에 있는 것이 왜 행복한지를 말이야.

"으음……."

내 옆에서 눈을 감고 있던 로이드 왕자가 작게 신음하면서 몸을 꿈틀거렸다. 팔이 아픈 걸까? 난 머리를 들어서 지금껏 베고 있던 로이드 왕자의 팔을 풀어주었다. 그러자 로이드 왕자가 손으로 눈가를 가리면서 다시 잠이 든다. 슬쩍 상체를 일으켜 로이드 왕자의 얼굴을 내려다보고 있으려니 천진난만이라는 말을 어떤 때 쓰는 건지 알 수 있었다. 천사 같아…….

"저… 마마."

응? 누구야? 이런 행복한 기분에 빠져 있는 내게 눈치없이 말을 거는 게……. 돌아보니 에린 녀석이 점심 바구니를 든 채 어쩔 줄 몰라 하고 있다. 저 바보 녀석. 하여간 도움이 안 된다니까.

"뭐야?"

"시… 식사를……."

"에린아."

"네에, 마마."

"사라져."

"…네?"

으휴… 정말이지 아주 맞고 싶어서 발악을 한다니까! 주변을 둘러보았다. 뭐 던질 게 없을까 해서 고개를 돌려 이리저리 살피다가 아까 전에 에린이 가져다 놓은 쿠키 바구니가 눈에 들어왔다. 이에 난 즉시 쿠키 몇 개를 집어 들어서 에린 녀석을 향해 던졌다.

퍼석…….

"히잉……."

저 바보 같은 것은 정말 낄 때 안 낄 때를 구별할 줄도 모른다니까. 내가 던진 쿠키에 이마를 정통으로 얻어맞은 에린 녀석은 작게 훌쩍이면서 내 눈치를 봤다. 그러면서도 눈치껏 사라지지 않고 있기에 난 주먹을 움켜쥐고 들어 보였고 그제야 어린 녀석은 허둥대면서 언덕 너머의 숲 쪽으로 뛰어갔다. 쯧. 그렇게 알아서 눈치껏 피해주면 좀 좋아? 이런 걸 일일이 내가 말해야 하냐고. 하여간… 에이… 기분만 잡쳤잖아. 할 수 없지. 코 자고 있는 로이드 왕자나 보면서 풀어야지.

바라보는 것만으로 사람을 꿰뚫어 버릴 수 있다면 로이드 왕자는 벌써 열댓 번은 꿰뚫렸을 거다. 왠지 보면 볼수록 마음에 드는 게 눈을 뗄 수 없게 만든다. 난 햇살 때문에 몸을 뒤척이는 로이드 왕자의 머리를 조심스럽게 들어서 내 무릎 위에 올려놓았다.

"우우웅……."

로이드 왕자가 잠결에 뭐라고 작게 중얼거리면서 몸을 뒤척인다. 이런 무방비한 모습도 귀여워 보이다니. 아무래도 조만간 의사라도 찾아봐야 할 것 같다. 그런데… 조금 심심하다. 아무리 봐도 질리지 않는 로이드 왕자의 자는 모습이지만 자고 있는 그를 내려다보고 있자니 나도 졸음이 오잖아. 에잇! 자면 안 돼! 난 조금씩 밀려오는 졸음을 쫓기 위해 아까 전에 로이드 왕자가 보던 책을 집어 들었다. 가죽으로 된 두꺼운 표지는 손때가 잔뜩 묻어서 맨질맨질하다. 거기다 대충 수백 페이지는 될 법한 종이들은 죄다 너덜너덜한 게 얼마나 많이 봤는지를 알게 해주었다. 흠… 제목이… 지워졌잖아? 얼마나 들고 다니면서 봤으면 이 정도야? 어디 보자…….

"…에에?"

속표지를 펼쳐 보니 책 제목과 목차가 조그맣게 씌여 있다.

아름다운 여성에게 사랑받는 법.

—디온 저.

…바람둥이들의 필독 지침서? 채이지 않고 차버리는 방법? 남자들이여, 자신을 꾸며라? 뭐야, 이건… 전에 보던 연애백서 최신판이냐? 아니… 이 책의 상태를 봤을 때 로이드 왕자가 전에 봤던 그 책이 이거보다 늦게 나온 것 같다. 하여간… 디온이라면 주신이자 반신인 그 신을 말하는 건가? 신이 직접 집필한 책이라면… 성서로 추대되어서 신전에나 처박혀 있어야 정상 아냐? 흐음… 뭐, 한 가지는 알겠다. 이 책, 분명히 그 디온의 프리스트들에게서 얻어낸 것이 뻔해. 우후훗. 그래도 기분은 좋잖아. 오늘을 위해서 이런 책도 다 보고 말이야.

"고마워요, 전~ 하~ 후훗."

쪽.

그의 입술에 살짝 키스했다. 우… 허리를 심하게 굽혔더니 배가 땡긴다. 아직 운동이 부족한가 봐.

꼬륵.

배고파. 거기다 발도 저려온다. 발을 뻗은 채 앉아 있었더니 허리도 아프고… 에휴… 어떻게 두 시간을 내리 잘 수 있는 거야? 나 같은 미녀를 겨우 베개 대용으로 쓰다니 너무해, 너무해, 너무해에… 지루하고 심심하다. 그렇다고 깨우기도 좀 그렇고 말이야.

"에휴……."

길게 한숨을 내쉬면서 하늘을 올려다보았다. 로이드와 저택을 나올 때까지만 해도 하늘에 회색빛 구름이 잔뜩 끼어 있었는데 오후가 지나고 나니 점점이 떠다니는 높은 구름들만 조금 보일 뿐 하늘은 아름다운 사파이어 색으로 변해 있었다.

아름답다. 흐음… 설마 로이드가 여기까지 예상한 건 아니겠지? 로이드가 예언자도 아닌데 그날의 날씨를 어떻게 알겠어? 음… 혹시 책을 통해서 배운 건 아닐까? 그렇다기엔 아침에 꽤 허둥댔는걸. 에이에이… 지루해지니까 별 생각이 다 드는구나. 날 심심하게 만든 낭군님 얼굴이나 봐야지. 다시 고개를 내려서 내 품 안에서 자고 있는 로이드를 보았다. 아까 전에 심심해서 볼을 쿡쿡 찔러줬더니 잠결에 움찔거리다가 엉큼하게도 내 배에 얼굴을 처박고 쿨쿨 잘도 잔다. 괜히 아침에 깨웠잖아. 이럴 줄 알았으면 그냥 잘 자게 놔둘걸. 이렇게 놀러 나와서 이게 뭐야. 쳇. 성질나는데 그냥 확 삐쳐서 가출이나 해버릴까?
"가출해도 갈 데도 없잖아. 비상금이라도 좀 마련해 둘걸……."
로이드 왕자의 머리를 한 손으로 쓰다듬어 주면서 작게 중얼거렸다. 여기서 가출해 봐야 무일푼이니 나가봐야 고생만 왕창 할 테고 가출하는 주제에 랭스턴 자작에게 손을 내밀 수도 없잖아. 댄이나 그런 녀석들을 데리고 가면 그게 가출이야? 외출이지. 그리고 무엇보다…
"이런 사랑스러운 남자를 두고 어떻게 가출할까?"
에휴. 이게 문제다. 말로는 가출이라도 하고 싶다고 말하지만… 난 로이드 왕자와 떨어지고 싶은 생각이 전혀 없는걸. 이런 내가 싫다, 정말. 볼을 부풀리며 불만을 표시한―봐줄 사람은 한 명도 없지만…―나는 한 손으로 턱을 괸 채 잘 자고 있는 로이드 왕자의 볼을 쿡쿡 찔렀다. 심심하니 이런 장난이라도 쳐야지 뭐.

혼자서 중얼거리는 것도 지쳐서 왼다리를 세우고 턱을 괸 채 꾸벅꾸벅 졸고 있을 때였다. 갑자기 등 뒤에서 '전하아아아…' 라고 소리치는 소리가 들려왔다. 웬 찢어지는 비명 소리인가 해서 로이드 왕자가 깨지 않게 조심하며 몸을 틀어서 뒤를 돌아보니 숲 속에서 열댓 명의 사내들이 그야말로 질주한다는 표현이 딱 들어맞는 몰골로 죽자고 뛰어오는 게 보였다.

"전하아아아아!!"

시끄럿! 왜 시끄럽게 소리치고 난리야? 그러다가 로이드 왕자라도 깨면 어쩌려고! 난 인상을 찌푸리면서 뭐라고 한마디 해주려고 했다. 하지만 그전에 내 허벅지를 베고 자던 로이드 왕자가 갑자기 상체를 일으키더니 아직도 '전하아아' 라고 소리치며 뛰어오는 놈들을 노려보는 게 아닌가? 그것도 반쯤 잠에 취한 눈으로 말이다. 근 100m는 될 법한 거리에 있던 녀석들은 금세 달려와 우리 앞에 섰고 댄과 닐크―아르케네스는 안 보였다―등은 작게 숨을 고르면서 로이드 왕자 앞에 한쪽 무릎을 꿇고 고개를 숙였다. 그리고 그들의 뒤를 좇아온 부하들은 나와 로이드 왕자를 둥글게 둘러싸더니 주변을 경계하기 시작했다.

"뭐야?!"

"저… 전하… 헉헉… 괜찮으십니까? 네?"

이마에 구슬땀을 주렁주렁 달고 있는 댄이 고개를 처들면서 로이드 왕자가 내뱉은 신경질적인 말에 질문으로 답했다. 뭐가 괜찮은데? 아니, 방금 전까지는 괜찮았지만 지금은 별로 안 좋아 보이는걸? 물론 그 이유는 꽥꽥거리며 소리를 지른 댄 때문일 거다.

"워렌 자작! 이 소동은 도대체 뭔가? 응?"

"휴우… 다행입니다, 전하. 아직 아무 일도 없었나 보군요."

"워렌!!"

엉뚱한 답변에 기어이 로이드 왕자가 폭발해 버렸다. 쯧. 역시 그 성격이 어디 가겠어? 후후후. 나랑 있을 때만 순한 양처럼 되는 거지. 킥킥. 조금은 기분 좋은걸? 하지만 앞으로 베개 대용이 되는 건 조금 사양해야겠다. 발 저려…….

"딴소리 그만 하고, 왜 이러는 건지 이유나 말해 봐!"

"저… 그게……."

"전하! 이 근방에 암살자로 보이는 자가 나타났습니다!"

"이봐, 닐크, 그건 내가 해야 하는 말이잖아."

"에이… 우리 사이에……."

어이어이. 거기 남자 둘, 사이좋은 건 알겠는데 말이야. 성깔 더러운 로이드 왕자 앞에서 그런 짓거리 하고 있다간 당장 교수형 감일 텐데?

"이것들이… 모두 목매달아 줄까? 앙? 워렌 자작!"

"옛! 전하!"

"당장 무슨 일이 있었는지 말해! 어서!"

"옛! 대략 한 시간 전에 제가 맡고 있는 훈련소에 정체 불명의 존재가 나타났다 사라졌습니다. 당시 근처에 있던 스토커와 저희 측 어쎄신들이 그자를 쫓아갔지만 상대가 워낙 잽싸고 숲으로 도망쳐서 결국 놓쳐 버렸습니다. 그래서 영지 주변을 수색하다가 전하께서 호위도 거느리지 않고 나오신 것이 생각나서 전력으로 달려온 것입니다."

"…흐음."

댄의 말에 무조건 화만 내던 로이드 왕자도 조금 진정했다. 남들보다 훨씬 총명한 로이드였으니 댄이 무엇을 말하려 하는지 단숨에 알아챘겠지. 거기다 성질머리가 조금 나빠서 그렇지 로이드 왕자는 나이에 걸맞지 않게 감정을 조절하는 법을 잘 알고 있다.

그나저나 발이 뻣뻣한 게 내 다리 같지가 않아. 거기다 조금만 움직여도 찌릿찌릿한 게 눈물이 다 나온다. 아흐흐…….

"그래서? 피해는?"

"예?"

"적이 훈련소까지 난입했다면 우리 측 피해가 있을 게 아닌가? 거기다 추적자들까지 뿌리치고 도주했다며?"

"저… 그게, 아무도 안 다쳤습니다."

"그럴 리가 있나? 최소한 누구 하나라도 실종되어야 하는 것 아닌가? 요즘 암살자들은 모두 기사도를 숭상하는 건가? 그럴 리가 없잖아! 작은 거라도 상관없으니까 뭐든지 말해 봐."

옆에서 로이드 왕자가 말하는 걸 듣고 있자니 왠지 이 녀석들을 빨리 보내 버리려고 서두르는 것 같다. 설마 또 날 베개 대용으로 쓰려고 그러는 건가?

"저… 그게……."

"빨리 말해!"

"저… 저기……."

댄의 버벅거림에 짜증이 났는지 로이드 왕자의 말투가 험악하게 변했다. 아직도 발이 저려서 앉아 있던 나는 저릿저릿한 고통을 참아가면서 두 다리를 모으고 다소곳하게 앉아서 로이드 왕자의 양다리를 바라보았다. 그 다리 너머로 땀을 뻐질뻐질 흘리며 고개를 숙이고 있는 댄이 보인다. 아예 사색이 다 됐군. 왜 저렇게 쩔쩔매는 거지? 시간을 끌면 끌수록 로이드 왕자가 더 화낼 텐데 말이야.

"어서 말 못해?"

"저… 전하! 말씀드리겠습니다! 그러니까… 에… 저희… 요원들의… 물건을……."

"물건? 무기를 훔쳐 간 건가? 아니면 갑옷? 아니지. 그런 건 흔하잖아. 그래! 암살자들이 임무 때 사용하는 고가의 독약 같은 것을 훔쳐

간 것이군! 맞나?"

"아… 아니옵니다."

"그럼 뭐야?!"

"저… 저희 속옷을……."

"…뭐?"

휘이이잉…….

때마침 언덕 위로 시원하다 못해 냉기가 풀풀 흘러나오는 바람이 한바탕 휩쓸고 지나갔다. 반문을 했던 로이드 왕자나 대답을 한 댄이나 그대로 얼어붙은 듯 말이 없었고 나 역시도 아무 말도 할 수 없었다. 푸후후후…….

"풉……."

"웃지 마, 아넬리안! 그리고 워렌 자작! 지금 자네들 속옷을 도둑 맞았다고 말하는 건가?"

"예에… 전하. 믿어지지 않으시겠지만… 예, 그렇습니다."

"하! 정말이지……."

난 귓가로 어이없는 듯한 목소리로 중얼거리는 로이드 왕자의 말을 흘려들으면서 소리 죽여 웃었다. 쿡쿡쿡. 웃긴다. 정말. 가끔 여자 속옷을 훔쳐 가는—귀족가 여식이 입는 제대로 된 속옷 세트라면 일반 평민들이 사는 집 한 채 값 정도는 너끈히 나간다—도둑은 있다고 하지만 남자 속옷이라니. 쿡쿡. 그런 천 쪼가리를 가져다 뭣에 쓸려고… 푸후후후.

"웃지 말라니까!"

"하… 하지마안… 풉."

웃기잖아! 난 신경질을 부리는 로이드 왕자를 피해서 몸을 숙인 채 양손으로 입을 틀어막고 웃었다. 눈물을 찔끔찔끔 흘리고 배가 당길

때까지 웃던 나는 소매로 눈가를 훔친 뒤 인상을 팍팍 쓰며 내 쪽으로 몸을 돌리고 있는 로이드 왕자를 올려다보면서 말했다.

"전하, 혹시 저 워렌 자작이나 다른 요원들을 사모하던 여인들이 사람을 사서 속.옷.만 훔쳐 오라고 시킨 게 아닐까요?"

"말이 되는 소리를… 젠장, 말이 되잖아! 워렌 자작! 도대체 당신들은 뭐 하는 사람들이야? 그러고도 정보과 요원들이라고 할 수 있는 거야? 이래서야 내가 안심하고 그대들을 곁에 둘 수 있겠느냐고?! 응?"

"요… 용서를……."

"용서고 뭐고! 당장 영지를 이 잡듯 뒤져서 그 도둑놈을 잡아와! 당장!"

"예? 예! 전하. 닐크, 몇 명 데리고 아까 수색하던 곳부터 찾아봐."

"알았어. 전하, 걱정 마십시오! 기필코 그 도둑놈을 잡아서 끌고 오겠습니다!"

이렇게 호기롭게 소리친 닐크는 주먹까지 불끈 쥐어가면서 속옷 도둑을 잡기 위해서 몇 명의 요원들과 함께 그들이 뛰어왔던 쪽으로 다시 뛰어갔다. 그때까지도 소리 죽여 웃고 있던 내 귀에 댄을 질책하는 로이드 왕자의 목소리가 들려왔다.

"그대는 왜 여기 있는 건가?"

"예? 하지만 전하, 혹시나 위험할지도 모르니……."

"누구의 위험인데? 설마 그자가 내 속옷도 노릴까 봐 걱정되는 건가?"

"저… 그게……."

"아하하하하……."

"아넬리안! 숙녀가 정숙치 못하게……."

"하지만 전하, 웃기잖아요. 남자 속옷만 전문적으로 노리는 도둑이라니. 전 처음 듣는걸요. 흐음… 하긴 전하나 저기 있는 댄 정도로 잘생긴 남자라면 속옷을 노리는 귀부인이 있다 해도 이상하지 않겠지만요."

"시… 시끄러! 그런 망측한 소리는 입에 담지 마, 아넬리안! 워렌 자작! 지금 당장 가서 그놈을 잡아와! 어서!"

"그래요, 댄. 어서 가서 그자를 잡아와요. 우리 전하의 속옷은 제가 지킬 테니까요. 푸흡."

내 말에 당황한 표정으로 날 보던 로이드 왕자의 얼굴이 새빨갛게 달아올랐다. 거기다 둥근 모양으로 우리를 감싼 채 주변을 경계하고 있던 몇몇 요원들의 어깨가 들썩들썩거린다. 저들도 나처럼 웃음을 참기 힘든가 보지? 하지만 나와는 다르게 웃다가 걸리면 앞으로 굉장히 괴로울걸?

"워렌 자작! 당장 내 눈앞에서 사라져! 이건 명령이야!"

"하… 하지만 전하……."

댄은 뭔가 변명거리를 찾으면서 어떡해서든 여기 남으려 했다. 하긴 저 녀석에게 로이드 왕자는 태양이자 빛이니 그의 신상에 무슨 일이라도 일어났다간 자기도 같이 죽겠다고 할 녀석이지. 그런 댄에게 짜증이 났는지 로이드 왕자는 갑자기 주변을 두리번거리기 시작했다. 내가 뭘 찾는 건가 해서 고개를 길게 빼고 바라보자 나와 눈이 마주친 로이드 왕자는 갑자기 얼굴을 붉히며 고개를 돌리더니 댄에게 바싹 다가가서는 그의 허리에 매여 있는 롱 소드의 손잡이를 잡았다.

"저… 전하?"

스릉.

푸르른 검날이 빛을 받아서 번쩍인다. 댄 녀석, 불길한 예감이라도 감지한 걸까? 로이드 왕자가 자신의 롱 소드를 빼 들자 무릎을 꿇고 있다가 갑자기 벌떡 일어서더니 뒤로 후닥닥 물러선다.

"저기… 전하아?"

"죽어!"

"우와악! 갑니다! 가요!"

눈앞에서 어설픈 동작으로 로이드 왕자가 롱 소드를 휘두른다. 검을 휘두르는 것은 어설프기 그지없었지만 댄을 작살내겠다는 투지는 엔간한 검사들도 한 수 접어줄 정도다. 의외로 화나니까 무서운걸? 덕분에 불쌍해진 건 아직도 경계 자세를 취한 채 석상처럼 굳어 있는 요원들이었다. 상관은 칼부림에 쫓겨 도망쳤지, 허공에 대고 롱 소드를 휘둘러 댄 로이드 왕자는 아직도 씩씩거리고 있지, 그렇다고 명령이 내려온 것도 아니었으니까.

"여러분들도 어서 피하는 게 좋을 것 같은데요? 전하께서 들고 계신 검에 피를 묻히는 영광을 얻고 싶지 않다면 말이에요."

"……."

내가 친절하게 조언해 줬는데도 움직일 줄 모르는군. 단지 어깨를 움찔거리면서 서로의 얼굴을 힐끔거릴 뿐이다. 역시 아랫사람들은 피곤한 법이라니까. 난 어깨를 으쓱이면서 로이드 왕자를 올려다보았다. 그러자 로이드 왕자가 롱 소드를 바닥에 내동댕이치면서 소리쳤다.

"안 꺼져?"

후닥닥.

로이드 왕자의 말이 시발점이 된 듯 우리들 주변에 모여 있던 요원들은 그의 외침 소리가 들리자마자 각자 자신들이 바라보고 있던 방향을 향해 온 힘을 다해 뛰기 시작했다. 그 와중에도 댄의 롱 소드를 챙겨가다니, 역시 보통 녀석들은 아니라니까.

난 씩씩거리며 화를 내는 로이드 왕자에게 미소를 보여주면서 말했다.

"전하께서 참으세요. 댄이나 다른 이들도 다 전하를 위해서 저러는 거잖아요."

"…쳇. 누가 해달라고 했나? 저 녀석들은 제멋대로 날 귀찮게 하는 것뿐이라고."

"후훗. 그래도 좋잖아요. 전하를 위해서 목숨을 내놓을 수 있는 부하들이라니. 저런 충성스러운 신하는 쉽게 구할 수 없답니다."

"…쳇쳇."

내 말에 로이드 왕자는 팔짱을 끼며 혀를 찼다. 그러면서도 내 옆에 털썩 주저앉아서 아무 말도 안 하는 걸 보니 조금은 공감하나 보네.

조금 시간이 지나자 로이드 왕자도 진정했는지 가끔씩 내뱉던 투덜거림도 사라졌다. 묵묵히 그의 말을 들어주고 있던 나는 로이드 왕자가 슬그머니 내게 다가와 기대려 하는 걸 손으로 슬쩍 제지한 뒤에 살며시 자리에서 일어섰다.

"왜? 어디 가는 거야?"

저런, 눈치라곤 에린만큼이나 없다니까. 하여간 배려심이 없는 남자들은 이래서 안 돼.

"전하."

"으응?"

"숙녀가 조용히 자리를 뜰 때는 말없이 기다려 주는 게 예의랍니다."

"아아… 그렇군. 알았어. 기다리지."

"깊으신 배려 감사합니다, 전하."

"응. 난 배려심이 있는 남자니까. 기다릴게."

그렇게 말한 로이드 왕자는 내게 손까지 흔들어준다. 후훗. 아까 전에 봤던 '아름다운 여성에게 사랑받는 법' 책에 이런 대목이 있었지, 아마? '자신을 칭찬하는 데 인색하지 말라. 자신감을 회복하는 데 아주 좋은 밑거름이 되어준다' 였던가? 하지만 전하, 방금 전의 발언은 댄에게 했던 행동과는 너무 상반되는걸요. 후훗. 하긴 저런 점이 귀여운 거지만 말이야. 약간 어설프고 엉뚱한 나의 로이드.

우리가 앉아 있던 곳에서 빠져나온 나는 언덕 아래를 향해 천천히 걸어 내려갔다. 조금 앞으로 가보니 완만한 경사면 중간쯤에 에린 녀석이 카렌과 함께 풀밭에 앉아서 속닥이고 있는 게 보였다. 난 에린들이 있는 쪽으로 다가갔다. 내가 다가가니 카렌은 금세 내가 오는 걸 느꼈는지 입을 꽉 다물었지만 둔하기론 둘째가라면 서러운 에린 녀석은 내가 등 뒤에 떡하니 서 있는데도 불구하고 아직도 눈치를 못 챘나 보다.

"정말 이게 그분 거란 말이야? 응? 카렌, 말 좀 해봐."

"……."

"카렌? 갑자기 왜 그래? 응?"

"호오. 좋은 걸 들고 있네? 에린."

"핫! 마… 마마!"

내가 등 뒤에서 말을 걸자 에린 녀석이 깜짝 놀라면서 양손에 쥐고 있던 흰 천을 등 뒤로 숨기면서 몸을 돌렸다. 이제 와서 숨기면 뭐 하냐고. 이미 볼장 다 본걸.

"그러고 보니 아까 전에 댄이랑 다른 녀석들 속옷이 사라졌다고 하던데… 에. 린. 그 뒤에 숨기고 있는 거 남자 속옷 아니니?"

"아… 아닙니다! 마마. 이… 이건 손수건이에요! 손수건."

"그래? 마침 잘됐네. 그렇지 않아도 땀이 좀 났는데. 줘봐."

"저어… 저어……."

"왜? 싫어? 감히 내 말을 거역하겠다는 거야? 응?"

"그… 그게… 저어……."

울겠군, 울겠어. 아예 울상이다. 이쯤 할까나? 에린 녀석이 댄을 사모하는 건 이미 알 사람은 다 알고 있는 사실이고 또 오늘은 기분도 좋으니까 한 번만 봐주기로 하자.

"싫으면 말아라. 전하께서 지금 혼자 계시니까 에린은 올라가서 차라도 한잔 타드리고, 카렌은 날 따라와."

"네! 마마."

"……."

내 말에 에린 녀석은 어디서 그런 힘이 났는지 경사진 언덕을 후다닥 뛰어올라 갔다. 그러면서도 손에 쥔 속옷을 치마 속으로 숨기는 걸 보면 저 녀석도 대단하단 말이야.

난 여전히 말을 안 하는 카렌을 데리고 언덕 아래까지 내려왔다. 주변을 둘러봐도 볼일을 볼 만한 곳이 없어서였다. 덕분에 작은 숲 속까지 들어간 나는 카렌을 세워놓고 으슥한 곳으로 들어가려 했다.

"아!"

맞다. 나도 깜빡 잊고 있었는데…

"카렌, 정말 내가 시킨 대로 한 거냐?"

"…시켰으니까."

내 말에 카렌은 싫다는 표정을 숨기려고 하지도 않는다. 하긴 나라도 남자 속옷이나 훔쳐 오라고 시키면 싫어할 거다.

"잘했어, 카렌. 훗. 그것들은 닐크의 오두막에 가져다 놓은 거야?"

"응."

후후후. 역시 카렌이다. 댄 녀석, 로이드 왕자에게 왕창 깨졌으니까 영지를 이 잡듯이 뒤지고 다닐 테고 그 안에 닐크와 아르케네스가 살고 있는 오두막도 포함될 게 뻔하다. 그리고 거기서 훔쳐 갔던 속옷들이 나오면… 우하하하! 생각만 해도 즐거운걸? 닐크 녀석도 한번 뜨거운 맛을 보고 나면 감히 날 훔쳐보려는 생각은 꿈도 못 꿀 테니 복수도 되고 재미도 있고. 이거야말로 일석이조일세. 후후후.

내가 다시 우리가 있던 언덕 위로 올라가자 차를 마시며 책을 보고 있던 로이드 왕자가 활짝 웃으며—귀여운 데다가 아름답기까지 했다—나를 반겼다.

"빨리 와, 빨리."

"네에. 가요, 전하."

웬일로 날 이렇게 반기지? 조금 이상했지만 난 별 생각 없이 로이드 왕자의 옆에 우아하게 자리를 잡고 앉았다. 그러자 내가 자리에 앉는 걸 싱글거리면서 바라보던 로이드 왕자가 갑자기 내 쪽으로 쓰러지는 게 아닌가? 내 오른쪽 무릎은 다시금 로이드 왕자의 머리에 점거당해 버린 것이다. 에휴…….

"전하."

"응?"

"이쪽은 햇빛이 비치니 반대로 누우시겠어요?"

"응!"

저렇게 좋아하니 싫다고 할 수도 없고… 별수있나. 이번엔 왼쪽 무릎이다. 다음에 또 놀러 나오자고 하면 베개라도 하나 가져와야겠다. 뭐… 하는 짓이 귀여우니까 봐준다. 흠흠.

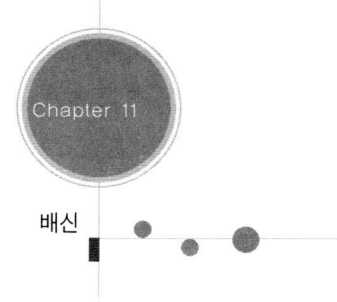

Chapter 11

배신

아넬리안 황후 마마? 으음……(30분 뒤). 내 주인. 내가 살아가는 이유. …더 해야 돼?

―제2대 황실 서기관이자 궁중 역사학자인
후렌 경이 집필한 '황실 비사' 중.
―크레센트 제국 정보부를 총괄하는 카렌 드 윈스턴 경과의 대담 중.
―주:앞으로… 또 카렌 경과 대담을 할 기회가 온다면
소설책이라도 하나 가져와야겠다.

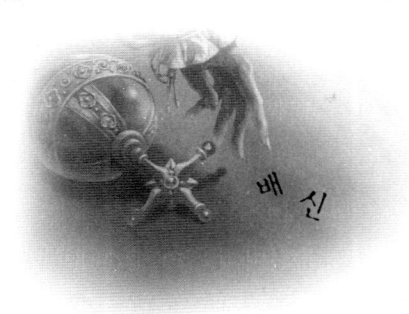

―대륙력 995년 가을. 수도 근교 미노스 백작가의 저택.

끼이익…….

조심스럽게 문고리를 잡고 밀자 고풍스러운 백합 문양이 새겨져 있는 나무 문이 작은 소리를 내면서 스르륵 열렸다. 고개를 빼꼼히 내밀어서 방 안을 들여다보니까 새하얀 휘장이 쳐져 있는 큰 침대가 눈에 들어왔다.

"누구? 아넬리안 양이에요?"

"네에. 들어가도 될까요?"

"물론이에요. 요나?"

"네, 작은 마님."

침대 가에 앉아 있던 요나라는 시녀가 휘장을 걷어 젖혔다. 그러자 몇 달 만에 보게 된 여인이 침대에 누워서 날 보며 웃어주었다. 내가 조심스러운 발걸음으로 안으로 들어가자 그 시녀가 침대 가에 의자를 가져다 주고는 자리를 비켜준다. 흠… 역시 교육을 잘 받은 시녀들은 일을 알아서 한다니까.

"이리 가까이 오세요."

그녀의 말에 난 방 안을 슬쩍 둘러보면서 침대 가로 걸어갔다. 방 한 구석에는 벌써 아기 요람이나 천장에 매다는 장난감들이 쌓여 있었고 벽면에는 비젠 신의 신물이 걸려 있었다. 그리고 화분이랑 꽃병들이 테이블이나 벽난로 위 등을 점거하고 있어서 그런지 꽃 향기가 코를 찌른다. 흠. 이게 산모의 방이라는 걸까? 왠지 낯선걸?

"방 안이… 화사하네요. 꼭 꽃밭에 들어온 것 같아요."

"후훗. 요즘 기분이 조금 우울해서 어머니께 떼를 써서 꾸민 거예요."

헤에… 요즘 같은 가을 날씨에 꽃이라니. 저 남방의 국가 아리츠반이나 되어야 아직도 꽃을 구할 수 있을 텐데. 아니다. 온실에서 재배할 수도 있구나. 온실 제작비가 어마어마하게 비싸긴 하지만… 왕실과도 연을 맺고 있는 미노스 가라면 못할 것도 없겠지. 그나저나 이거 꽤나 어색한걸? 뭐라고 말을 해야 하지?

"저어… 몸은 괜찮으세요?"

"호호. 그럼요. 씩씩한 거 빼면 시체인걸요."

힘겹게 몸을 일으킨 엘린님은 양팔을 들어 보이며 웃었다. 하지만 양 볼이 움푹 들어간 모습이나 왠지 모르게 그늘진 눈가를 보고 있으려니 별로 괜찮아 보이지는 않는걸? 거기다 이불을 덮고 있는데도 불룩하게 솟아 있는 배를 보니 나도 모르게 측은한 마음이 들었다. 이런 속생각이 내 얼굴에 드러났는지 연신 웃는 얼굴이던 엘린님이 오른손으로 내 손을 잡으며 말했다.

"사실… 요즘은 조금 힘들기도 해요. 우리 그이도 일 때문에 멀리 떨어져 있고 몸도 이래서 저택 밖으로 나가본 지도 꽤 오래되었거든요."

엘린님은 그렇게 말하면서 조금 쓸쓸한 표정을 짓는다. 평소보다 몇 배는 튀어나온 둥근 배를 손으로 쓰다듬는 그녀의 옆얼굴은 곁에서 보고 있는 나까지도 우울한 기분이 들 정도로 쓸쓸해 보였다. 아아… 브래드릭 왕자라도 옆에 있어주면 좋을 텐데 말이야. 하여간 남자들이란 다 이 모양이라니까. 정말 필요할 때 옆에 있어주는 남자가 몇이나 되겠냐마는…….

"그래도 힘내셔야죠. 이제 예정일도 얼마 안 남았다면서요?"

"네. 산파가 다음 달쯤 태어날 거라고 했으니까 그때까지 힘내서 견딜 거예요. 우리 그이처럼 씩씩한 사내아이이면 좋을 텐데… 후훗."

"두 분을 닮은 씩씩한 사내아이일 거예요."

"어머? 그 말 좀 이상한걸요? 전 이래 뵈도 연약한 숙녀랍니다."

"에이~ 전직 기사 후보생이었으면서… 안 믿어요, 안 믿어."

"호호호. 그것도 다아~ 옛날이야기예요. 지금은 평범한 아낙네인걸요."

의식적으로 크게 웃는 것 같아. 엘린님은 내 앞에서 겉으로는 씩씩한 척했다. 하지만 속으로는 힘들어하는 것 같아. 난 그렇게 느꼈다. 역시 아이를 낳는 일은 생각보다 고되고 힘든 일인가 보다. 나야 아직 아이를 낳아본 적이 없으니 모르지만 말이야.

오랜만에 나를 만나서인지 아니면 이야기 상대를 얻어서인지 말이 많아진 엘린님과 이야기—주로 로이드에 대한 험담이었다—를 나누고 있을 때였다. 똑똑 하는 노크 소리가 들리더니 갑자기 로이드 왕자가 방 안으로 불쑥 들어와서 내게 손짓했다.

"아넬리안."

"네, 전하. 무슨 일이에요?"

"다들 모였다. 내려와."

"예. 엘린님, 조금 있다가 다시 올게요."

난 살짝 고개 숙여 보이면서 그렇게 말했다. 약간 아쉬운 듯한 표정을 짓고 있던 엘린님은 내게 손을 흔들어 보이며 문가에서 기다리고 있는 로이드 왕자에게 빨리 가보라고 속삭였다. 뭐가 그리 불만이 많은지 연신 툴툴대는 로이드 왕자에게 다가가자 그는 엘린님에게 대충 인사를 하는 둥 마는 둥 하면서 내 팔을 잡고 방을 나왔다. 정말… 자기 형수님 되는 분에게 너무한 거 아니야? 아무리 왕자라지만… 뭐… 왕자니까 다 용서되겠군.

우리가 왜 여기 있냐 하면… 사실은 근 두 달 가까이 랭스턴 영지에서 유유자적 놀고 있다 보니 국왕 폐하의 근심이 이만저만이 아니라고 해서였다. 공식적으로 난 긴 여행—어디가 긴 여행인지는 모르겠지만…—으로 병이 나서 산 좋고 물 좋은 곳에서 요양하고 있는 것으로 되어 있다. 거기다 로이드 왕자도 아예 랭스턴 영지에 눌러앉았으니 걱정이 됐나 보다. 거기다 브래드릭 일왕자는 마틴 삼왕자가 왕세자 자리에 등극하면서 공식적으로 왕자의 자리를 내주고 왕가의 친척이 되었으니 로이드 왕자가 일왕자가 된 것이다. 그 말은 곧 내가 일왕자비가 된다는 것이고 국왕 폐하께 손주—물론 손자(!)겠지—를 안겨줄 수 있는 유력한 후보가 되었다는 뜻. 이래저래 관심이 쏠리는 내가 왕성을 나가 있으니 걱정이 되었는지 우리를 왕성으로 불렀다. 그게 두 달 만의 일이니 로이드 왕자의 무심함이 어디서 유전된 것인지는 보나마나 뻔하지 뭐.

 그래서 랭스턴 영지를 떠나 왕성으로 향하던 중 엘린님의 출산일이 얼마 남지 않은 걸 깨달은 내가 우겨서 미노스 가로 들어온 것이다. 국왕 폐하께는 조금 미안하지만 왕성에 들어와서 처음 사귄 분인데 인사라도 하고 가는 게 예의 아니겠어? 거기다 소문을 들어보니 브래드릭 장군—이젠 중앙군을 맡는 장군으로 임명되었다. 작위는 자작이지만 미노스 가를 물려받으면 백작이 되고 또 왕실의 인척이니 직위가 높은 귀족도 함부로 못한다나 뭐라나—도 한창 케센과의 국경 분쟁에 신경을 곤두세우고 있어서 엘린님을 보러 자주 못 온다니 더욱더 와봐야지.

 저택 1층의 홀로 내려와 보니 처음 보는 열댓 명의 귀족들과 숙녀들이 모여 있었다. 게다가 홀 한구석에는 처음 보는 여자와 포도주를 마시며 담소를 나누고 있는 댄도 눈에 들어왔다. 저 녀석 그새 수작 부리고 있는 건가? 에린이 알면 또 눈물바다겠군. 나야 상관없지만 말이야. 그나저나… 흠음… 이름은 잘 기억 못해도 한 번 본 얼굴은 다시 보면 잊지 않을 정도로 기억력이 나쁘지는 않은데 여기 있는 귀족들 중 안면이 있는 귀족은 단 한 명도 없는 것 같은걸?
 "내려가지."
 "예, 전하."
 2층의 계단에서 로이드 왕자의 에스코트를 받으며 중앙 홀로 내려갔다. 그러자 단번에 나와 로이드 왕자에게 모여 있던 귀족들의 시선이 쏟아져 내린다. 이렇게 집중된 시선을 받는 게 얼마만이냐. 참으로 오랜만이구나.

　우리가 홀 중앙으로 오자 귀족들 사이에서 부부로 보이는 중년의 귀족이 우리들 앞으로 걸어왔다. 음? 아! 알겠다. 이분들이 바로 엘린님의 부모님이 되겠군.

"조촐한 자리를 빛내주셔서 진심으로 감사드립니다, 전하."

"그대는?"

"전 데윈 드 미노스. 이쪽은 제 아내인 엘비아입니다."

"아아, 미노스 백작. 이렇게 초대해 주고 환영까지 해주니 나야말로 고맙소."

"영광이옵니다, 전하."

"그리고 이쪽은 내 아내인 아넬리안이오."

"뵙게 되어서 영광이옵니다, 왕자비 마마."

"저야말로 이런 귀한 자리에 초대해 주셔서 감사드려요, 미노스 백작님."

　난 생긋 웃으면서 답했다. 하지만 문제야, 문제. 로이드 왕자에게 고개를 숙이며 예를 표하는 미노스 백작. 그런 백작의 예를 받으면서도 이 로이드 왕자는 표정 하나 바꾸지 않고 단지 고개만 한번 끄덕인 뒤 턱을 치켜들며 오만한 표정―그저 무표정하게 서 있는 것뿐이지만 그게 더 남들을 깔보는 것 같은 분위기를 풍긴다―을 지었으니 말이야. 이것 참… 미노스 가라면 로이드 왕자의 형님인 브래드릭 장군의 처가인데. 이거 너무 거만하게 구는 거 아니야? 실제로도 로이드 왕자의 태도를 본 몇몇 나이 든 귀족들이 살짝 눈살을 찌푸리며 자기들끼리 수군거리는 게 보인다. 이래서 사교적이지 못한 귀족은 안 된다니까. 그럴 생각이 없어도 남에게 비치는 자신의 태도를 생각해야지. 이런 건 사교술의 기본 아니야? 정말… 믿는 게 있는 건지 아니면 아무 생각 없는 건지 모르겠다.

홀 안의 온도가 몇 도는 내려간 것 같다. 에휴… 이게 다 로이드 왕자 때문이라니까. 내가 속으로 자기를 욕하고 있는 걸 아는지 모르는지 로이드 왕자는 저택 주인과 인사를 나눈 뒤 혼자서 티 테이블로 뚜벅뚜벅 걸어간다. 그리고는 테이블 앞에 팔짱을 낀 채 서서 발을 탁탁 구른다. 저 꼴을 한마디로 표현하자면 오만방자, 다른 말로 표현하라고 하면 안하무인이라 하겠다. 누가 왕자 아니랄까 봐 저렇게 거만하게 굴까. 아니… 로이드 왕자는 원래 저렇지… 자기가 남을 무시하는 줄도 모르는 사람이니까 말이야. 알고 있다 해도 귀찮아서 아무 말 안 할 인간이니… 에휴… 별수있나, 뒷수습은 내가 해야지 뭐.

"전하께서는 마차 여행이 마음에 안 드셨나 봅니다. 정말 실례가 많군요. 제가 대신 사과드리겠습니다."

"아닙니다, 마마. 일왕자 전하의 당당한 모습, 정말 사내다우십니다. 하하하."

"이해해 주시니 정말 다행이네요."

뭐가 당당하고 사내다워? 에이… 입에 발린 말이라 해도 저 무뚝뚝함의 대명사가 사내답다고 하다니……. 저런 게 사내다운 거라면 달콤한 말로 여자들을 유혹하는 바람둥이들은 모조리 멸종당하겠군. 난 백작 부부에게 실례하겠다고 정중히 말한 뒤 시종이 들고 온 홍차를 마시고 있는 로이드 왕자에게로 발길을 옮겼다. 백작 부부를 뒤로하고 가는 동안 귀를 기울이며 들으니, 아니나 다를까, 너무 거만하네, 아무리 왕족이지만 너무하네 등등의 불만이 몇 건씩이나 접수된다. 으음… 하긴 나라도 로이드 왕자의 언행을 상대하고 있으면 답답하고 짜증나는데 오늘 처음 본 이들이라면 더 말해서 뭣 할까? 그나마 신분과 지위가 있어서 등 뒤에서 흉보는 정도이지 그것도 안 되었으면 아예 대놓고 망신을 줬을 거다.

"자, 여기."

"…고마워요, 전하."

내가 다가가자 기다렸다는 듯이 뜨거운 김이 올라오는 찻잔을 내게 내민다. 이 바보 같은 남편 녀석아! 이렇게 내게 보이는 호의의 백 분의 일만 다른 귀족들에게 보여줘 보란 말이다! 아으으으!! 속 터져!!

원래 이런 티 파티는 정원에서 이루어지는 게 기본이지만 오늘은 날씨도 안 좋고 또 산모가 있는데 정원에서 시끄럽게 굴면 그도 예의가 아닌지라 이 저택 안의 홀에서 하게 된 것 같다. 티 파티인만큼 도수가 낮은 포도주나 각종 차들이 주류를 이루었는데 여기 모인 귀족들은 이미 방금 전의 일은 벌써 잊었는지 자기들끼리 웃고 떠들며 끼리끼리 모여서 대화의 꽃을 피우고 있다.

"…하암."

심심해라. 이 홀에 처음 들어왔을 때는 시선 집중이었는데 이제는 완전히 벽에 걸린 장식품 신세가 되었군. 이게 다 로이드 왕자 때문이라고. 처세술이라곤 눈곱만큼도 재능이 없으면서―이건 성격 문제이니 나도 포기했다―왜 내게 말을 건네는 젊은 귀족들을 쫓아버리는 거냐고? 응? 젊은이들은 나이 든 귀족들보다 열정적이고 진취적인지라 득실을 따지고 움직이는 늙은 너구리들보다 이용해 먹기가 얼마나 쉬운데! 좋아, 그건 다 좋다고. 그래도 명색이 남편이니 내게 말을 건네는 남정네들이 눈에 거슬려서 질투하는 건 그렇다고 해주지! 하지만! 왜 보석이며 드레스를 화제 삼아서 내게 접근하는 귀족가의 여식들까지 무시무시한 눈초리로 노려봐서 쫓아버리는 거야?!

"…왜?"

"아니에요, 전하. 아무것도……."

"흠……."

내가 자기를 바라보는 건 귀신같이 알아채는군. 에에잇! 평소 같으면 지루하다면서 잽싸게 홀을 빠져나가던 인간이 오늘은 왜 이래? 아주 내 옆에 찰싹 붙어서 떨어질 생각을 안 하잖아! 이래서야 어떻게 즐겁고 보람찬 사교 활동을 해 나가냐고! 지금 여기서 내가 할 수 있는 건 그것뿐인데 말이야. 하여간… 도움이 안 된다니까!

그 뒤로 30분을 더 머물렀지만 결국 내가 먼저 항복하고 말았다. 평소엔 얼굴만 내비치고 잽싸게 사라지던 로이드 왕자였는데 이젠 내 뒤를 졸졸 따라다니면서 괜히 무게만 잡아서 다른 귀족들을 다 쫓아버렸다. 그러면서도 입에서는 연신 지루하다는 말을 내뱉으니… 으휴… 그래. 졌다, 졌어.

"피곤하신가요, 전하?"

"…조금."

"그럼 올라가죠."

"응, 가자."

아주… 노골적으로 좋아 죽겠다는 표정이로군. 하아… 정말 두 손 들었다. 난 고개를 절레절레 저은 뒤 미노스 백작 부부에게 다가가서 다시금 초대해 줘서 고맙다고 정중히 인사한 뒤 계단 가에서 기다리고 있는 로이드 왕자에게 돌아갔다. 덤으로 얼굴이 동글동글한 소녀를 꼬시고 있는 댄에게 '뒤처리해' 라는 말을 남기는 것도 잊지 않았다. 이봐, 댄. 아니, 워렌 자작, 취미 생활을 즐기는 건 뭐라고 안 하겠지만 우선 일부터 하란 말이야. 일부터.

로이드 왕자의 팔에 이끌려 2층으로 올라온 나는 방으로 돌아가 쉬자는 그의 말을 과감히 무시하고 엘린님이 누워 있는 방으로 향했다. 이런 내 결정에 로이드 왕자가 작은 목소리로 투덜거렸지만 그런 잡음을 과감히 무시해 주는 데는 이제 이력이 났단 말이야. 그리고 내 예상대로 입으로는 투덜대면서도 로이드 왕자는 내 뒤를 잘만 따라온다. 훗.

문 앞에 서서 노크를 하니 안에서 '들어와요' 라는 답변에 들려왔다. 이에 내가 문을 열고 안으로 고개를 내밀자 침대에 앉아서 차를 마시고 있던 엘린님이 정말 기쁜 듯이 웃으면서 내게 말을 걸었다.

"어머나… 아넬리안 양, 정말 다시 와줬네요?"

"온다고 했잖아요. 들어가도 될까요?"

"물론이죠. 요나, 차 한 잔만 더 내오겠니?"

"예, 작은 마님."

엘린님의 시녀는 공손하게 일어서서 대답했다. 하지만 내 뒤로 겸연쩍은 표정으로 들어오는 로이드 왕자를 보자 '두 잔 가져오겠습니다' 라는 말과 함께 방을 나갔다. 흠… 에린에게 보여주고 싶은 광경인걸? 에린아, 에린아. 너도 좀 보고 배워라. 바보라도 계속 보고 들으면서 배우면 좀 나아질까? 에이. 이런 잡생각은 그만둬야지.

난 웃는 얼굴로 엘린님에게 다가가서 아까 전 요나라는 시녀가 앉아있던 의자에 앉았다. 그러자 내 뒤까지 쫓아왔던 로이드 왕자는 자신이 앉을 의자를 찾다가 방 중앙에 있는 테이블과 의자를 보고는 고민에 빠진 눈치였다. 아마도 자기가 의자를 가져다 앉기는 자존심이 상하고, 그렇다고 혼자만 침대 가에서 떨어져 있자니 그것도 마음에 안 들어 이러지도 저러지도 못하는 듯하다. 훗. 엘린님의 시녀인 요나가 차를 들고 오려면 앞으로 5분은 걸릴걸?

"전하."

"음… 으응?"

"여자들끼리 할 이야기가 있는데요… 죄송하지만……."

"……."

"전하?"

"…마침 저기 책장이 있군."

그렇게 말한 로이드 왕자는 나와 엘린님의 시선을 피해서 방 한구석에 마련되어 있는 작은 책장을 향해 걸어갔다. 그리고는 책 제목을 몇 번 훑어본 뒤에 책 한 권을 뽑아서 옆구리에 낀 뒤 테라스로 나가 버렸다. 뭐… 방 안에 있어도 되는데 말이야.

"후훗. 로이드 전하께서도 우리 그이처럼 부끄러움을 많이 타나 보네요."

천하의 로이드 왕자가? 설마……. 난 고개를 도리도리 저었다.

"전혀 아니에요. 오히려 당황하고 부끄러워하는 모습을 보고 싶은걸요. 워낙 말이 없고 표정이 변하지 않는 분이라 가끔은 답답하고 불편하다고요."

"그래요? 하긴 로이드 전하께서는 너무 표정이 없죠. 힘들겠네요, 아넬리안 양."

"맞아요! 정말이지… 제가 전하랑 같이 사교회장에 나가기라도 하면 안의 분위기가 엉망이 된다니까요. 다가오는 귀족들은 모조리 내쫓아 버리고 제게 말이라도 걸어볼 요량으로 다가서는 사람들은 남자건 여자건 가리지 않고 다 쫓아버리니 말이에요. 정말 두 손 다 들었다니까요."

"후후훗. 우리 그이도 정말 질투가 심해요. 가끔 제게 호의를 가지고 다가오는 남성 분이 있으면 눈을 부릅뜨고 노려본다니까요. 이건 왕가의 유전이 아닌지 모르겠어요. 호호호."

"그래도 그런 모습이 참 귀엽죠?"

"푸훗. 정말… 어린애도 아니고 다 큰 어른이 그런 짓을 하니 정말 꼴불견이죠. 하지만 또 그런 점이 귀엽지 않아요?"

"맞아요. 가끔은 제가 강아지를 키우는 게 아닌가 하는 착각에 빠진다니까요."

"우리 그이도 가끔 제가 화나 있을 때 주위 사람들을 물리고 제게 아양을 떤다니까요. 그 큰 몸집이 제게 달라붙어서 애교를 부리니 보통은 징그러워야 하는데……."

"하는 짓이 귀엽죠? 그죠?"

"맞아요! 호호호. 정말이지 나도 모르게 머리를 쓰다듬어 주고 싶다니까요."

엘린님은 정말 기분이 좋은지 입가를 살짝 가리면서 웃었다. 음… 대충 185㎝가 넘는 근육질의 거구가 여인에게 달라붙어서 애교를 떤다라… 왠지 상상하기가 끔찍한걸? 우리 로이드처럼 섬세해 보이는 미소년도 아니고… 하지만 주위 사람들을 물리고 그런 짓(?)을 한다니 그래도 생각은 있나 보네. 그때 마침 시녀가 찻잔이 든 쟁반을 들고 방 안으로 들어왔다.

엘린님의 빈 찻잔을 채워주고 내게 따끈한 홍차를 건네준 시녀는 곧이어 로이드 왕자에게 차를 내어간 뒤 의자를 가지고 테라스로 나갔다.

아아… 저 시녀 정말 에린이랑 바꾸고 싶어. 시녀가 다시 방을 나가자 테라스 쪽에서 검은 머리를 휘날리는 얼굴이 방 안을 빼꼼이 들여다보고 있는 게 우리들 눈에 들어왔다. 방이 꽤 넓은 데다가─40평은 족히 된다─남편들을 흉보는 거라 가까이 앉아서 속삭이듯 말했으니 엿듣지는 못했을 것이다. 그런데도 저렇게 귀를 기울이는 모습을 보고 있으니 나도 모르게 웃음이 터져 나왔다.

"킥……."

"푸후후……."

나와 엘린님이 누가 먼저랄 것 없이 고개만 안으로 들이밀고 있는 로이드 왕자를 보고 웃자 그는 툴툴거리면서 다시 밖으로 나가 버렸다. 푸훗. 이것도 크레센트 왕가의 유전인가? 정말 귀엽게 논다니까. 우리는 연신 킥킥거리며 웃었다. 그러다가 엘린님의 배를 보게 되었다. 아까는 누워 있어서 그런지 배가 그리 크게 보이지 않았는데 이렇게 앉은 모습으로 보니까 엄청나다.

"…만져 볼래요?"

내가 아랫배를 물끄러미 바라보자 엘린님이 내게 물었다. 이에 난 고개를 끄덕였고 조심스럽게 손을 내밀어서 만져 보았다. 응? 생각보다 단단하네? 난 물렁물렁할 줄 알았는데.

"딱딱해요."

"후훗. 소중한 아기가 들어 있으니까요. 행여나 다치거나 하면 안 되잖아요."

"음… 그래도……."

뭐랄까… 예전에 봤을 때는 내가 봐도 아름다운 몸매였는데… 지금은 배가 불룩하게 튀어나와서 솔직히 좀 이상하다. 그런데도 불구하고 엘린님이 배를 쓰다듬으면서 웃는 모습은 나도 모르게 감탄이 나올 정도로 아름답다. 저 미소가 말로만 듣던 어머니의 미소라는 걸까?

"지금 행복하세요?"

"응? 으음……."

내가 불쑥 이상한 질문을 하자 엘린님이 고민하기 시작했다. 하지만 그 고민은 겨우 차 한 모금 마실 정도밖에 지나지 않았다.

"행복해요. 물론 임신하고 나서 불편한 것도 많지만요. 그래도 우리의 아기가 얼마 안 있으면 태어날 거라고 생각하니 가슴이 두근두근해서 잠을 못 이룰 때도 있는걸요."

"헤에… 정말 행복해 보이시네요. 근데요, 임신하면 어떤 점이 불편해요?"

음… 이런 거 물으면 안 될까? 뭐… 나도 언젠가 겪어야 하고 주변에 이런 걸 물어볼 사람도 없으니 이 기회에 미리 알아둬야지. 요즘 로이드 왕자가 밤에 자꾸 달라붙는 걸 보면 나도 그리 멀지 않은 것 같단 말이야. 으음… 싫지는 않지만…….

"음, 우선… 입덧이죠. 뭐, 전 저희 어머니께서도 두 손 드실 정도로 입덧이 심했어요. 어제까지 잘 먹던 것도 오늘은 도저히 헛구역질이 나서 못 먹기도 하고, 괴상한 음식들을 가져다 달라고 떼쓰기도 하고요. 후훗. 전에 한 번은 하인들이 먹는 보리죽이 왠지 먹고 싶어서 한참을 떼서 먹었다니까요. 지금은 먹으래도 못 먹을 것 같은데 그때는 왜 그렇게 맛있었던지……."

"헤에……."

"거기다 배가 불러올수록 몸은 쉽게 지치고… 요즘엔 몇 발짝만 걸어도 숨이 차서 움직이기도 힘들어요."

"정말 고생이겠네요."

"그뿐인가요. 출산일이 다가올수록 소변은 자주 마렵지 변비는 심해지지. 정말 고생이 이만저만이 아니라니까요. 이런데도 우리 그이는 돌아오기만 하면 제겐 안부도 안 묻고 제 배에 귀를 댄 채 아기한테만 정신이 팔려 있어요. 가끔은 아기한테 질투도 난다니까요. 정말… 남자들은 우리 같은 여자들이 어떤 고생을 해서 아기를 낳는지 관심도 없는 것 같아서 속상해요."

"음음. 그 마음 이해할 것 같아요. 음……."

솔직히 아직 난 그런 경험이 없어서 잘 모르겠지만 남자들의 무심함이 어디 갈까? 그건 임신해도 별수없나 보다. 하아… 왠지 나 자신이 없어지는걸? 이런 내 표정이 얼굴에 드러난 걸까? 갑자기 엘린님이 내 손을 두 손으로 꼭 붙잡고 싱긋 웃으셨다.

"그래도 전 행복해요. 그 고생을 했고 또 출산할 때 굉장히 힘들다고 하지만… 그래도 행복해요. 왜냐하면 이 아기는 우리 그이의 아이이거든요. 그 생각만 하면 이런 제 고생쯤은 백 번 천 번이라도 감수할 수 있을 것 같아요. 후훗."

"……."

엘린님의 순수한 미소를 보고 있자니 왠지 내 자신이 초라해지는 것 같다. 난 이기적인 걸까?

그 뒤로도 우리는 꽤 오랫동안 이야기를 나눴다. 오랜만에 말동무가 생겨서인지 엘린님은 정말 즐겁게 대화를 나눴고 나도 많은 걸 알게 되어서 즐거웠다. 하지만 엘린님이 금세 피곤한 기색을 내비쳤기에 나는 그만 인사를 한 뒤 여기 온 목적도 잊고 책에 열중하고 있는 로이드 왕자를 데리고 방을 나왔다.

　4층 복도 끝에 마련된 우리 방으로 돌아오자 방 안에서 꾸벅꾸벅 졸고 있던—도대체 밤에 뭘 하는 거냐고!—에린이 급히 일어서며 우리들을 맞았다.

　"다… 다녀오셨습니까? 마마, 차를 준비할까요?"

　"아니야, 됐어."

　난 그렇게 말하면서 로이드 왕자를 바라보았다. 그 역시도 차는 필요없는지 작게 고개만 저었기에 난 방 한구석에 있는 화장대 앞으로 걸어가 앉았다. 전신 거울이 달려 있는 화장대 앞에 선 나는 얼굴에 바르고 있던 백분을 물수건으로 닦아내고 에린의 시중을 받으며 화장을 지운 뒤 목걸이며 팔찌, 반지 같은 액세서리를 보석함에 넣었다. 그리고 거울로 의자에 앉아서 축 늘어져 있는 로이드 왕자를 한번 힐끔 본 뒤에 욕실로 들어가서 간편한 드레스로 갈아입었다. 아무리 남편이라지만 남자 앞에서 옷을 벗어젖히는 천박한 짓은 아무래도 못하겠거든. 세수까지 끝마치고 수건을 찾았는데… 없네? 이런… 에린 녀석! 정말이지…….

　"에린!"

　"네에~ 마마. 지금… 곧……."

　뭘 하는 거야? 정말이지… 시녀로서는 빵점이라니까! 신경질이 나서 물방울이 뚝뚝 떨어지는 몰골로 욕실 밖을 내다보니 로이드 왕자가 에린을 세워놓고 뭐라 이야기하고 있다가 나와 눈이 마주치자 고개를 돌리고 뒤로 물러선다. 그러자 수건을 가슴에 안은 채 연신 고개를 조아리며 이야기를 듣고 있던 에린 녀석이 급히 내게 달려와서 수건을 내밀었다.

"뭐야?"

"저… 그게……."

"일 똑바로 하란 말이야. 자꾸 꾸물거리면 로세니아로 보내 버릴 거야!"

"죄… 죄송합니다, 마마. 저어……."

"할 말 있어?"

"아… 아닙니다."

뭐야. 정말… 이 녀석이 내 눈 밖에 날려고 발악하는 건가? 확 밀 포대에 집어넣고 붉은 리본으로 장식한 뒤에 로세니아로 가는 상단에 맡겨 버릴까 보다. 뭐… 그건 나중에 고려해 보기로 하고 대충 씻은 내가 욕실을 나서자 방문 앞에 서 있던 에린 녀석이 갑자기 밖으로 나가 버렸다. 저 녀석은 또 왜 저래? 응?

"…아넬리안."

"네? 전하? 하실 말씀이라도?"

"으응……."

왜 갑자기 저렇게 쑥스러워하면서 슬금슬금 다가오는 거야? 거기다 에린 녀석은 왜 갑자기 나가 버리고… 으응? 뭔가 불길한 예감이…….

"저… 전하? 에… 에린은 왜 나간 거지? 잠시만요. 저 좀… 꺅!"

왠지 이상한 기분이 들어서 자리를 피하기 위해 내가 방문 쪽을 향해 몸을 돌리자 갑자기 로이드 왕자가 뒤에서 날 껴안았다. 놀랐잖아! 갑자기 왜 이러는 거얏!

"저… 전하……."

"나……."

응? 왠지 힘이 없는 목소리인걸? 갑자기 이 왕자가 왜 이러지? 뭘 잘

못 먹었나? 날 뒤에서 껴안은 로이드 왕자는 내 어깨 위에 턱을 올려놓더니 양팔로 내 목을 살며시 감싸면서 귓가에 입술을 가져다 대고 작게 속삭였다.

"지금까지… 브래드릭 형님에게 부러운 게 없었는데 말이야."

"네에… 저기……."

"그런데… 오늘 형수를 보고 조금 부러웠어. 형님은 얼마 안 있으면 아버지가 되는 거겠지?"

"그… 그렇겠죠."

"부러워……."

그런 말을 중얼거리면서 왜 팔에 힘을 주는 거얏! 숨 막히잖아! 우와아악! 매우! 심히! 무척! 당황스럽다아! 이럴 땐 어떻게 해야 하지? 그냥 뿌리치고 화내 버려? 아니면 바닥에 패대기쳐 버릴까?

"후우……."

"웃……."

귓가에 대고 한숨 쉬지 마! 소름 돋… 는 건 아니고. 뭐야! 기분이 이상해지잖아. 얼굴로 피가 몰리는지 화끈거리며 달아오른다! 거기다 등 뒤에서 남자가 껴안고 있으니까 기분이 묘해진다.

"아넬리안……."

"네… 네에… 네……."

목소리까지 떨리잖아. 어쩌지? 어떻게 해야 하지?

"나… 아니, 나도 아버지가 되고 싶어. 우리 아기 만들자."

쿠궁……. 이게 무슨 허공에 날벼락 떨어지는 소리야? 가… 갑자기 이 남자가 왜 이러는 거지? 설마… 이것 때문에 에린 녀석을 내쫓은 건가? 우욱. 이거 잘못 걸린 것 같다.

"저기… 전하……."

"응? 왜?"

"저기… 지금은 낮이고… 또 여긴 저희 방도 아니잖아요. 네? 그리고 아직 아기를 가지기엔 너무 이른 것 같지 않나요?"

"뭐가 일러? 형님도 결혼 1년 만인걸?"

"하… 하지만 그분하고 전하는 아홉 살이나 차이가 나잖아요."

"아기 만드는 데 나이가 상관있어? 나도 그 정도는 들어서 안다고! 왜? 싫은 거야? 내가 싫어?"

"아… 아니에요. 그런 건 아니지만……."

난 작게 고개를 저으면서 발을 내밀어 한 발짝 앞으로 나갔다. 그러자 날 당황스럽게 만든 이 왕자 녀석은 아예 체중을 가득 실어서 내게 매달렸다. 속바지 덕분에 별로 무겁거나 하지는 않았지만—오히려 가벼웠다. 단숨에 벽에 내동댕이칠 수 있을 정도로—나보다 한 뼘은 더 큰 사내가 매달리자 숨이 막혀오고 답답했다.

"싫은 게 아니라면 내가 말한 대로 해줘. 당신은 내 아내잖아."

"하지마안……."

"하아아……."

끼아아악! 하지 마! 하지 마! 귓가에 뜨거운 김을 내뿜지 마! 귓구멍으로 바람 넣지 마! 싫어!

"까아… 그… 그만두세요! 제발……."

"싫어!"

내가 진저리치며 몸을 떨면서 부탁했는데도 불구하고 망할 왕자는 오히려 더 더욱 내게 매달려서 날 괴롭게 만든다. 아이아아… 나… 이제… 더 이상은… 더 이상은… 이 이상은… 못 참아!!

"하지 말라면… 좀!!"

나도 모르게 숙이고 있던 허리를 쭉 폈다. 그리고 양팔을 머리 위로 들어 올려서 등 뒤에 붙어 있는 로이드 왕자의 어깻죽지를 힘껏 붙잡았다. 그리고 난 허리를 굽히며 양팔에 힘을 주어 앞으로 힘껏 당겼다.

"하지 말란 말이에요!"

"우아아아악!!"

쾅당!

내 등 뒤에 매달려 있던 로이드 왕자가 허우적거리면서 바닥에 볼품없이 부딪쳤다. 뭐… 나도 사정을 봐줘서 양손을 놓지 않고 있었기에 머리를 부딪치지는 않았지만 왕자의 양 발목은 그대로 양탄자 바닥에 강하게 부딪쳤다. 헹… 힘 조절을 했으니 크게 다치지는 않았겠지만 굉장히 아플 거다.

"으으……"

내가 잡고 있던 어깻죽지를 놔주자 로이드 왕자는 바닥을 데굴데굴 굴러다니면서 발뒤꿈치를 부여잡고 눈물을 찔끔찔끔 흘려댔다. 아아… 저 몰골을 다른 이들에게 보여주고 싶어. 무표정과 무관심의 대명사인 로이드 왕자, 사실은 색만 밝히는 푼수다! 라고 대문짝만하게 써 붙일까? 지금 심정 같아서는 진짜 그렇게 해버리고 싶다. 하아아… 그를 떨쳐 내고 나니까 다리에 힘이 풀린다.

방 안에 침묵이 찾아왔다. 바닥에 대자로 누운 로이드 왕자가 가끔 신음 소리를 내거나 씩씩거리기는 했지만 난 그걸 몽땅 과감히, 그리고 깔끔하게 무시한 채 침대 가에 팔짱을 끼고 앉아서 고개를 돌려 버렸다. 한마디로 외면해 버린 거다.

"끄으응……."

옆에서 로이드 왕자의 신음 소리가 들려왔다. 으음… 이거 너무 심하게 던져 버린 거 아니야? 진짜 크게 다쳤으면 어쩌지? 닐크 말로는 잘못 던지면 허리나 다리뼈가 부러지거나 해서 중상을 입기도 한다고 하던데… 에이… 설마. 아무리 세게 던졌어도 양탄자 위였고 또 마지막엔 옷자락을 잡아줘서 그렇게 심하게 다칠 정도는 아니었다고. 저건 엄살 떠는 거야! 맞아! 괜히 불쌍해 보이려고 저러는 걸 거야. 하지만… 진짜 아파서 그러는 거면…….

"끙… 너무하잖아. 이건……."

혼자서 생각에 빠져 있다가 로이드 왕자의 목소리에 정신을 차리고 고개를 돌려보니 힘겹게 몸을 일으킨 왕자가 발을 절뚝이면서 침대 가로 걸어왔다. 저런 모습을 보니… 조금 불쌍하다. 내가 너무 심했나?

"다 자업자득이에요. 흥."

"…쳇."

내가 조금 심했던 것 같지만 모든 원인은 로이드 왕자가 저지른 짓 때문이니 난… 미안할 거 없다고. 음… 조금은 미안하지만… 아니야! 뭐가 미안해? 당연히 받아야 할 벌이지! 흥이다! 내가 팔짱을 낀 채 외면해 버리자 로이드 왕자는 더 이상 덤빌 생각은 못하는지 침대에 털썩 주저앉아서 발목을 주무르면서 투덜거리기 시작했다.

"내가 왜 이런 꼴을 당해야 돼? 내가 요구한 게 그렇게 부당한 거야? 응?"

"……."

"아넬리안!"

호오… 화나셨나 보네? 정작 화내야 하는 게 누군데? 난 로이드 왕자가 내 이름을 부르자 기다렸다는 듯이 고개를 돌려서 그를 노려보았다. 잠시 동안 그와 내가 상대를 노려보는 눈싸움을 시작했지만 얼마 지나지 않아서 지은 죄가 많은 로이드 왕자는 고개를 떨궜고 이에 난 더욱더 턱을 치켜세우면서 그를 내려다봤다. 그런데… 저 축 처진 어깨를 보고 있으니 괜히 안아주고 싶고 달래주고 싶어지네. 하아… 정말이지 내 마음을 나도 모르겠다.

"전하."

"으응……."

"잘못하셨죠?"

"응… 미안. 하지만 난 정말로 아기가 가지고 싶어. 아버지가 되고 싶다고."

에휴… 애가 애를 낳아서 키우겠다고? 꼬맹이면서 벌써부터 아버지가 되고 싶다니 세상 말세다 말세야. 하긴 남자 나이 열여섯이면 전쟁에도 나갈 나이이니 어린애라고 할 수도 없지만… 그래도 내가 보기엔 아직도 십 년은 더 커야 될 어린애라고. 흥!

"저도 전하의 마음은 이해해요. 하지만 전하는 세 가지 실수를 하셨어요. 뭔지 아시겠어요?"

"그… 글쎄… 미안."

"잘 들어요. 다음에 또 그러면 저 정말로 화낼 거예요. 아셨죠?"

"으응."

"첫째로 여긴 저희 집이 아니에요. 그것도 전하의 형수님이 계신 곳이라고요. 친척 집에 방문해서 일을 벌이다니, 아무리 천박한 하급 귀족이라도 그런 짓은 안 해요."

내 말에 로이드 왕자는 작게 고개를 끄덕였다. 심야에 벌어지는 무도회나 파티도 아니고, 그렇다고 초대받아서 방을 마음대로 쓸 수 있는 것도 아닌데 말이야. 더군다나 사촌이 된 가문에 와서 일을 벌이다니 두고두고 험담거리로 남게 될걸?

"둘째로 지금은 낮이에요. 아무리 난봉꾼이라고 소문난 바람둥이라도 이런 대낮에는 하늘이 부끄러워서 일을 못 벌여요."

"하… 하지만 낮이건 밤이건 상관없잖아."

"상관있어요! 전하께서는 짐승이에요? 아니면 배우지 못한 무지렁이예요? 어떻게 하늘에 태양이 떠 있는데 그런 부끄러운 일을 벌일 수 있어요? 부부 간의 사랑을 나누는 건 검은 어둠이 태양을 대신한 뒤에 조심스럽게 치르는 거라고요!"

"그런… 거야?"

"그런 거예요!"

난 강하게 긍정하면서 작게 고개를 끄덕이는 로이드 왕자를 윽박질렀다. 태양 아래서 정사를 벌이다니! 그런 짓은 수치심을 모르는 짐승들이나 하는 짓이라고! 대낮에 그런 짓을 벌이고 어떻게 빛과 정의를 담당하는 비젠 신을… 어? 이건 로세니아 식 사고방식인가? 빛의 결집체인 태양은 비젠 신의 상징이기도 하고 또 신 자체이기도 하다. 그래서 우리 로세니아에서는 아무리 부부라도 사랑을 나눌 때는 빛이 서쪽으로 넘어간 뒤에 치르도록 되어 있는데… 여기서는 안 그런가? 음… 하지만 역시 생각해 보니 굉장히 부끄럽다. 이렇게 밝은 데서 알몸을 보이다니, 차라리 로이드 왕자를 때려눕혀 버리는 편을 택할래.

"저… 아넬리안?"

"네에? 왜 그러세요?"

"세 번째는 뭐야?"

"아! 맞다. 세 번째요. 그건 간단해요. 남자는 술에 취하고 여자는 분위기에 녹는다는 말이 있죠. 디온 신을 섬기는 아리츠반의 속담인데요."

"아! 알아. 그건 나도 책에서 봤어."

"그럼 그 본 걸 활용하시란 말이에요! 제가 달콤한 와인과 따뜻한 속삭임으로 부드러운 분위기를 만들어도 이런 곳에서 허락할까 말까인데! 그렇게 막무가내로 요구하는 게 어디 있어요? 네? 그런 짓은 막돼먹은 불량배들이나 하는 짓거리라고요!"

"아… 알았어. 미안."

홍! 아아… 조금은 속이 시원하다. 정말이지… 남편이라고 하나 있는 게 너무하잖아! 이건… 정말 왕족 맞는지 의심스러워. 도대체 십육 년 동안 왕성에서 생활하면서 뭘 배운 거야? 왕실 예법은 아는 건지… 쯧.

한바탕 떠들고 났더니 마음은 후련해졌지만… 그 후련해진 마음 사이로 후회가 밀려들어 왔다. 저렇게 축 처져 있는 로이드를 보고 있자니 조금 불쌍해 보인달까? 그도 나쁜 마음을 먹고 그런 건 아닌데 말이야. 내가 조금 심했던 건 아닐지… 으음… 약간 미안해지는걸? 그때 축 처져 있던 로이드 왕자가 슬그머니 침대에서 발을 떼고 일어섰다. 그리고는 터벅터벅 걸어서 문가로 향하는 게 아닌가?

"전하, 어디… 가세요?"

"응? 아니… 그냥… 여기 서고 좀 구경하려고……."

"휴우… 로이드 전하."

내가 긴 한숨을 내쉬며 부르자 로이드 왕자가 고개를 돌려서 나를 바라본다. 아아… 저 뭔가를 갈구하는 듯한 초롱초롱한 눈망울이라니… 이러면 또 마음이 약해지잖아. 에잇… 난 몰라!

"이리 오세요."

침대 옆을 툭툭 치면서 말하자 순한 양처럼 순순히 내 말에 따라 다가와서 다소곳하게 앉는다. 풋. 마치 엄한 예절 선생에게 잘못 걸린 불쌍한 학생 같잖아. 아아… 난 마음이 너무 여린 것 같아. 이래서야…….

"푸훗."

"킥……."

그와 나 둘 중 누가 먼저랄 것 없이 거의 동시에 서로의 얼굴을 보면서 작게 키득거렸다. 그렇게 난 로이드 왕자의 얼굴을 보면서 한참을 웃어댔고 그 역시도 나와 마찬가지로 입가에 미소를 건 채 배를 잡고 웃었다.

"푸후후… 우리가 왜 싸운 거죠?"

"몰라… 잊어버렸어."

"후후. 전하."

"응?"

"안아드릴까요? 아니면 안겨 드릴까요?"

"…후자로 부탁해."

"네에~"

난 내가 듣기에도 소름 끼치는 간드러진 목소리로 답한 뒤에 그의 옆에 찰싹 달라붙어서 로이드 왕자의 가슴팍에 몸을 맡겼다. 가끔은 뭐… 이런 날도 있어야 하는 법 아니겠어? 어… 어라? 자… 잠깐, 얼굴은 왜 또 가까이 오는 건데? 아직 포기 안 한 거였어? 아아앗…

"흐읍……."

아아… 난 몰라. 갑자기 이렇게 키스하는 법이 어디 있어? 정말 로이드는 너무하다니까. 난 모른다고 했으니까 이젠 될 대로 되라지.

창밖을 내다보니 벌써 저녁때가 다 되었는지 주홍색 노을이 지고 있었다. 하아… 다리 저려……. 침대 위에서 데굴거리며 내게 가끔씩 말을 건네던 로이드 왕자는 내 오른쪽 무릎과 왼쪽 무릎을 번갈아가면서 베고 누워서 콧노래를 흥얼거리고 있다. 이젠 아주 재미 들렸나 봐. 멀쩡한 베개 놔두고 왜 이러는 거야. 발 아프다고… 라고 말도 못하고. 죽을 맛이다.

"흐으음… 음음……."

내 무릎 위에서 데굴데굴 굴러다니다가 나랑 눈이 마주치면 실실거리고 웃는 로이드 왕자를 보니 정말 나도 모르게 피식 웃음이 나온다. 그렇게 좋은가? 정말이지 사람은 겉모습으로 판단할 수 없다더니 그 말이 딱 맞다. 지금 내 무릎을 베고 있는 남자를 어느 누가 그 제멋대로이고 괴팍하며 무뚝뚝한 로이드 왕자와 동일 인물이라고 생각하겠어? 이건 아무리 봐도 엄마한테 놀아달라고 떼쓰는 어린애 수준이라고. 후우… 음? 설마… 이 남자… 혹시 날 어머니 대용으로 아는 거 아니야? 다섯 살도 안 된 나이에 전 왕비였던 어머니를 여의고 현 왕비 밑에서 엄하게 교육받으며 컸다고 하던데… 국왕 폐하는 정무로 바빴을 게 뻔하니… 어쩌면 지금 내게 보여주는 쪽이 진짜 로이드가 아닐까?

"뭘 그리 골똘히 생각해?"

"음… 그냥요."

"흐음……."

난 생각하다 말고 로이드 왕자를 내려다보았다. 응? 웬 악동 같은 미소? 그때 뭔가가 내 가슴을 쿡 찔렀다. 쿡? 으응?

"……."

"……."

나도 모르게 얼어버리고 말았다. 로이드 왕자의 오른손 중지가 내 가슴을 쿡 찌르고 있는 것이다. 너무 황당해서 말도 안 나오네……. 멍하니 있던 난 로이드 왕자가 또다시 입가에 사악한 미소를 짓자 그제야 정신을 차렸다. 잽싸게 그의 오른팔을 두 손으로 잡았다. 이 엉큼한 손목을 확 분질러 버려? 아니지… 그런 짓을 했다간 나도 혼나니까 안 되지. 난 왼손으로 로이드 왕자의 손등을 세게 내려쳤다.

찰싹.

"아얏! 아파……."

"…전하, 한 가지만 물을게요."

"응? 으응……."

난 미간에 주름을 잔뜩 잡고 눈꼬리를 치켜 올린 모습으로 그를 노려보며—여전히 내려다보는 자세였다—물었다.

"아까 전에도 그렇고 지금도 그렇고… 이런 짓 누구한테 배운 거예요? 솔직하게 말하세요."

"그게……."

"휴우… 혹시… 랭스턴 영지에 얹혀 사는 디온의 프리스트들?"

"어? 어떻게……."

하아아아… 정말 그런 녀석들이랑 어울려서 놀 때부터 알아봤어야 했는데. 크으윽! 빌어먹을 놈들! 감히 순진무구하고 천진난만한 남의 남편을 이 지경으로 만들어놔? 두고 보자! 신의 프리스트고 뭐고 내 기필코 생각만 해도 몸서리가 처질 정도로 끔찍하고 잔인한 복수를 하고 말 테다! 크아아아!!

누군가 내 어깨를 잡고 살짝 흔든다. 으음… 잘 자고 있는데 누구야? 살며시 눈을 뜨고 고개를 돌려보니 어두컴컴한 방 안에 조그만 체구의 사람이 서 있다.

"카렌?"

"응. 시간 됐어."

"아아……."

벌써 그렇게 됐나? 하아암… 얼마 잔 것 같지도 않은데 말이야. 난 손을 들면서 카렌에게 대답하며 몸을 일으켰다. 아니, 일으키려고 했다. 내 품에 안겨서 자고 있던 로이드가 내게 찰싹 달라붙어서 깨우지 않고 일어나려니 걸리는 게 많았다.

"우웅……."

조심스럽게 내 허리를 감고 있는 왕자의 팔을 풀어서 내려놓고 살며시 몸을 떼려 하자 로이드가 작게 꿈틀거리면서 더욱더 내게 달라붙었다. 에휴… 정말이지 나도 이 짓 하려니 피곤하다. 그렇다고 낮에 일을 벌일 수도 없고… 쯧.

"얼마나 여유있지?"

"…30분쯤."

"그래? 알았어. 밖에서 기다려."

내 말에 카렌이 고개를 끄덕이고는 방문을 열고 밖으로 나갔다. 자아… 이제 내 가슴에 얼굴을 파묻고 있는 이 귀엽고 징그러운 남편을 어떻게 떼어놓을까? 그냥 두들겨 팬 뒤에 바닥에 내던져 버릴까? 훗.

내 몸에서 떨어지지 않으려고 하는 로이드 왕자를 억지로 떼어낸 나는 그에게 두툼한 베개를 안겨주고 조용히 침대에서 나왔다. 침대를 빠져나와서 자고 있는 왕자를 보니 자기 키만큼이나 커다란 베개를 온몸으로 껴안은 채 뒹굴거리고 있는 모습이 보인다. 흠… 역시 잘 때가 더 귀여워. 갑갑하게 엉겨 붙지만 않으면 더 좋은데 말이야. 뭐. 그 정도는 마음 넓은 내가 이해해 줄 수 있지.

카렌이 준비해 온 물수건으로 얼굴을 닦고 백분으로 가볍게 화장을 끝마친 나는 검은색의 원피스를 꺼내서 입었다. 칙칙한 검은색 옷은 별로 좋아하지 않지만 밝은 색은 어두운 데서도 눈에 잘 띄니까 할 수 없지 뭐.

"카렌, 들어와."

끼이이익…….

귀담아듣지 않으면 잘 들리지도 않을 만큼 작은 소리가 나면서 나무 문이 열렸다. 문 사이로 들어온 카렌은 나와 같이 검은 옷 일색이었는데 테이블 위에 켜져 있는 촛불의 빛을 받으니 가끔씩 반짝인다. 흠… 저거 비단인 건가? 전에 줬던 그 옷감으로 만든 건가 보네. 화장대에 앉아서 거울을 보며 머리를 손질하고 있자 안으로 들어온 카렌이 침대 가로 걸어가는 게 거울 너머로 보인다. 발소리조차 안 나게 조용히 침대 위로 올라선 카렌은 로이드 왕자의 콧가에 흰 종이를 가져다 대었다.

"흐으음……."

로이드의 숨소리가 크게 들리면서 종이가 작게 떨리는 게 보였다. 역시 카렌도 몇 번 해본 뒤라 그런지 능숙하게 일하는군. 카렌이 로이드 왕자의 콧가에 가져다 댄 건 곱게 간 수면제 가루다. 코를 통해 흡입한 수면제는 아침 해가 뜰 때까지 로이드 왕자를 푹 자게 해줄 거다.

자… 준비 끝!

"카렌."

"응."

내가 부르자 침대에서 내려온 카렌이 창가로 쪼르르 달려가—역시 발소리는 안 난다. 아무리 양탄자 위라지만 너무한 거 아니야?—소리나지 않게 창문을 연다. 어느새 달아났는지 창가에는 굵은 밧줄이 걸려 있다. 정말 재주도 좋단 말이야. 여기 온 지 이제 겨우 하루밖에 안 지났는데 말이야. 아주 제 집 드나들 듯이 하는구나, 카렌.

카렌이 준비해 놓은 밧줄을 타고 저택 1층으로 내려온 우리는 순찰을 도는 경비병의 시선을 피해서 정원 사이로 숨어들었다. 어느새 경비병들의 눈을 피할 수 있는 길을 알아냈는지는 몰라도 카렌은 조금의 망설임도 없이 거침없이 저택 구석구석에 서 있는 병사들과 길을 따라 저택을 돌고 있는 순찰병들을 피해서 날 저택 외각의 담장까지 데리고 갔다. 그리고 2m쯤 되는 담장 앞에 찰싹 달라붙었다.

"밟고 올라가."

뭐… 그렇게 말해 주면 나도 원하는 대로 해줘야겠지? 난 한 발로 카렌이 깍지 낀 손을 밟고 다른 발로 그 애의 어깨를 밟은 뒤 힘껏 손을 뻗었다. 손끝에 돌담의 끝이 잡혔고 작게 심호흡을 하면서 힘을 주자 내 몸이 허공으로 튕겨 올라갔다. 가볍게 담장 위를 넘은 난 거꾸로 담장을 넘은 뒤 반대 편 바닥에 사뿐히 착지했다. 펄럭… 앗차. 원피스가 거꾸로 뒤집혔잖아! 흠흠… 설마 누구 본 사람 없겠지? 이 시간에 돌아다닐 인간도 없으니…….

"이쪽입니다."

커헉… 저… 저 목소리는… 크렌? 으아악! 다 본 거야? 내가 미쳐!

내가 크렌을 죽여서 입을 막을 것을 진지하게 고민하려 할 때 내 옆에 털썩 하는 작은 소리가 났다. 옆을 바라보니 카렌 녀석이 사뿐히 바닥에 내려앉은 뒤 손을 탁탁 털면서 일어난다. 이 녀석은 어떻게 넘어온 거지? 나야 카렌이 넘겨줬지만… 하여간 특이한 녀석이라니까. 어쨌든 난 카렌과 함께 크렌의 목소리가 들렸던 어두컴컴한 골목길 쪽으로 뛰어갔다.

골목 안으로 들어가자 망토 자락으로 랜턴의 빛을 숨기고 있던 댄과 크렌이 우리를 맞이했고 그중 댄은 히죽거리면서 말했다.

"마마, 속옷도 검은색이더군요."

퍽!

빌어먹을 놈이 꼭 맞을 말만 골라서 한다니까. 난 대자로 뻗어버린 댄을 골목길에 버려둔 채 크렌 녀석을 협박하여 카렌과 함께 어두운 골목길 사이로 걸어갔다. 댄이야 좀 지나면 알아서 찾아올 테니 상관없다고.

크렌이 우리를 안내한 곳은 평범한 가정 집들이 주욱 늘어선 2층집들 중 한곳이었다. 나와 카렌을 등 뒤에 달고 문가에 선 크렌은 나무 문에 '똑똑' 하고 노크를 했다.

"누구?"

"퀸(Queen)."

철컥.

격자 움직이는 소리가 나더니 나무 문이 우리 쪽으로 약간 열렸다. 신기하네. 보통 가정 집은 문이 안쪽으로 열리게 되어 있을 텐데 말이야. 하긴 이 집 자체가 정보과에서 사용하는 곳이라니 조금 특이할 수도 있는 거지 뭐. 크렌이 조금 열린 문고리를 잡고 끌어당기자 문이 활짝 열리면서 문가에 서 있는 세 명의 사내가 나타났다. 그중 하나는 숏 소드를 들고 있었고 다른 둘은 시위를 메긴 커다란 장궁을 들고 있었다. 아마 우리들이 침입자였으면 저 화살들이 나와 카렌의 미간을 꿰뚫었을걸? 거기다 숏 소드를 들고 있는 녀석의 다른 손에는 안쪽 문고리에 묶여 있는 밧줄이 보인다. 뭐… 이 정도라면 귀찮은 사건에 휘말려서 피곤하게 되는 일은 없겠군.

"들어가시죠."

"그래."

난 아직도 활줄을 팽팽하게 당기고 있는 사내들을 무시하고 안으로 들어섰다. 그런 내 뒤를 카렌이 뒤따랐고 맨 뒤에 서 있던 크렌은 안으로 들어서며 문밖을 몇 번 두리번거린 뒤에 조심스러운 태도로 문을 닫았다.

탁.

어둠 속에 있다가 밝은 불빛 속으로 들어오니 눈이 조금 부시다. 손으로 눈가를 가리고 잠시 기다린 나는 내 앞에 무기를 든 채 서 있던 사내들이 물러가자 그때서야 방 안을 둘러볼 여유를 가졌다.

방 안은 평범했다. 식탁 겸 테이블로 쓰이는 나무 탁자가 하나. 그리고 몇 개의 의자가 있었고 나무 문으로 닫아둔 창가에는 화분도 몇 개 걸려 있었고 벽난로에는 벌써부터 장작이 타닥거리며 타고 있었다. 그리고 그런 배경 사이로 평범해 보이는 대여섯 명의 사내들이 각자 편한 자세로 앉거나 누워 있었다. 내가 들어왔는데도 쳐다볼 생각도 안 한 채 말이다. 그들 중 몇몇은 단검을 가지고 장난치고 있었고 또 다른 녀석들은 술병을 들고 작게 키득거리고 있었다. 흐으음…….

"다른 사람들은?"

"2층에 계십니다."

"그래. 크렌, 가서 댄 녀석 데려와. 늦지 않게."

"예, 마마."

"그리고 카렌은 여기서 놀고 있어."

"……."

 여전히 대답은 없군. 하긴 뭐… 카렌의 태도야 오래전에 포기했으니까. 그래도 내가 명령했으니 군소리없이 잘 들을 거다. 그렇게 생각한 난 카렌을 뒤로한 채 2층으로 통하는 계단 쪽으로 걸어갔다.

 계단을 통해 올라가다가 아래층을 내려다보니 내가 있을 때만 해도 꿈쩍도 하지 않던 사내놈들이 거실 한가운데 무표정하게 서 있는 카렌에게 달려들었다. 그들 중 한 명이 갑자기 품에서 카드를 꺼내 든다. 훗. 일전의 회합 때 카렌에게 도박을 가르쳤던 녀석들이 어떻게 되었더라? 겨우 빌고 또 빌어서 속옷 차림으로 쫓겨났었던가? 카렌 녀석 훔치는 것만 잘하는 게 아닌 것 같다.

 위로 통하는 계단 끝에는 나무 문이 떡하니 가로막고 있었다. 그래도 잠기거나 하지는 않아서 내가 문고리를 잡고 당기자 끼이익… 하는 소리를 내면서 내 쪽으로 열렸다. 위험하잖아. 계단 쪽으로 열리는 문이라니 말이야. 잘못해서 넘어지기라도 하면 그대로 계단을 데굴데굴 구르게 된다고. 에잇… 정말 이쪽 녀석들은 뭔 생각을 하는 건지 이해할 수가 없다니까. 이렇게 투덜거리면서 안으로 들어서자 문가에 작은 의자를 가져다 놓고 앉아 있던 수염이 텁수룩한 사내 녀석이 나를 한 번 힐끔 본 뒤에 다시 시선을 돌린다. 나를 무시하는 이 녀석을 지나친 나는 복도 맨 끝에 있는 문을 향해 걸어갔다. 문 앞에 선 나는 잠시 심호흡을 하며 전의를 다진 뒤 문을 열고 안으로 들어갔다.

방 안은 열 평도 안 될 정도로 작아 보였는데 그 안에는 나보다 먼저 온 사내들이 기다리고 있었다.

"어서 오십시오, 마마. 기다리고 있었습니다."

"다시 보니 반갑군요, 프로센 후작. 일주일 만인가요?"

난 내게 인사를 건네는 킬 드 프로센 후작에게 웃으며 답해줬다. 그리고 방 안으로 들어서서 문을 닫은 뒤 방 중앙에 놓여 있는 원형 탁자 앞으로 걸어가 의자 하나를 뒤로 뺀 다음 거기에 앉았다.

"시간이 없으니 빨리 끝내도록 하죠."

"하나… 워렌 자작이 아직……."

"그 바보는 지금쯤 허둥대면서 뛰어오고 있을 거예요. 상관없으니 진행하세요."

"예, 그러겠습니다."

내 말에 답하며 종이들을 뒤적이는 자는 헨켄 드 시켈 백작이다. 직위는 외교부 산하에 있는 정보과의 수장. 댄의 직속상관인 것이다. 하지만 듣기로는 실제로 일하는 건 별로 없고 대부분의 업무를 댄에게 떠넘겨 버린 채 유유자적 놀기만 한다던데… 진짜일까?

이 작은 방 안에는 나를 제외하고 다섯 명의 남녀가 있었다. 우선 로이드 왕자를 지지하는 귀족 중 가장 세력이 강한 킬 드 프로센 후작, 그리고 전혀 의외였지만 또 어쩌면 여기 있는 게 당연한 데윈 드 미노스 백작, 그리고 유리아의 아버지인 윈폴드 폰 셔우드 남작, 마지막으로 아렌시아 상회에서 나온 페이핀이다. 이중 프로센 후작과 시켈 백작이야 언제나 보던 이들이니 별로 특이할 게 없었지만 다른 세 사람의 출현에는 나도 조금 놀랐다. 특히 미노스 백작이라니. 브래드릭 장군이 왕자의 신분일 때 그를 국왕으로 만들기 위해서 뒤로 공작을 벌이던 사람이 여기에 나타나다니 말이야.

"못 보던 분들이 몇 분 계시군요. 이미 아시고 계시겠지만 정식으로 소개하죠. 아넬리안 드 크레센트. 일왕자이신 로이드 전하의 비입니다."

"그리고 지금의 모임을 이끄는 수장이시기도 합니다."

으음… 실질적인 수장인 프로센 후작이 저렇게 말하니 왠지 조금 쑥스럽다. 뭐… 나야 이름만 빌려주면 그만이니까 상관없지만서도…….

"데윈 드 미노스입니다. 저택에서 뵈었었죠, 마마."

"다시 뵙게 되어서 반갑습니다, 미노스 백작님."

"영광입니다, 마마."

"윈폴드 폰 셔우드입니다. 귀하신 분을 뵙게 되어서 영광입니다."

"멀리서 찾아와 주셔서 정말 감사해요, 셔우드 남작님."

"페이핀이에요, 마마. 다시 뵙게 되어서 기뻐요. 그런데… 안 본 사이에 더 예뻐지신 것 같아요. 무슨 향수 쓰세요? 네? 화장은 어떤 걸로 하세요?"

"페이핀."

셔우드 남작이 페이핀의 수다를 막아주었다. 흠… 저 페이핀은 저래 뵈도 아렌시아 상회를 대표해서 이 자리에 참석한 거지. 거기다 셔우드 남작가는 수천 필의 말과 수만 마리의 양을 가지고 있는 재산이 많은 남작이고 말이야. 직위는 조금 낮지만 가지고 있는 재산으로 따지면 웬만한 백작이나 후작보다 많은걸? 거기다 남부 국가들과의 무역을 독점하고 있고… 하여간 돈으로만 따지면 나올 게 많은 귀족이다. 그리고… 미노스 백작이야 뭐… 비록 마틴 왕자의 승리로 돌아갔지만 서자인 브래드릭 장군을 가지고 정계에서 삼파전을 벌일 정도로 수완 좋은 귀족이니 더 말할 필요도 없고. 정말 만만한 인간이 하나도 없잖아. 피곤해라.

막 회의가 시작되려 할 때 댄이 문을 벌컥 열고 안으로 들어왔다.

"늦었잖아, 워렌."

"죄… 죄송합니다, 백작님. 그게……."

"변명은 됐으니 어서 자리에 앉아."

"예에……."

호오… 국왕 폐하 앞에서도 겁도 없이 까불 것 같은 댄 녀석에게도 천적은 있구나. 시켈 백작 앞에서는 댄도 순한 양같이 변하는걸? 몇 번 본 적은 있었지만 이건 또 의외군. 하여간 나 때문에 회의에 늦은 댄은 나를 한번 노려본 뒤―또 패줄까 하다가 참았다―방 안으로 들어왔는데 그 뒤를 따라서 또 다른 사내가 안으로 들어왔다. 비싸 보이는 검은색 튜닉을 입고 있는 걸 보니 귀족인데… 어라? 어라라? 저 인간은…….

"랭스턴 자작?"

"예에. 저… 그게……."

정말 의외였다. 델민 드 랭스턴 자작이라니 말이야. 내가 신세 지고 있는 영지의 영주가 여긴 웬일이래? 이런 의아한 생각은 나뿐이 아니었는지 다른 참가자들도 서로 얼굴을 바라보며 누구냐는 듯 의문스러운 표정을 지었다. 그런 안의 분위기가 부담스러웠는지 랭스턴 자작은 문가에 서서 들어오지도 그렇다고 나가지도 못하고 어쩔 줄 몰라 했다. 그런 그를 구해준 건 댄이었다.

"제가 초대했습니다, 마마."

"그래? 그럼 와서 앉아요, 랭스턴 자작."

"여… 영광이옵니다, 마마."

왠지 바짝 긴장한 모습인걸? 훗. 하긴 저 아저씨는 술이 들어가야지 말이라도 제대로 할 만한 남자니까 저게 당연한 걸지도…….

분위기가 진정되고 모두들 자리에 앉자 시켈 백작이 일어서서 보고를 시작했다.

"우선 케센 국과의 교전 소식입니다. 이틀 전 국경에서 작은 마찰이 있었는데 양측 사상자는 모두 합해 백 명 이하라고 합니다. 케센 국은 아직도 국경에 다수의 병력을 배치한 채 무력 시위 중입니다. 이에 저희 측도 중앙군 병력 중 1만여 명을 왕국 북부 신펠 요새에 주둔시킨 채 맞서고 있습니다."

"전면전의 조짐은 없나요?"

"현재까지 들어온 정보로는 없습니다. 케센 측도 암살당한 사왕자 때문에 시비를 걸고 있기는 하나 전투에 적극적으로 나서려는 조짐은 안 보입니다. 또한 사건 초기 국경 근처에 전진 배치시킨 부대 외에 다른 부대의 움직임은 감지되지 않고 있습니다."

"케센 국의 군수품 이동 상황은 어떤가?"

"예, 후작 각하. 그쪽 역시도 평시와 큰 차이가 없습니다. 케센 수도 근교의 보급 부대가 활동 영역을 접전이 벌어지고 있는 국경 영역까지 확대하고 있긴 하지만 수송 물품의 종류나 양으로 봤을 때 본격적인 전쟁 준비를 위해서라기보다는 일반적인 소모품 보충으로 보입니다."

흐음… 그렇다는 건 케센도 우리랑 싸울 마음이 없다는 거겠지? 물론 '아직은'이라는 단서가 붙기는 하지만 말이야. 그쪽도 물러설 수 없는 입장이긴 하지만 이런 명분도 없는 전쟁을 일으켰다간 손해만 듬뿍 볼 테니까. 거기다 이제 한 달 뒤면 초겨울이다. 여긴 평야가 많은 크레센트라서 눈이 적게 내린다고 하지만 전쟁을 하는 데 있어서 눈과 추위는 적군보다 더 무서운 법이다. 그러니 진짜 전쟁을 일으킬 마음이 있다 해도 내년으로 미룰 게 분명하다.

"이 사실 상부에 보고했나요?"

"예? 아… 아닙니다. 아직 정보 수집 중이라고만 해뒀습니다. 하지만 오래 미룰 수는 없으니 며칠 내로 보고서를 올려야 할 것입니다."

"그렇다면 적당히 말을 만들어서 올려요. 내용은… 음, 그게 좋겠군요. 적군 침공 위협 높음."

"흐음… 마마, 지금 같은 시기에 긴장감을 높이는 건 좀… 위험하지 않겠습니까? 더군다나 저쪽도 우리 측에서 넘겨준 브리츠의 프리스트들을 가지고 분풀이를 했을 테니 이제 슬슬 협상을 하려고 할 것입니다. 그런 때에……."

"무슨 말인지 알아, 댄. 하지만 아직 우리에겐 시간이 더 필요하잖아. 지금과 같이 불안하고 어수선한 쪽이 좋아. 게다가 마틴 왕세자도 지금 케센과의 협상 때문에 정신을 못 차리고 있잖아. 지금 그가 자신의 입지를 굳히는 데 힘쓰면 더 이상 손댈 수도 없다고."

"그렇긴 합니다만……."

"그 건은 됐어. 그렇게 하도록. 시켈 백작과 댄이 알아서 처리하고, 프로센 후작 각하, 그쪽 일은 어떻게 되어가죠?"

"예, 마마. 현재… 중립에서 저희를 지지한다고 직접적으로 확답한 귀족이 열셋입니다. 그리고 아직 확답을 하진 않았지만 가능성이 있는 귀족들을 포섭 중입니다. 올해가 가기 전에 최소한 서른 명 이상의 영향력있는 귀족을 포섭할 수 있을 것이라 생각됩니다."

"좋아요. 계속 그렇게 수고해 주세요. 그리고……."

말꼬리를 흐리며 셔우드 남작을 바라보자 가만히 듣고만 있던 그가 품속에서 한 장의 종이를 꺼내서 내게 건네줬다. 그것을 받아서 펴보니 안에는 대충 스무 명쯤 되는 귀족들의 이름이 쓰여져 있었는데 이름 옆에 직인과 사인이 적혀 있었다.

"거기에 적혀 있는 분들이 저와 뜻을 같이하는 분들입니다, 마마. 전 남부 귀족 연합 회원들을 대표하여 여기에 온 것입니다."

"흠… 좋아요, 서우드 남작. 전하께서는 절대 그대들을 잊지 않으실 거예요."

"영광이옵니다, 마마."

"이 늙은이가 한마디 해도 되겠습니까, 마마?"

"물론이에요, 미노스 백작님. 지혜로운 어른의 말을 흘려듣는 젊은이는 큰 후회를 하게 되는 법이니까요."

"이 미천한 몸을 그렇게 높이 쳐주신다니 정말 몸 둘 바를 모르겠습니다. 뭐… 다 아시겠지만 전 제 사위인 브래드릭 녀석을 국왕으로 추대하려 했던 몸입니다. 어찌 보면 여기 계신 분들과는 라이벌이라고도 할 수 있겠습니다만… 이젠 다 지나간 일이지요."

미노스 백작은 그렇게 말하면서 작게 한숨을 내쉬었다. 하긴 한 번 왕위 계승권을 포기한 왕족은 절대 국왕이 될 수 없으니 당연하겠지. 왕위 계승권을 내던져 버리고도 왕이 될 수 있는 유일한 방법은 크레센트를 역사 뒤로 밀어내 버리고 새로운 왕국을 세우는 것뿐이니 말 다 했지 뭐. 그런 의미에서 보자면 브래드릭 왕자… 아니, 이젠 장군인 그를 왕으로 만들기 위해서 성심성의껏 밀어줬던 미노스 백작은 완전히 쓸데없는 데다 힘만 낭비한 꼴이다.

"그래서 전 남은 로이드 전하와 마틴 전하 중에서 한쪽을 도와드리려 했습니다. 하지만 마틴 전하에겐 충신이 너무 많더군요. 거기다 얼마 전까지 서로 으르렁거리던 사이인지라……."

"그쪽 분들과 얼굴을 맞대시는 게 조금 불편하였겠군요."

"약간 그렇습니다, 마마. 어제의 적이 오늘의 친구가 되는 게 정계라고는 합니다만 저의 경우에는 고운 소리를 들을 수 있는 처지가 아닌지라 여기까지 흘러들게 되었습니다."

흠… 왠지 조금 귀에 거슬리는걸? 누가 들으면 여기가 쓰레기 집합소라도 되는 줄 알겠네. 쳇.

"하여간 이왕 이렇게 된 일, 저 역시도 전하와 마마를 위하여 충심으로 뛰겠습니다."

그렇게 말한 미노스 백작도 아까 전 셔우드 남작이 그랬듯이 품속에서 종이 한 장을 꺼내서 내게 건네줬다. 역시 거기에도 미노스 백작 외 아홉에 달하는 귀족들 이름이 적혀 있었다. 흠… 의외로 숫자가 적은걸? 그래도 전 일왕자 파인데 겨우 이것밖에 안 되나? 있다가 댄에게 물어봐야겠군. 난 그 종이를 품속으로 집어넣으면서 웃으며 말했다.

"형이 못다 한 일을 동생이 대신해 드릴 겁니다. 물론 미노스 백작께서 베풀어주신 호의 역시 최대한 갚아드릴 것을 제 이름을 걸고 맹세하죠."

"그럼 이제 제 차례인가요, 마마?"

페이핀이 날 보며 생글생글 웃는다. 정말 붙임성이 좋네. 여기 있는 사람들 모두 다 한자리씩 차지하고 있는 고위 귀족—물론 랭스턴 자작은 예외다—인데도 불구하고 전혀 위축되지 않는다. 아니, 오히려 압도하는 것 같은걸?

"저희는 대단한 인맥은 없고요. 음… 이런 것밖에 못 드리겠네요."

그렇게 말한 페이핀이 품속에서—다들 벨트 주머니는 별로 신용하지 않나 보다—주먹만한 가죽 주머니를 꺼냈다. 그리고 그 주머니의 자루를 열고 거꾸로 들자 좌르륵… 하는 소리와 함께 엄지손가락만한 다이아몬드가 쏟아져 내렸다. 호오… 테이블 위에 다이아몬드를 올려놓자 방 안이 배는 밝아진 느낌이다. 반짝반짝 하는 게 정말 예쁜걸?

"대략 오십오만 골드쯤 할 겁니다. 세금 제하고 오십만 골드 정도 죠."

어이… 오십만 골드라니. 그러다가 아렌시아 상회 망하는 거 아니야?

"무리하는 거 아니에요, 페이핀 양?"

"호호. 설마요. 저희 상회를 너무 과소평가하신 거 아닌가요? 마마, 이 정도 지출은 그리 큰 것도 아니랍니다."

흐음… 오십만 골드라… 일반 용병 한 명이 한 달에 십 골드이고 그들을 먹이고 재우는 데 이십 골드쯤 들어간다고 한다. 그러니 용병 한 명을 고용하는데 한 달에 삼십 골드 정도 드는 건데 저 돈이면 만육천 명의 용병을 한 달 동안 쓸 수 있을 정도의 거금이다. 물론 용병의 숫자나 수요 등에 따라서 변동 폭이 크겠지만 그렇다 해도 최소 오천 명 이상을 단기간에 운용할 수 있는 자금이다. 저런 거금을 선뜻 내놓다니… 이거 아렌시아 상회가 별 볼일 있는 곳이라는 건 알고 있었지만 이 정도로 대단할 줄은 몰랐는데 말이야. 페이핀의 말대로 내가 너무 과소평가했던 것 같은걸?

"정말 고마워요, 페이핀 양. 이 호의는 절대 잊지 않을 거예요."

"헤헷. 별것도 아닌걸요."

페이핀이 쑥스러운 듯 혀를 살짝 내밀면서 웃는다. 이게 별거 아니라고? 그럼 나 그 별거 좀 줘. 이거 아렌시아 상회가 크레센트 왕국을 통째로 사버리는 거 아닌지 몰라?

"그럼… 이제 랭스턴 자작만 남은 건가요?"

"…예? 예?"

지금까지 듣기만 하고 있던 랭스턴 자작이 깜짝 놀라면서 두리번거린다. 이 사람이 이럴 거면 여긴 왜 온 거야? 보고도 모르나?

"저… 저기……."

"할 말 없어요?"

나도 모르게 쌀쌀맞은 목소리가 나왔네. 으음… 워낙에 이 사람에 대한 이미지가 안 좋다 보니… 뭐… 그것도 그거지만 여기 앉아 있는 사람들 중에서 가장 밀리는 귀족이기도 하니 나도 모르게 냉대하게 된 것 같다. 심지어 일반 평민(?)인 페이핀보다도 밀리는걸… 아아… 빨리 끝내야지. 더 이상 시간을 끌었다간 아침이 되겠어.

"그럼 랭스턴 자작은 넘어가기로 하죠."

내 말에 모두들 수긍하는 눈치이다. 하긴 랭스턴 자작령을 다 팔아도 오십만은 커녕 오천 골드도 안 나올걸? 웃… 아… 안 돼! 거금을 봐 버렸더니 자꾸 돈으로 계산하게 되잖아! 그래도 저 랭스턴 자작 역시 우리 로이드를 도와줄 귀족인데 말이야. 잘해줘야지. 잘해줘야지. 음 음… 마음을 가다듬고…

"더 하실 말씀 있는 분?"

내가 주위를 둘러보며 묻자 모두들 슬쩍 고개를 저었다. 그러던 중 갑자기 댄이 슬며시 손을 든 뒤 자리에서 일어섰다.

"최근 왕세자파 쪽의 분위기가 심상치 않습니다. 아무래도 저희 쪽을 노골적으로 견제하는 눈치인데 아직은 별다른 문제가 없었지만 만약 저희의 이런 모임이 저쪽에 들키는 날에는 상당히 큰 위협이 될 것입니다. 다 아시겠지만 앞으로 언행에 주의를 해주시길 간곡히 부탁드

럽니다."

"그래요. 댄의 말대로 아직 우리는 왕세자파를 확실히 눌러 버릴 힘이 없어요. 그러니 도움을 주신다고 하신 주위 분들에게도 우리가 본격적으로 활동하기 시작하는 그날까지 조심해 주실 것을 당부해 주세요."

그렇게 말한 나는 손을 치마 속으로 집어넣었다. 얼마 전에 재단사에게 거금을 줘서 속바지 속에 만들게 한 바지 주머니에서 서약서를 꺼내기 위해서다. 훗. 세상 그 어느 금고보다도 안전하다고. 설마 하니 내 속옷을 훔치려는 간 큰 도둑이 있을 리도 만무하고, 또 이걸 내게서 빼앗으려면 날 죽여야 할 테니까 말이야. 설사 로이드라 해도 함부로 손댈 수 없는 곳이니 여기보다 더 안전한 데가 어디 있겠어?

"자, 새로 오신 분들은 여기에 성함을 써주시고 직인을 찍어주세요."

서약서를 꺼내 든 난 그것을 테이블 위에 올려놓으며 말했다. 서약서라고는 하지만 그저 귀족들 이름이 몇 자 적힌 종이일 뿐이다. 물론 그 내용은 그저 종이인 게 아니지만 말이야. 이 서약서에 명시된 사항은 단 하나뿐. 설사 현 국왕 폐하의 의지에 반하는 일이라도 로이드 왕자를 도울 수 있는 일이라면 무조건 행하겠다는 내용을 길게 늘어 쓴 것으로 이게 다른 사람의 손에 들어가면 반역자로 몰려서 죽기 딱 알맞다. 이건 왕자비인 나라 해도 마찬가지다. 즉 최후의 보루이자 안전장치라는 말씀.

서약서라는 거창한 이름이 붙은 종이 위에 미노스 백작과 셔우드 남작, 그리고 페이핀의 이름이 적혀졌다. 그리고 잠시 머뭇거리던 랭스턴 자작도 굳게 결심했는지 마지막으로 자신의 이름을 적고 사인을 하자 난 만족스러운 웃음을 지었다.

"자, 이제 우리 모두는 한 배를 탄 몸이 된 거예요. 만약에… 우리들 중에서 배신자가 나온다면… 전 이 서약서를 만천하에 공개하고 로이드 전하를 국왕으로 추대할 것이에요. 성공하면 혁명, 실패하면 반역자. 간단하죠? 앞으로 여러분들은 좋든 싫든 저희를 도와야 합니다. 물론 일이 끝난 뒤에는 큰 보상이 뒤따를 것입니다. 명예든 돈이든 원하시는 것을 얻게 될 것이 분명하니까요."

난 그렇게 말하면서 느긋한 자세로 의자에 기대었다. 이로써 로이드 왕자를 왕으로 추대하려는 내 계획에 한 걸음 더 다가선 거다. 우후후……. 그때였다. 이런 내 기분에 찬물을 끼얹는 이가 있었으니… 그 이름은 바로 대니어스 드 워렌 자작.

"…댄, 그거 또 하는 거야?"

"당연하지 않습니까? 이게 빠지면 서약서라고 할 수 없는 겁니다!"

에휴… 또 시작이다. 댄은 허리춤에서 시퍼렇게 날이 선 단검을 꺼내 들더니 그걸 테이블 위에 올려놓고 좌중을 돌아보면서 말했다.

"서약서 하면! 역시 피의 맹세! 여기에 이름을 적으신 분들은 자신의 피로 재차 사인해 주십시오!"

"적당히 해! 우리가 무슨 비밀 결사냐?"

"…저어. 마마, 저희 비밀 결사 맞지 않나요?"

끄응… 할 말 없다. 젠장. 그래, 마음대로 해라. 마음대로 하라고.

결국 나는 댄의 집요한 요청에 의해서 피로 쓴 사인을 받아낸 서약서를 건네받아야 했다. 이거 그냥 집어넣으면 속옷에 피 냄새가 밴단 말이야! 아우~ 짜증나! 거기다 처음 손가락 째고 내 사인 넣었을 때 로이드가 또 얼마나 날뛰었는데? 과일 깎다가 베었다고 말해도 펄펄

뛰는 인간인데 말이야. 뭐라더라… 일을 게을리 한 시녀들을 모두 처형해 버리겠다나? 그렇게 날뛰는 로이드를 진정시키는 데 내가 얼마나 애를 먹었다고! 우이씨!

혈서 때문에 잠깐 소란이 있었지만—특히 연약한 페이퀸은 죽어도 자기 피로는 못하겠다고 버텼다. 덕분에 끗발에서 달리는 랭스턴 자작은 오른손 검지와 중지를 베었다—무사히 서약서를 돌려받은 나는 먼저 자리에서 일어섰다. 다른 이들도 마찬가지겠지만 난 로이드나 에린 녀석이 깨기 전에 다시 침대 속으로 돌아가야 하니까 조금 서둘러야 한단 말이지.

"그럼 저 먼저 돌아가도록 하죠. 혹시라도 궁금한 점이나 요청하실 것이 있다면 여기 계신 프로센 후작 각하나 댄을 통해서 연락 주세요. 아셨죠?"

웃으면서 그렇게 말하니 모두 고개를 끄덕인다. 이에 난 만족스럽게 웃던 사교용 미소를 거둔 뒤 방을 나가려고 했다. 그때 갑자기 가만히 있던 랭스턴 자작이 벌떡 일어서더니 양손으로 내 팔을 부여잡고 무릎을 꿇는 게 아닌가? 이봐! 당신! 손에서 아직도 피나잖아! 옷에 피 묻히지 마!

"마… 마마! 저… 저는 어떡합니까? 네?"

"……."

이 인간이 갑자기 왜 이러는 거야? 응? 난 이 랭스턴 자작을 데리고 온 댄을 바라보았다. 그러자 나와 시선이 마주친 댄이 양손으로 엑스 자를 만들어 보이면서 고개를 좌우로 도리도리 젓는다. 저 뜻은… 아무짝에도 써먹을 데 없음… 이냐? 캬악! 가뜩이나 손이 부족해서 고양이 손이라도 빌려 써야 하는 게 우리 조직의 사정인데! 그런 곳에서도 써먹을 데 없음이라는 판결을 받다니! 얼마나 무능하고 멍청해야 이렇게 될 수 있는 거야? 응? 역시 맨날 술에 절어 술주정이나 하면서 살 때부터 알아봤다니까!

"흐음……."

시선을 돌려 프로센 후작을 바라보니 그가 슬그머니 고개를 돌린다. 이런 분위기를 눈치 챈 다른 이들도 모두들 슬슬 내 눈치를 보며 시선을 돌린다. 으음… 이럴 때는… 할 수 없지.

"프로센 후작 각하."

"예, 마마. 말씀하십시오."

"여기 계신 랭스턴 자작님을 잘 부탁드려요."

"…예. 알겠습니다, 마마."

"그럼."

난 방 안의 모든 이들에게 살짝 고개 숙여 보인 뒤 랭스턴 자작의 손길을 뿌리친 뒤 밖으로 나왔다. 프로센 후작이야 정계에서도 알아주는 유명한 귀족인데다가 부유한 집안이고 인맥도 넓으니 랭스턴 자작 같은 귀족 하나쯤은 돌봐줄 수 있겠지? 설마 하니 내가 친히 부탁했는데 내치기야 하겠어? 랭스턴 자작이 크게 잘못해서 제 발로 나오는 게 아니라면 알아서 잘살겠지. 뭐, 거기다 서약서에도 이름이 올라가 있으니 어쨌든 우리들의 영역 안에 놔둬야 하기도 하고… 하아암. 회의가 끝나니까 졸음이 밀려온다. 자다가 일어나서 왔더니 피로가 두 배로는 것 같아. 졸려라…….

1층으로 내려와 보니 거실의 꼴이 말이 아니었다. 거실 구석에는 두 사내가 칙칙한 색의 모포를 몸에 두른 채 벽을 마주 보며 중얼거리고 있었고 다른 바닥에서는 상의 또는 하의가 없는 반 속옷 차림의 사내들 셋이 엉덩이를 맞대고 앉아서 술을 마시고 있다. 그리고 멍한 표정으로 의자에 앉아 있는 카렌과 그 반대 편에 앉아 있는 사내가 보였다. 건장한 체구의 그 사내는 상의를 벗고 있었는데 안대를 했는지 내게 보이는 뒤통수에 검은색 끈이 보였다.

"……."

"이봐, 더 받을 거야? 아니면 그만둘 거야?"

계단을 타고 아래로 내려온 내게 그 사내의 걸쭉한 목소리가 들려왔다. 입에는 반쯤 타 들어간 궐련을 물고 있는 그는 코로 연기를 쉴 새 없이 내뿜으면서 카렌에게 물었다. 호오… 손에 카드를 세 장 들고 있는 걸로 봐서 블랙잭인가 보네? 어디 보자… 오~ 스페이드 에이스와 스페이드 9, 그리고 하트 10이란 말이야? 상당히 높은걸?

"이봐! 뒤에서 뭘 보… 흠흠. 실례했습니다."

"아니, 내가 미안하지. 누구 차례야? 계속해."

난 나를 알아보고 사과를 하는 그에게 괜찮다고 말하면서 카렌이 들고 있는 카드 숫자를 세어봤다. 하나, 둘, 셋, 넷, 다섯, 여섯… 장? 이거 블랙잭 아니었어?

"한 장 더."

"크으… 여섯 장이나 가진 주제에 더 달란 말이야? 너! 이번에도 뻥치는 거지?"

"한 장 더."

"쳇."

그 사내는 작게 혀를 차면서 테이블 정중앙에 있는 카드 무더기 위에서 한 장을 뽑아서 카렌 쪽으로 던졌다. 잽싼 손동작으로 카드를 받아 든 카렌. 표정의 변화가 없다. 저 녀석 포커 치면 장난 아니겠군.

"얼마나 걸 거냐?"

"…전부."

"너! 또! 제기랄! 좋다! 나도 전부 다 걸고, 바지랑 속옷까지 건다! 자! 까봐!"

탕!

그는 회심의 미소를 지으면서 손에 들고 있던 카드를 펼쳐 보였다. 에이스를 11로 쓰면 숫자가 30이 되니 당연히 에이스는 1이고 남은 숫자와 합하면 20! 가장 높은 숫자가 21인 블랙잭에서 20이면 굉장히 높은 패다! 거기다 에이스도 그냥 에이스가 아니라 스페이드 에이스! 거기다 카드도 달랑 세 장! 같은 숫자면 이 녀석이 이길 거다.

"……."

벌써부터 다 이긴 듯 카렌과 판을 벌이고 있던 그 사내는 의기양양한 표정으로 웃고 있었다. 그런데 반해 카렌은 여전히 무표정한 얼굴로 손에 들고 있던 카드를 내려놓기 시작했다. 하트 3, 클로버 7이 바닥에 내려오자 사내의 미소가 더욱더 짙어진다. 단 두 장에 합이 10, 그렇다는 건 나머지 카드가 모두 2가 되어야지만 비길 수 있다는 것이지만 카드에서 같은 숫자는 네 개뿐. 카렌이 들고 있는 하트 3외의 다른 숫자 3이 들어와야지만 된다는 것이다.

"후후후. 이번엔 내가 이긴 것 같군."

"……."

탁.

카렌의 손에서 스페이드 2가 내려왔다. 그러자 그 사내는 약간 놀란 표정이었지만 '그럴 수도 있지'라고 중얼거렸다. 하지만 그 당당하던 기세도 카렌의 손에서 연속으로 다이아몬드 2, 클로버 2, 하트 2가 내려오자 혼이 빠져나간 듯한 표정이었고 마지막으로 클로버 3이 카렌의 손을 떠나 테이블 위에 사뿐히 내려서자 입을 쩍 벌린 채 믿을 수 없다는 표정으로 카렌의 카드를 노려보았다. 그런 그를 향해 한마디 하는 카렌.

"이겼어."

"끄아아악!! 말도 안 돼! 이런 악몽 같은 일이 벌어질 확률이 몇억 분의 일이나 되는 거야? 이… 이건 사기야! 사기!"

"이.겼.어."

"크으으으……."

카렌이 이겼다고 말하자 그는 학질에라도 걸린 듯 몸을 부들부들 떨었다. 하지만 그도 잠시, 이내 의자에서 벌떡 일어선 그는 내가 옆에 있는데도 불구하고 아무 망설임도 없이 바지를 벗어서 테이블 위에 올려놓았다.

"그래! 다 가져라! 다 가져! 젠장할!"

그리고는 속옷 차림으로 모포를 두르고 있는 다른 사내놈들에게 걸어가더니 그 모포 속으로 들어가서 꾸물꾸물거렸다. 잠시 뒤 그자가 흰 속옷을 카렌 쪽으로 던졌고 모포 속에선 이제 사내 셋이 벽을 보며 중얼거리고 있었다.

그사이… 카렌은… 자기가 딴 돈과 무기들, 그리고 옷가지들을 챙기고 있다. 그것도 방금 전까지 입고 있던 냄새 나는 속옷까지 몽땅! 독한 것. 도박으로 상대를 벗겨먹는다는 말이 바로 이런 거구나. 말은 들어봤지만 실제로 보는 건 처음이다. 정말 가죽까지 벗겨먹는 게 아닌지 걱정될 정도인걸.

"카렌, 가자."

"응."

뭐… 카렌이 도박을 해서 남자들을 벗겨먹든 말든 그건 내 알 바 아니고 중요한 건 이제 돌아가서 잘 수 있다는 거다. 난 카렌을 뒤에 데리고 현관문을 열었다. 내 뒤를 따라오는 카렌을 슬쩍 보니 아까 전 이 집으로 들어올 때 우리들을 겨누었던 장궁이 카렌의 등에 매여져 있다. 저것도 기술이라니까. 정말…….

돌아가는 길에 카렌에게 어떻게 하면 그렇게 도박을 잘할 수 있냐고 물었다. 그러자 카렌 왈.

"외웠어."

카드를 전부? 54장이나 되는걸? 저게 말이 되는 거냐? 카렌 말로는 판이 끝난 뒤 바닥에 카드를 펼쳐 놓고 정리할 때 카드의 문양과 숫자를 모조리 외웠단다. 그리고 한 무더기로 모아서 정리할 때 그 순서를 따라서 외우고 몇 번째 카드를 빼서 올려놓는지까지 단번에 알아볼 수 있단다. 거기다 실력 좋은 댄의 요원들까지도 눈치 못 챌 정도로 손놀림이 빠르니 카드 놀이에서 질 수 있을 리가 없지. 방금 전에도 카렌은 상대하던 남자 몰래 자기에게 유리한 카드만을 맨 위로 올려놓았다고 한다. 옆에서 지켜본 나도 몰랐는데 말이야. 하여간 대단하다니까. 이 녀석은 암살자가 아니라 도박사가 되었어야 했는데… 넌 길을 잘못 든 거야, 카렌.

역시 카렌의 도움으로 아무도 모르게 담장을 넘은 난 어느새 치워둔 밧줄 대신에 갈고리가 달린 새 밧줄을 허리춤에서 꺼내는—밧줄을 배에 둘둘 감고 있었다—카렌을 말없이 지켜보고 있었다. 곧 이어 카렌이 손바닥만한 작은 갈고리를 위로 던졌고 그것은 4층 테라스 끝에 걸렸다. 쇳덩이리와 돌이 부딪쳤는데도 귀 기울여 들어야만 간신히 들을 수 있을 정도로 아주 작은 소리밖에 안 난다. 밧줄을 몇 번 흔들어본 카렌은 마치 나무를 타는 다람쥐처럼 잽싼 동작으로 밧줄을 타고 위로 올라갔다. 그리고는 테라스의 끝에 밧줄을 단단히 감은 뒤 내게 올라오라고 신호했다.

끄으응… 자꾸 발이 미끄러지잖아! 이거 밧줄을 타고 올라가는 것도 쉬운 일은 아닌걸? 힘 하나는 오우거도 누님이라고 할 정도로 좋으니 올라가는 데는 그리 문제가 안 되었지만 벽을 짚은 발이 자꾸 미끄러지거나 헛발질을 해대서 자꾸 밧줄에 대롱대롱 매달리게 된다. 카렌 녀석은 아주 쉽게 올라가더만… 왜 나만 이런 거야? 응?

고생고생해 가면서 올라가니 카렌 녀석이 어느새 창문을 열고 안으로 들어가 있었다. 방 안으로 들어간 카렌은 안을 주의 깊게 살펴보며 우리가 나갔을 때와 바뀐 게 있는지 세심하게 확인하고는 이내 아무 이상 없다는 뜻으로 내게 고개를 끄덕인 뒤 내 쪽으로 소리없이 다가와 내가 방금 전까지 타고 올라왔던 밧줄을 타고 밑으로 내려갔다. 그리고 밧줄이 몇 번 출렁이더니 테라스에 단단하게 박혀 있던 갈고리가 손쉽게 빠져나오면서 밑으로 떨어졌다. 저 녀석은 도대체 어떤 교육을 받아온 걸까? 가끔은 진짜 궁금하다니까.

동쪽 하늘이 조금씩 푸른색으로 변해가는 게 보인다. 조금 뒤면 해가 뜨겠군. 하아암… 시간이 없다고.

난 잽싸게 마른 수건을 들고 욕실로 향했다. 얼굴을 벅벅 문질러서 화장을 지우고 검은 옷을 대충 벗어 던진 나는 자기 전에 입고 있던 잠옷으로 갈아입은 뒤 옷과 수건 등을 옷장 바닥에 처박았다. 이래 놓으면 카렌 녀석이 알아서 뒤처리를 해주니까 상관없다고.

"흐음……."

특별히 눈에 띌 게 있을까 해서 방 안을 둘러봤다. 뭐… 내가 외출하고 돌아왔다는 표식은 없는 듯하니 이만 잠이나 잘까나? 침대 가로 걸어가 보니 로이드 왕자는 내가 아까 베개를 안겨준 자세 그대로 작게 숨을 내쉬면서 자고 있다.

"후훗. 이 모든 게 다 당신을 위해서랍니다, 나의 왕자님."

난 순진한 얼굴로 자고 있는 로이드 왕자의 뺨을 쓰다듬으면서 작게 중얼거렸다. 당연히 듣지는 못하겠지만 말이야. 이런 내 마음을 알아 줬으면 해서였다. 언젠간 그도 날 이해해 줄 게 분명하다.

축축한—자면서 침을 흘리다니! 어린애냐?!—베개를 로이드 왕자의 품에서 빼앗은 뒤 바닥에 내던진 나는 그가 베고 있는 베개 귀퉁이에 머리를 대고 내 쪽을 향해 비스듬히 누워 있는 로이드 왕자의 얼굴을 바라보았다. 어둠에 동화된 듯한 검은 머리칼과 지금은 눈꺼풀 속에 숨어 있는 검은 눈동자, 거기다 동글동글한 얼굴. 아아아… 너무 귀여워! 꽉 품에 안고 부비부비해 주고 싶다니까! 정말!

"우우웅……."

내가 넋을 놓고 그를 보고 있는데 갑자기 로이드 왕자가 작게 웅얼거리더니 두 팔을 내 쪽으로 뻗는다. 혹시 잠이 깬 게 아닌가 해서 조심스럽게 봤는데 아무래도 잠꼬대 같다. 이젠 본능인지 로이드는 두 팔로 나를 더듬더니 꿈틀거리며 내게 기어와서 내 품에 고개를 처박고 잠이 들었다. 정말이지… 무릎 다음은 가슴이냐? 이거 너무 엉큼하다니까. 하지만 뭐… 음흉한 생각으로 이러는 것도 아니고 좋아서 그러는 건데 너무 타박하는 것도 안 좋겠지? 난 작게 웃으면서 내 품에 안겨 있는 로이드 왕자의 머리를 쓰다듬어 주었다. 그러자 로이드 왕자가 잠결에 키득거리면서 더욱더 날 꽉 껴안는다. 그렇게나 좋을까? 하여간 남자들이란 단순해서 귀엽다니까.

잠들어 있는 로이드 왕자의 허리에 팔을 감아서 내 쪽으로 끌어당겼다. 내 가슴팍에 머리를 대고 찰싹 달라붙은 로이드를 끌어안은 나는 손을 들어서 그의 얼굴을 받쳤다. 어두컴컴했지만 창밖으로 푸르스름한 빛이 들어와서 그의 잠든 얼굴이 흐릿하게 보인다. 이에 난 고개를 숙였다.

쪽.

후훗. 잠자는 숲 속의 왕자 전하. 방금 전에 당신은 제게 입술을 빼앗겼답니다. 그 보상으로 제가 평생 당신을 고귀하고 영광스러운 자리에서 빛날 수 있도록 해드릴게요.

"이건 나와 맺는 두 번째 약속이자 맹세."

난 그렇게 중얼거리면서 속으로 다짐했다. 첫 번째 맹세는 착실히 지켜지고 있다. 이제 두 번째 맹세를 지킬 차례이다. 아직은… 먼 미래의 이야기지만 말이야. 이쪽의 태세를 정비하고 왕세자파의 약점을 찔러서 무너뜨리려면 앞으로 2~3년은 더 필요하겠지만… 이미 선택은 끝났다. 앞으로 남은 건 결과뿐.

다음날 나와 로이드 왕자는 마차를 타고 왕성으로 들어갔다. 애초에 랭스턴 영지를 나온 목적도 국왕 폐하를 뵙기 위한 거였으니 빨리 알현을 끝마치고 싶었다. 여기서는 보는 눈도 많고 뒤에서 수군거릴 인간들도 많아서 많이 귀찮거든. 거기다 운동도 못하고 말이야. 다행히 나와 로이드 왕자는 궁에 들어서자마자 곧바로 국왕 폐하의 집무실로 불려갈 수 있었다. 하긴 신분이 왕자와 왕자비인데 그 누가 우리 앞을 막아서겠어?

"로이드 일왕자 전하와 아넬리안 왕자비 마마께서 드시옵니다."

내가 이런저런 생각을 하고 있는 동안 집무실 문밖에서 안을 향해 크게 소리치는 시종의 목소리가 귓가로 들려왔다. 으응? 언제 도착한 거지? 뭐… 그런 건 크게 중요하지 않지만 말이야. 곧 이어 화려한 사자 문양이 새겨진 나무 문이 소리없이 스르르 열렸다. 그렇게 안으로 들어가자 또 다른 문과 그 앞에 서 있는 기사들이 눈에 들어왔다. 하지만 그 문 역시도 곧바로 열렸고 이내 국왕 폐하의 집무실이 나타났다.

　"오오오! 왕녀! 아니… 아니지! 아넬리안, 어서 오게. 어서 와!"

　집무실 중앙에 있는 책상에 앉아서 한창 서류를 보며 무언가를 쓰고 있던 국왕 폐하께서 안으로 들어서는 우리를 보고 벌떡 일어서시더니 내 쪽으로 걸어오셨다.

　"심려를 끼쳐 드려서 죄송하옵니다, 폐하."

　"무슨 소리! 그래, 몸은 좋아졌는가?"

　물론 당연히 좋지! 꾀병이었으니까. 오히려 힘이 넘쳐서 문제라고! …라고 말할 수는 없겠지?

　"아넬리안은 괜찮습니다, 아바마마."

　"후후. 녀석. 그래, 궁을 나가니 좋던? 네 녀석이 좋아하는 책도 많이 없었을 텐데 꽤 오랫동안 나가 있었더구나."

　폐하의 말에 로이드 왕자가 살짝 얼굴을 붉힌다. 저기… 폐하, 요즘 로이드 왕자는 책을 잘 안 보거든요? 그보다는 맨날 제 무릎을 베고 노닥거리는데요. …라고 말하고 싶어지는걸? 이런 말을 하면 국왕 폐하의 표정이 어떻게 변할지 정말 궁금하다.

　"그래, 손주는 언제쯤 안겨줄 게냐? 네 녀석 평소 하는 꼬라지를 보면 이 아비가 늙어 죽기 전에는 힘들 것 같다만……."

　"아바마마!"

국왕 폐하의 갑작스러운 기습 공격에 로이드 왕자가 얼굴을 새빨갛게 물들인 채 소리를 빽 하고 질렀다. 우에엣… 폐하도 참. 때가 되면 어련히… 가 아니잖아! 난 아직 아기를 갖고 싶지 않다고! 뭣보다 로이드를 왕으로 만들려면 지금이 가장 중요한데 이런 중요한 시기에 거동이 불편하면 여러모로 불리하단 말이야. 크으… 요즘 로이드 왕자가 조르는 걸로 봐서는 좀 위험하긴 하지만……. 이렇게 나와 로이드 왕자가 국왕 폐하의 짓궂은 말에 고생하고 있을 때 갑자기 문가에서 똑똑 하고 노크 소리가 들려왔다.

"누군가? 급하지 않다면 조금 있다가 들어오게."

갑자기 방해받아서인지 국왕 폐하께서는 조금 낮은 목소리로 밖에다 대고 외쳤다. 하지만 그런 폐하의 말에도 불구하고 갑자기 문이 벌컥 열리면서 중년의 귀족이 안으로 뛰어들어 왔다. 집무실로 들어온 그는 우리에게 깊숙이 허리를 숙여 예를 표한 뒤 곧바로 국왕 폐하의 곁으로 뛰어갔다. 흠… 입고 있는 옷이나 거침없이 집무실 안으로 뛰어드는 폼으로 봐서는 재상이나 고위급 대신 정도 되나 보군. 뭐… 처음 보는 얼굴이니 누군지는 모르겠지만 말이야.

그 대신—으로 보이는——은 국왕 폐하께 다가가서는 몇 장의 종이 뭉치를 꺼내서 책상에 올려놓고는 우리들 눈치를 조금 살피더니 폐하께 귓속말을 했다. 으음… 우리가 들어서는 안 될 말이려나? 왠지 분위기가 별로인걸? 난 그렇게 생각하면서 로이드 왕자를 바라보았다. 그도 나와 별 차이가 없는지 지루한 기색을 숨기려 하지도 않은 채 집무실 안을 둘러보고 있었다. 잠시 뒤 그 대신의 귓속말에 고개를 몇 번 끄덕이던 국왕 폐하께서 아까 전 집무를 보시던 그 책상에 앉으며 말을 꺼내셨다.

"으음… 생각 같아서는 차라도 한잔 마시면서 그간 못다 한 이야기를 나누고 싶지만… 사정이 좋지 않군. 오랜 여행에 피곤할 테니 그만 가서 쉬게. 그리고 로이드! 네 녀석, 한 번만 더 말도 없이 왕성을 나가면 도서관에 처박아 버릴 테니 알아서 처신하거라. 알겠느냐?"

"네."

이 사람… 가출한 거였어? 하아아아… 난 또 마틴 왕세자랑 같이 왔길래 국왕 폐하의 허락을 받고 나온 줄 알았는데……. 아무래도 가출한 다음에 마틴 왕세자와 만나서 내가 있던 곳까지 온 건가 보군. 정말 뭘 생각하는 건지…….

본격적으로 그 대신과 이야기를 나누는 국왕 폐하를 뒤로하고 우리는 집무실을 나왔다. 밖으로 나오면서 귀를 세우고 안의 대화를 엿들으니 '본격적인…' 이라던지 '침공…' 운운하는 소리가 들려온다. 흐응… 이거 댄 녀석이 의외로 일을 잘해줬나 본데? 뭐… 이걸로 조금은 시간을 벌겠군.

오랜만에 왕자궁으로 돌아왔다. 여긴 별로 변한 게 없군. 조금 바뀐 게 있다면 궁 안에 있는 정원이 갈색으로 물들어 있다는 것 정도일까? 얼마 후면 저기도 다 갈아엎어서 흙더미로 바뀌겠지. 낙엽이 지지 않는 녹색의 관목들이 몇 그루 서 있기는 하지만 생각보다 좀 쓸쓸해 보인다. 이거… 가을 타는 건가?

"안 들어갈 거야?"

"네? 아… 아니요. 가요, 전하."

"응."

나도 모르게 걸음을 멈추고 있었네. 난 내 앞에서 걸어가는 로이드 왕자를 따라서 정원을 가로질렀다. 후훗. 그래도 많이 발전한 거라고. 예전의 로이드 왕자였으면 내가 딴생각을 하고 있건 말건 혼자서 별궁 안으로 들어가 버렸을걸?

별궁 안으로 들어서자 반가운 얼굴이 나를 반긴다.

"마마! 그동안 연락도 없이 어디 계셨던 겁니까? 걱정했단 말입니다!"

"아아, 미안해."

에레니아 시녀장이 날 보자마자 허리에 양팔을 얹고 눈꼬리를 치켜 올리면서 따지고 들었다. 으음… 조금 미안하긴 하군. 거기다 로이드 왕자까지 가출해 버렸으니 그동안 걱정 많이 했겠구나. 역시 연락을 해둘 걸 그랬나?

"이런저런 사정이 있어서 말이야. 그보다 별일없었지?"

"이 별궁의 주인 내외 분이 안 계신 것 외에는 별일없었습니다."

왠지 말에 가시가 있는 것 같아. 하지만 뭐… 이런 정도로 무너질 내가 아니란 말이지. 난 연신 투덜거리며 잔소리를 늘어놓으려는 시녀장을 가볍게 무시하고 내가 쓰던 방으로 향했다. 그런데… 로이드 왕자는 벌써 간 건가? 너무하잖아! 내가 잔소리를 듣고 있는 사이에 혼자만 가버리다니! 에잇! 그놈의 무뚝뚝한 성격! 변한 거야, 아닌 거야? 도대체 속을 알 수가 없다니까!!

내 방으로 향하는 동안 낯선 아이들—시녀복을 입고 있다—이 나를 보고는 굉장히 놀라면서 연신 고개를 조아린다. 흠. 그래도 제법 시녀 티가 나는걸? 역시 노련한 시녀장 밑에 있으니 전혀 써먹을 데 없을 것 같던 꼬맹이 녀석들도 쓸 만하게 변하는구나.

"에린 양! 도대체 몇 번을 말해야 돼요? 네? 좀 더 조심하라고요! 그

배신 205

렇게 주위가 산만하고 덜렁대서 어떡하겠다는 거예요?"

"죄… 죄송합니다."

어라라? 방금 전에 에린이라고 했나? 난 소리가 들려온 쪽으로 고개를 돌렸다. 2층으로 올라가는 복도 구석에 제린과 에린이 서 있는 게 보인다. 그리고 바닥을 구르고 있는 접시들도 눈에 들어왔다. 에휴… 에린이 그럼 그렇지, 별수있나. 저 녀석, 어디 가서 내 전속 시녀라는 말은 안 하고 다녀줬으면 좋겠는데…….

방 안으로 들어가 보니 로이드 왕자가 시종의 시중을 받으면서 평상복으로 갈아입고 있었다. 흐음… 저 시종의 이름이… 헨켈이었던가? 시종복을 입고 있긴 하지만 로이드 왕자 옆에 서 있으니 둘이 잘 어울리는걸? 역시 로이드가 남색가라고 좍 퍼진 소문이 사그라들 줄 모르는 건 다 이유가 있다니까. 딱 보기에도 그림이 나오잖아.

"뭐 해?"

"예? 아… 아무것도 아니에요, 전하."

난 작게 고개를 저으면서 로이드 왕자의 말을 슬며시 넘겨 버리고 욕실로 향했다. 우선 씻고 보자. 따뜻한 욕조 속에 들어가서 그동안 쌓인 여독도 좀 풀고 오늘은 푹 자야지. 요즘 이틀이 멀다 하고 밤이슬을 맞고 돌아다녔더니 피부가 좀 거칠어진 느낌이란 말이야. 피부 미용에는 우유 목욕이 좋다는데 그거나 한번 해볼까? 에이… 됐다, 됐어. 난 아직 젊단 말이지. 그런 거 안 해도 맘 편하게 먹고 푹 쉬면 이전처럼 탱글탱글하고 탄력있는 피부로 돌아갈 거야. 음음. 그런데… 대리석으로 된 욕조에는 장미 잎이 둥둥 떠다니는 따뜻한 물은커녕 차가운 냉수조차 없었다! 이것들이 일을 하는 거야, 마는 거야? 확 모조리 불러서 따끔하게 혼내줄까? 아니면 시녀장만 불러다가 잔소리 들은 만큼 화내볼까? 여기 시녀들 입장에선 전자 쪽이 더 좋겠지만… 훗. 에레니아 시녀장을 불러야겠군.

첨벙…….
아아… 천국이로구나. 천국이야.
"하아아아……."
나도 모르게 작은 신음 소리가 흘러나왔다. 편안한 자세로 욕조 속에 드러누운 나는 죠안이 가져온 차가운 주스를 마시면서 물 위로 머리만 내민 채 몸을 푹 담갔다. 온몸이 녹아내리는 것 같은 게 이대로 한잠 푹 자고 싶다. 음… 그랬다간 감기 걸리겠지?
첨벙첨벙…….
내 머리 위에서는 제린이 양팔을 걷어붙인 채 두 손으로 내 어깨를 주무르고 있었고 내 발치에 서 있는 죠안은 손으로 욕조의 온도를 재면서 물이 식으면 뜨거운 물을 부어주고 있었다. 원래 저건 바보 같은… 이 아니라 원래 바보인 에린 녀석이 해야 할 일이지만 그 녀석은 지금 에레니아 시녀장에게 잡혀가 있다. 훗. 내게 잔소리를 늘어놓았던 시녀장은 '평소에도 이래?' 라고 한마디 하자마자 단번에 얼굴을 붉히며 뛰쳐나갔다. 그리고 에린 이하—이 녀석은 어딜 가도 빠지는 법이 없다. 혼날 때만!—열한 명의 시녀들은 시녀장과 함께 별궁 뒤편 으슥한 곳으로 사라졌다. 불쌍한지고… 쯧쯧.
"역시 집이 좋아. 그렇지? 제린."
"호호. 당연하죠, 마마. 그런데… 살이 조금 타신 듯하네요? 아직도 운동하시는 건가요?"
"응! 봐봐, 나 근육도 붙었어."

난 오른팔을 들어 올려서 힘을 주었다. 그러자 달걀만한 알통이 불거져 나온다. 처음엔 이거 보기 싫었는데 이젠 꽤 마음에 든다. 무엇보다 평소엔 몸속에 들어가 있다가 힘을 주면 튀어나오는 데다가 닐크의 말로는 내가 열심히 운동한 증거라나? 뭐… 전혀 예쁘지 않은 근육질 몸매가 되고 싶은 생각은 눈곱만큼도 없지만 왠지 이런 근육이 생기는 게 신기하고 재미있다. 이래서 운동하는 걸 멈출 수가 없다니까.

욕탕에서 두어 시간쯤 뭉기적대면서 놀다가 방으로 돌아와 보니 로이드 왕자가 침대 위에서 자고 있는 게 보였다. 책을 읽던 중이었는지 그의 옆에는 두꺼운 책이 엎어져 있었다. 에… 어디 보자. 외교학? 이제 연애학은 다 본 건가? 내가 보기엔 아직 멀었다고 생각되는데. 뭐… 그거야 로이드 왕자 마음이니까. 그런데 요즘 로이드 왕자의 자는 모습을 많이 보는 것 같단 말이야. 원래 잠이 많았던 건가? 아니면 내가 곁에 있을 때만 자는 건가? 음… 모르겠다. 하긴 맨날 도서관에 틀어박혀 있었으니 이전에 어떻게 살았는지 알 수가 있어야지.

우리가 왕실로 돌아온 지 열흘이 지났다. 그동안 국왕 폐하와 몇 번인가 식사를 같이 했다. 그때마다 화제는 언제쯤 손자를 안겨줄 거냐 하는 것이었다. 음… 이건 이전 일왕자였던 브래드릭 장군이 조금 있으면 아이를 낳을 것이라서 그런 거겠지? 엘린님의 아이도 국왕 폐하께는 손자가 되는 것이지만… 이미 태어날 때부터 정해진 신분의 벽은 할아버지가 손자도 안아주지 못할 만큼 두터운 법이니까.

마틴 왕세자의 최근 근황도 들었다. 요즘 북부 요새 도시 근처에서 귀족가의 사병들을 끌어 모아서 전쟁을 대비하고 있다 한다. 덕분에 요즘 귀족들 만나랴 병사들 끌어 모으랴 보급 물자 징발하랴 정말 눈코 뜰 새 없이 바쁜 시간을 보내고 있다고 한다. 침대 위에서 뒹굴거리고 있는 로이드 왕자와 비교되는걸? 뭐… 요즘엔 내 무릎을 베고 누워서 책을 읽고 있지만 말이야. 갑자기 미쳤는지 제왕학이나 군사학 같은 책을 보고 있는 로이드였지만 왠지 나와 단둘이 있을 땐 전보다 어리광이 더 심해진 것 같다. 어제는 갑자기 날 보곤 히죽거리며―그 누가 상상이나 할 수 있을까? 이 무뚝뚝, 무표정, 무관심의 3무를 고루 갖춘 로이드가 말이다!―슬금슬금 기어와 내게 안길 때는 솔직히… 섬뜩했다. 이거 혹시 로이드의 탈을 쓴 다른 녀석 아니야?

오늘… 날씨 한번 좋구나. 왠지 좋은 일이 생길 것 같은걸? 난 오랜만에 책이나 읽어볼까 하는 생각으로 책장―로이드가 수집해 놓은 것들이다―에서 아무 책이나 하나 꺼내 든 뒤 테라스로 걸어나갔다. 아침에 내가 운동하는 동안 여기서 책을 읽고 있던 로이드 왕자 덕분에 귀찮게 의자를 가지고 나올 필요는 없었다. 흠… 대륙 역사서네? 재미있으려나? 대충 보니까 크레센트 인이 쓴 역사서인 듯한데 말이야. 이거 자기네 나라 자랑만 잔뜩 들어가 있는 건 아니겠지?

"흠……."

첫장과 말머리를 대충 훑어본 난 책을 파라락… 소리가 나도록 주욱 넘긴 뒤에 대충 아무 곳이나 찍어서 읽기 시작했다. 내용은 철혈대제로 불렸던 프로텐스 국왕 때의 이야기였다. 전에도 그렇고 이 선대 국왕 아저씨 자주 나오는걸? 하긴 그 당시가 크레센트 국에 있어서 최고의 전성기였을 테니 사람들 입에 자주 오르내리는 게 당연하겠지만 말이야.

한창 프로텐스 국왕에 대해서 읽고 있는데 갑자기 등 뒤에서 누군가가 날 덮쳤다.

"꺄악!"

인기척도 없이—어쩌면 내가 책에 몰입하고 있었는지도…—나타난 상대는 내 등 뒤에서 양팔을 뻗어 내 목을 껴안더니 따뜻한 볼을 내 옆얼굴에 찰싹 붙였다.

"뭘 보는 거야?"

"저… 전하아……."

"왜?"

이 망할 남편아! 방금 전 내 간이 콩알만해졌다가 다시 원상태로 돌아온 걸 알기나 하는 거야? 아직 가지지도 않은 아기가 떨어질 뻔했잖아! 아으으으! 이걸 가지고 화낼 수도 없고! 답답하다!

"노… 놀랐잖아요. 갑자기 그렇게……."

"하지만 불러도 대답 안 했잖아."

그… 그랬나? 내가 너무 집중해서 역사책을 보고 있었나 보다. 하지만 그렇다고 그렇게 갑자기 뒤에서 껴안아도 되는 거야? 응? 거기다 왜 볼을 부비적대는 거얏! 뭐… 조금 좋기는 하다만…….

내가 난처해하는 걸 즐기기라도 하는지 로이드 왕자는 뒤에서 껴안은 채 떨어질 줄을 모른다. 들고 있던 두꺼운 역사서로 로이드의 머리를 때려줄까? 하고 고민하고 있을 때 갑자기 등 뒤에서 '쾅!' 하는 소리가 들리면서 방문이 부서질 듯 큰 소리를 내면서 활짝 열렸다.

"마… 마마! 크… 큰일 났습니다아!"

응? 에린? 뭐야? 갑자기. 고함을 지르며 난입한 에린 덕분에 날 껴안고 있던 로이드 왕자가 슬금슬금 테라스 구석으로 떨어지자 난 한 손으로 목을 주무르면서 물었다.

"무슨 일이야?"

"헤엑… 헤엑… 에… 엘린님께서! 지금 출산을 하신다고…….."

"뭐? 아직 한 달은 남은 거 아니야? 열 달도 다 못 채웠을 텐데?"

"그게… 지금 아기가 태어날 것 같다고… 방금 전에 미노스 백작가에서 시종이 왔다 갔어요."

"그래? 당장 가봐야겠군. 에린, 마차 준비시키고 바로 출발할 준비해!"

"나도 가겠어."

"전하도요? 여기 계셔도 되는데……."

"아니, 갈 거야. 형님의 아이잖아. 그런 축복받은 자리에 내가 빠져서야 어떻게 형님 얼굴을 보겠어. 나도 간다. 준비해."

"예! 전하!"

평소와는 다르게 씩씩한 목소리로 대답한 에린 녀석은 로이드 왕자의 명령에 잽싸게 방을 빠져나갔다. 그리고 곧바로 방 밖에서 쿵… 하는 소리와 함께 '꺄악…' 하는 비명 소리와 와장창 하는 무언가 깨지는 소리가 들려왔다. 에린 녀석, 문도 안 닫고 나갔잖아!

우리가 타고 갈 마차는 금방 준비되었고 나와 로이드 왕자가 마차에 오르자 마부는 급히 채찍을 들어서 말을 몰았다. 마차 안에는 나와 로이드 왕자, 그리고 제린이 타고 있었는데 멍청한 에린 녀석은 접시 무더기를 들고 가던 꼬맹이 시녀 중 하나를 그대로 들이받아서 접시 수십 장을 깨먹었다. 덕분에 지금 에레니아 시녀장에게 불려가서 된통 깨지고 있을 거다. 자기가 깨먹은 접시만큼 혼나려면 일주일 정도는 잔소리를 들어야 할걸? 그 덕분에 제린이 나를 수행하게 되었다.

국왕 폐하의 재가를 받을 시간도 없었고 그럴 정신도 없이 우리는 빠른 속도로 왕성을 빠져나온 뒤 도시를 질주하다시피 달렸다. 어느새 달아났는지 마부석 앞에는 긴급을 알리는 붉은 깃발이 바람에 펄럭이고 있었고 그런 마차가 사람들이 북적거리는 대로로 나오자 바글바글한 인간들이 좌우로 좌악 갈라지면서 넓은 대로가 나타났다. 이 속도로 달리다 사람이라도 치면… 끔찍한 몰골이 되는데?

다행히 한 명의 인생을 망치는 불운한 사건은 일어나지 않았다. 거기다 도시를 둘러싸고 있는 외성 벽 근처로 마차가 다가가자 성문을 지키고 있던 경비병들이 마부가 걸어놓은 깃발을 보고 알아서 안으로 들어오는 마차와 사람들을 통제해서 마차 속도를 조금도 줄이지 않고 빠져나올 수 있었다. 그렇게 우리들은 말이 지쳐서 쓰러질 정도로 빠른 속도를 내며 미노스 백작의 저택을 향해 달려 도착했다.

쾅!

현관문이 부서질 듯 열리며 커다란 비명을 질렀다. 하지만 내 앞에서 빠른 걸음으로 걸어가는 로이드 왕자는 문짝이 부서져 나가는 것쯤은 관심도 없다는 듯이 눈길조차 안 준 채 빠른 걸음으로 복도를 지나쳐 계단을 향해 달리듯 뛰어올라 갔다. 나도 이런 불편한 드레스만 아니면 그의 뒤를 따라 뛰어가겠지만 잘못하단 넘어질 것 같아서 조심스럽게 로이드 왕자의 뒤를 좇았다. 간신히 계단을 뛰어올라 간 뒤 길고 긴 복도를 바라보니 여전히 뛰어가고 있는 로이드 왕자의 등이 보였고 그 너머로 미노스 백작과 백작 부인이 간이 의자에 앉아 있는 게 보였다.

"아기는? 태어난 건가?"

"아직입니다, 전하."

"그런가? 휴우… 늦지는 않았군."

그렇게 말하면서 바닥에 털썩 주저앉는 로이드 왕자. 으음… 사정이 사정이니 이해는 해주겠지만 왕족이 맨바닥에 주저앉다니 예의에 어긋나는… 거기다 미노스 백작에게 하대를 하는 것도 그렇고… 으음… 뭐… 좋게 생각하자고. 저쪽도 로이드 왕자를 왕으로 추대하기 위해 힘을 빌려준다고 했으니까.

"다시 뵙는군요, 미노스 백작님."

"오셨습니까, 마마. 허허. 이거 공연히 소란만 부린 게 아닌지 모르겠군요."

"무슨 말씀을… 이렇게 소식을 전해주셔서 정말 기쁜걸요."

"형님의 아기이니 당연히 와봐야지. 난 사내아이든 여자 아이든 그 애의 대부가 되어줄 거야."

"전하아……."

로이드 왕자는 자기 앞에 미노스 백작이 있든 말든 할 말을 다 한다. 이거 좀 무례한 거 아니야? 원래 로이드 왕자 자체가 무례함투성이이긴 하지만… 거기다 대부가 되어준다니. 형제 사이에 말이야? 그것도 왕족도 아닌데?

"그건 좀 무리가 아니겠습니까, 전하? 저희는 평범한 백작가인데다가……."

"아니! 형님의 아이니까 내가 대부가 되어주는 건 당연해! 그리고 나와 아넬리안 사이에 낳은 아이는 마틴 녀석이 대부가 되어줄 거고 마틴의 아이는 내 형님이 대부가 되어줄 거야. 가족이니까 이건 당연한 거야."

딱 잘라 말하는 로이드 왕자. 하아… 그 취지는 좋습니다만… 전하, 마틴 왕세자는 내일 당장 적이 될지도 모르는 상대라고요. 거기다 이젠 브래드릭 장군도 포섭하지 않으면 제거하게 될지도 모르는데…….
그때였다. 방 안에서 '아아아악!!' 하는 여성의 고통스러운 비명 소리가 들려왔다. 그 비명 소리에 나와 로이드 왕자가 깜짝 놀라자 미노스 백작이 길게 한숨을 내쉬면서 말했다.

"벌써 두 시간째입니다. 휴우… 산파의 말로는 난산이 될 것 같다고 하더군요."

"저어… 제가 들어가 봐도 될까요?"

난 조심스럽게 그들의 눈치를 보면서 물었다. 그러자 미노스 백작은 자기 부인을 바라보았고 미노스 백작 부인은 작게 고개를 끄덕였다.

"나도!"

"남자는 안 돼요, 전하! 전하께서는 여기서 기다리세요."

"하지만……."

"기다리세요!"

난 그렇게 딱 잘라 말한 뒤에 조심스럽게 문을 열고 안으로 들어갔다. 뒤에서 자기는 왜 안 되냐는 로이드 왕자의 투덜거림이 들려왔지만 난 과감하게 그 투덜거림을 무시했다. 어디 감히 들어오려고 해? 응큼하긴!

방 안은… 무언가 뜨거운 열기로 가득 차 있었다. 침대 가에는 서너 명의 시녀들이 교대로 누워 있는 엘린님의 이마며 얼굴을 차가운 수건으로 닦아주고 있었고, 산파로 보이는 노파가 뜨거운 김이 올라오는 대야를 두 손으로 든 채 뭐라고 중얼거리고 있었다. 왠지 조금 겁이 났지만 난 용기를 가지고 침대 가로 걸어갔다.

"아……."

나도 모르게 눈물이 핑 돌았다. 침대에 누워서 연신 작은 신음 소리를 내고 있는 엘린님은 입에 딱딱해 보이는 나뭇가지를 물고 있었는데 얼마나 씹었는지 온통 이빨 자국투성이다. 거기다 방금 전에 닦았는데도 불구하고 다시 송골송골 맺히는 땀과 더 이상 충혈될 수 없을 것같이 붉어진 눈자위… 부어오른 눈두덩을 보고 있으니까 나도 모르게 두 손이 꽉 쥐어졌다. 쥐어진 손바닥에 땀이 홍건하게 배었다. 출산이란 게… 이렇게 힘든 거였어?

"아아아아아!! 아아아악!!"

엘린님이 고통스러운 얼굴로 한껏 인상을 쓰면서 고개를 치켜들었다. 얼마나 힘을 줬는지 치켜든 목에 굵은 핏줄이 가득 돋아 있었다.

"거기 서서 방해할 거면 나가세요! 당장!"

"네네?"

멍하니 엘린님을 보고 있던 나는 갑자기 나에게 소리치는 늙은 산파를 보고 어리둥절한 표정을 지었다. 하지만 산파는 나와 말할 시간도 아까운지 엘린님이 누워 있는 침대로 뛰어가서는―저 몸놀림… 노인 맞나?―엘린님에게 힘을 주라 소리치고 있었다. 멍하니 방 한구석에 서 있던 난 나도 모르게 작은 신음을 연발하고 있는 엘린님에게 걸어갔다. 그리고 천장에 매달려 있는 굵은 천을 붙잡고 있던 그녀의 손이 아래로 툭 하고 떨어지자 나도 모르게 그 손을 두 손으로 꼭 쥐었다. 내가 엘린님의 손을 꼬옥 쥐자 그녀가 고개를 돌려서 나를 바라보았다. 얼굴 전체가 땀으로 가득하고 거친 숨을 몰아쉬고 있는 엘린님이었지만… 그녀는 웃고 있었다. 마치 자기는 괜찮다는 듯이 말이다.

"괘… 괜찮을 거예요. 정말로… 흐윽……."

나도 모르게 이런 말들이 입에서 튀어나왔다. 마치 기도하듯이… 최면을 걸듯이 난 엘린님의 손을 꼭 쥔 채 괜찮을 거라고 계속 중얼거렸다. 이런 건 너무해… 아기를 낳는 일이 이렇게 힘든 일인 줄은 몰랐어. 정말로…….

"아으으으… 아아아아악!!"

두 손으로 쥐고 있던 엘린님의 손이 내 손을 꽉 움켜쥔다. 얼마나 세게 움켜쥐었는지 손목이 얼얼해질 정도다. 엘린님의 다리 쪽에 있던 산파는 계속 '좀 더… 조금만 더…' 라 소리치고 있었지만 아기는 아직 나올 기색이 없는 것 같았다. 이 빌어먹을 조카 녀석아! 아들인지 딸인지는 몰라도 엄마 고생 좀 그만 시키고 빨리 나와 버려! 어서!

"아아악!! 아아아아아… 아아…….."

눈을 뒤집으며 비명을 질러대던 엘린님이 축 늘어졌다. 그녀의 입에서 연신 거친 숨이 헉헉 하고 흘러나오는 게 들려왔다. 축축한 물방울들이 내 볼을 타고 흘러내린다. 아아… 신이여, 아무 신이나 좋으니까 부디 엘린님… 아니, 엘린 언니를 도와줘요. 제발…….

엘린님이 산고를 겪은 지 다섯 시간이 넘어갔다. 그동안 엘린님이 몇 번이나 기절했다 깨어났는지 세기도 힘들다. 난 더 이상은 견딜 수 없어서 울면서 밖으로 뛰쳐나왔다.

"아넬리안! 괜찮아?"

"흐으윽… 언니가… 언니가…….."

나도 모르게 내게 달려온 로이드의 품에 안겨서 울었다. 이것 참. 나중에 생각해 보니 굉장히 부끄럽다. 정작 부모님인 미노스 백작과 백작 부인은 조금 걱정스러운 얼굴이었지만 자신들의 딸을 믿는지 침착한 모습이었는데 어찌 보면 남이나 다름없는 내가 더 이성을 잃고 있다니 나 이렇게도 심약했던가?

창밖으로 해가 지고 있었다. 이제 여덟 시간째다. 망할 조카 녀석, 세상에 태어나면 네 녀석의 엉덩이는 내가 실컷 두들겨 주마! 엄마를 이렇게 고생시키다니, 너 효자―혹은 효녀―는 죽었다 깨어나도 못 될 거다!

"엘린!!"

내가 아직도 안 태어난 망할 조카를 속으로 욕하고 있을 때였다. 갑자기 복도 끝에서 커다란 고함 소리가 들리면서 한 사내가 급히 뛰어오는 게 보였다. 어? 브래드릭 장군이잖아? 전선 근처에 있어야 할 사람이 어떻게?

"자… 자네 어떻게 온 건가? 응?"

"아버님! 엘린은… 엘린은 괜찮습니까? 네?"

로이드 왕자의 형님인 그가 미노스 백작을 붙잡고 소리치자 그에 답변이라도 하듯이 닫혀진 방문 사이로 엘린님의 힘겨운 듯한 신음 소리가 흘러나왔다. 그 소리를 듣자 브래드릭 장군은 그대로 무릎을 꿇으며 주저앉았다.

"하아… 하하. 늦지는 않은 것 같군요."

"전선은 어쩌고 여기에 온 건가?"

"부관에게 맡겨뒀습니다. 거기다 마틴 녀석도 있으니 저 하나쯤 빠져도 상관없을 겁니다. 휴우우……."

그렇게 말하면서 그는 빙그레 미소를 지었다. 안도감일까? 아니면…….

"하지만 언제 전쟁이 날지 모르는 이런 상황에……."

"제겐 엘린이 더 중요합니다! 까짓거 문책하려면 하라죠! 지금 엘린

곁에 있을 수만 있다면 그 정도쯤은 열 번, 아니, 백 번이라도 감수할 수 있습니다."

그렇게 말한 브래드릭 장군은 문을 열고 안으로 들어가려 했다. 하지만 그런 그의 시도는 미노스 백작 부인의 만류 덕분에 저지되었다. 어떻게 온 건지는 몰라도 그의 몰골은 그야말로 먼지투성이였고 저런 차림새로 산모가 있는 방으로 들어가면 안 좋을 게 뻔하니 당연히 못 들어가게 막은 것이다. 덕분에 브래드릭 장군이 저택에 돌아와서 가장 먼저 들어간 곳은 욕조 속이었다. 브래드릭 장군은 온몸을 벅벅 문지르며 묵은 때를 몽땅 닦아낸 뒤에야 엘린님이 있는 방 안으로 들어갈 수 있었다.

해가 완전히 져서 사방이 어두컴컴해진 시각. 저녁 식사까지 거른 우리들은 여전히 복도에 앉아서 기다리고 있었다. 이미 열두 시간이 넘었다. 아이 하나 낳는 게 이렇게 힘든 일인 걸까? 왠지 자신이 없어진다. 말로는 로이드의 아기를 낳고 싶다고 했었지만… 저렇게 고통스러워하는 엘린님을 지켜보고 있자니 도저히 자신감이 생기지 않는다.

"아넬리안, 가서 좀 쉬는 게 어때?"

내 옆에 앉아 있던 로이드 왕자가 내게 작은 목소리로 속삭였지만 난 고개를 저으면서 거부했다. 미노스 백작 부부도 저렇게 버티고 있는데 어떻게 젊은 내가 쉴 수 있겠어? 물론 난 엘린님과 혈연관계는 아니지만 자리를 뜰 수가 없다. 내가 여기 없으면 무슨 나쁜 일이라도 일어날 것 같아서 불안했기 때문이다. 불행한 일이 일어난다 해도 내가 할 수 있는 일은 아무것도 없겠지만… 그렇다 해도 난 절대로 여기서 도망치고 싶지 않아.

의자에 앉은 내가 나도 모르게 로이드의 어깨에 기대어 꾸벅꾸벅 졸고 있을 때였다. 갑자기 방 안에서 '으애앵' 하는 울음소리가 들려왔다.

"……."

누가 먼저랄 것 없이 우리는 모두 거의 동시에 벌떡 일어섰고 체면이고 뭐고 다 내던져 버린 채 방문 앞에 귀를 대었다. 안에서는 '응애 응애' 하는 아기 울음소리가 우렁차게 들려왔다.

"드디어……."

"여보… 흐흑!"

미노스 백작 부인이 감격에 겨웠는지 백작의 손을 꼬옥 잡고 눈물을 주르륵 흘린다. 얼마나 기쁠까……. 그때 문이 벌컥 열리면서 브래드릭 장군이 모습을 드러냈다.

"아버님! 어머님! 태어났습니다! 드디어……."

"오오오……."

미노스 백작 부부가 서로를 얼싸안으면서 안으로 뛰어들어 갔다. 그리고 나와 로이드 왕자 역시 그 뒤를 따라서 안으로 들어갔다.

"엄마… 아빠… 흐흑……."

"얘야……."

"고생 많았다, 내 딸아."

방 안에 들어온 내 눈에 가장 먼저 띈 것은 딸의 손을 붙잡고 눈물을 흘리고 있는 부모님이었다. 나의 부모님도 내가 태어났을 때 저렇게 울어주셨을까? 조금… 부럽다. 그리고 다음에 보인 건 피로 흠뻑 젖은 침대 시트였다. 붉은색으로 물든 침대 시트는 한 시녀의 손에 들린 채 내 앞을 지나갔는데 진한 피 냄새가 내 코를 고통스럽게 했다. 얼마나 힘들었을까… 얼마나 아팠을까……. 나도 모르게 눈물이 핑 돌았다.

　열두 시간씩이나 버티며 엄마를 굉장히 아프게 하며 태어난 아기는 한참을 울어대다가 부드러운 침대보에 싸이자 울음을 멈추고 새근새근 잠들었다. 근데… 갓 태어난 아기는 천사같이 예쁘다던데 왠지 쭈글쭈글한 게 이상해. 귀여워 보이긴 하지만… 좀… 살색도 붉은 게 좀 이상했다. 에잇! 엄마인 엘린님을 무척 아프게 한 녀석이니까 엉덩이를 찰싹찰싹 때려줬어야 했는데……─나중에 들은 바로는 산파한테 엄청 맞았다고 한다. 나쁜 아기라니까!─지금 아기는 완전히 파김치가 되어 손가락 하나 까딱 못하는 엄마 곁에 누워서 새근거리며 잘도 자고 있다. 그런데 여자 아이라던데… 남자들이 조금 실망스러운 표정을 지었지만… 엘린님이 얼마나 고생했는지 다들 알고 있어서 그런지 그런 내색을 하지는 않았다. 물론 이 자리에서 '사내아이' 운운하는 인간이 있었다면 내 주먹이 작렬했을 거다. 이건 장담할 수 있어!

　"나… 다음엔 당신 닮은 사내아이 낳을래요."

　게엑… 아직도 힘겨운 표정을 감추지 못하던 엘린님이 그런 말을 하다니… 어쩌지? 주먹을 쥐어야 하나? 아니면… 으아아아! 몰라몰라!! 아까 전에는 '나 다시는 아기 안 낳을 거야!' 라고 소리쳐 놓고!! 겨우 몇 분이나 지났다고 저딴 소리를 할 수 있는 거야아앗!! 그렇게 힘들어해 놓고! 고통스러워해 놓고! 같은 여자지만… 여자 마음은 정말 모르겠다.

　잘 자고 있는 아기의 볼을 자꾸 콕콕 찔러서 급기야 울음을 터뜨리게 만든 로이드 왕자는 결국 브래드릭 형님에게 뒤통수를 얻어맞은 뒤에야 침대에서 물러섰다. 그렇게 신기한가? 거기다 왜 자꾸 날 보면서 눈을 빛내는 건데? 맹세하는데 난 절대로 저렇게 괴로워하기 싫어! 죽어도 싫어! 내가 자기 눈빛을 외면하자 로이드 왕자는 슬그머니 내게 다가와서 옆구리를 쿡쿡 찌른다. 하지만 싫은 건 싫은 거라고! 뭐… 나중이라면 생각해 보겠지만… 지금은 마음의 준비가 안 돼서…….

그때였다. 갑자기 방문이 활짝 열리면서 내 시녀인 제린이 급히 안으로 뛰어들어 왔다. 한 손으로 치맛자락을 붙잡은 채 뛰어온 걸로 봐서 또 뭔 일이 터졌나 보다. 뭐… 전쟁이라도 난 건가? 아니면 우리 역적모의가 걸리기라도 했나? 어느 쪽이든 제린이 저렇게 뛰어들어 올 필요는 없을 것 같은데…….

"마… 마마……."

"왜 그래? 제린, 나쁜 소식이면 내일 들을래. 며칠 동안 쓸 힘을 오늘 하루 만에 모조리 소진한 기분이라서 말이야."

"큰일 났습니다. 어서 왕성으로…….."

"큰일? 도대체 무슨 일인데?"

슬슬 불길해진다. 아까 전에도 에린 녀석이 저렇게 급한 모습으로 뛰어와서 날 이 고생을 시켰지 아마? 왠지 지금 상황이 그때랑 비슷한 것 같은걸?

"구… 국왕 폐하께서… 쓰러지셨습니다."

"…뭐?"

무슨 소리야? 그저께 봤을 때만 해도 오히려 활력을 주체 못할 정도로 건강해 보이더구만. 설마 국왕쯤 되는 분이 암살자에게 당하기라도 했을까?

"방금 전에 왕성에서 사자가 왔는데… 국왕 폐하께서 위독하시다고 합니다! 어서 왕성으로……."

위독이라니… 무언가 크게 잘못된 느낌이다. 제린의 말에 방 안의 공기가 차갑게 얼어붙었다. 방금 전까지만 해도 갓 태어난 아기 덕분에 화기애애한 분위기였는데…….

한밤중… 마차는 달리고 또 달렸다. 급히 내달리면 30분도 안 되는 거리였고 또 밤이라 그런지 가도에는 사람이 거의 없었다. 그렇기에 마차는 미친 듯이 질주해 나갔다. 부서질 듯 요란하게 움직이는 마차 바퀴, 그리고 당장이라도 거품을 물고 쓰러질 듯한 말들, 찢어질 듯 요란하게 펄럭이는 붉은 깃발, 눈도 뜨기 힘들 정도로 거센 바람이 몰아치는 마차의 창문을 열고 힘겹게 내다본 내 눈에 들어온 것들이었다. 마치 세상이 모조리 미쳐 버린 것 같았다.
"괜찮겠지?"
"물론. 그런 아버지니까."
로이드와 브래드릭의 대화다. 둘은 의외로 담담한 표정을 지으면서 가끔씩 몇 마디 나누긴 했지만 대부분 입을 다물고 침묵하고 있었다. 지금 마차에는 나와 제린, 그리고 로이드 왕자와 미노스 백작, 마지막으로 브래드릭 장군이 타고 있었다. 이중 브래드릭 장군은 엘린에게 금방 돌아온다고 소리치고 떨어지지 않는 발걸음을 간신히 떼어서 마차에 올라탄 것이다. 한 생명이 태어난 그날 한 생명이 죽음 앞에 서다니. 왠지 아이러니한 밤이다.
마차의 질주는 외성 문 앞에 있는 급조한 바리케이드를 부수고도 멈출 줄을 몰랐다. 미친 듯이 질주하던 마차는 열려져 있는 내성 문을 지나서 왕성의 본궁 앞까지 가서야 멈춰 섰다.
"어서!"
먼저 마차에서 뛰어내린 로이드 왕자는 누구에게랄 것 없이 한마디를 내뱉은 뒤 본궁 안으로 뛰어들어 갔다. 아앗! 난 드레스인데다가 굽이 높은 구두라 못 뛴단 말이야!!

구두를 대충 벗어 던지고 길게 늘어지는 치마를 두 손으로 부여잡은 나는 정말 간신히 로이드 등의 뒤를 좇아갈 수 있었다. 여기서 놓치면 시종이나 시녀가 나올 때까지 본궁 안에서 헤매게 된단 말이야! 나도 필사적이라는 것이다.

쾌앙!

국왕의 침실 문이 벽에 부딪치며 커다란 소음을 만들어냈다. 하지만 우리들은 물론이고 침실 앞에서 경계를 서고 있는 열댓 명의 병사들조차도 그런 소리에는 조금도 신경 쓰지 않았다.

국왕의 침실 안에는 차가운 냉기가 감도는 것 같았다. 방금 전 엘린 님의 침실에서 느꼈던 뜨거운 열기 같은 건 조금도 찾아볼 수 없었다. 방 안에는 의사들과 신관들이 우글거렸는데도 불구하고 한 점의 열기도 찾을 수 없었다. 마치 무덤 속에 들어온 듯한 기분이었다.

"그륵… 그르륵……."

커다랗고 화려한 침대 속에서 괴상한 소리가 들려왔다. 마치… 가래가 끓는 듯한 그런 끔찍하고 소름 끼치는 소리였다. 난 떨어지지 않는 발걸음을 간신히 옮겨서 침대 가로 다가갔다.

"흐읍……."

구토가 날 것 같아서 난 두 손으로 입을 막았다. 침대 위에 누워 계신 국왕 폐하의 안색은 마치 시체의 그것처럼 창백했다. 거기다 두 눈동자는 무엇을 보고 있는 건지 알 수 없었고 왠지 모를 섬뜩함이 느껴졌다. 입에서는 연신 아까와 같은 그르륵거리는 소리가 흘러나왔다. 국왕 폐하께서 아직도 살아 있는 듯한 느낌이 들게 하는 건 두터운 이

불이 아주 약간씩 위아래로 움직이고 있을 때뿐이었다. 가만히 서서 부들부들 떨고 있던 브래드릭 장군이 소리쳤다.

"아버님은 살아나실 수 있는 건가? 대답해라! 어서!"

"죄송하옵니다."

간절한 목소리가 담긴 떨리는 듯한 브래드릭의 외침은 희망을 잃은 듯한 답변에 묻혀 버렸다. 그걸로 끝이었다. 사형 선고… 그래. 이건 사형 선고야. 도저히 가망이 없다는 신관의 답변에 브래드릭 장군의 무릎이 바닥에 닿고 말았다.

"빌어먹을! 어떤 새끼들이야! 기사들은 뭘 한 거야?! 병사들은!! 이 왕성 안에서 주군이 죽음을 당하도록 놈들은 뭘 하고 있었단 말이냐!"

브래드릭의 외침이 방 안을 흔들었다. 마치 피를 토하는 듯한 외침에 의사들과 신관들이 고개를 숙였지만 그 누구도 그의 질문에 답변을 하지 못했다. 그런 그때 갑자기 우리가 들어온 문가에서 소란이 일어나더니 온몸에 붕대를 감은 중년의 기사가 다른 기사들과 병사들의 만류를 뿌리치고 방 안으로 뛰어들어 왔다.

"전하!! 전하! 소신을 죽이십시오! 주군을 지키지 못한 이 못난 자를 처형해 주십시오!"

구르듯 방 안으로 뛰어들어 온 그 기사는 문가에 무릎을 꿇고 주저앉은 채 악을 쓰며 소리쳤다. 피투성이… 그래, 피투성이라는 말이 딱 맞는다. 흉갑 부분이 뜯겨 나간 망가진 갑옷과 대충 감은 듯한 피 묻은 붕대들. 지독한 피 냄새가 그에게서 풍겨 나왔다. 한때는 품격있게 보였을 금색 수염은 말라붙은 피가 가득 묻어서 이상한 모습이었고 얼굴에는 온통 생채기투성이였다. 거기다 그의 오른팔은 어깻죽지 부근부터 사라져 있었다. 마치 무언가가 잡아뜯은 듯 괴상한 모습이었는데 얼기설기 감아놓은 붕대 사이로 피 묻은 뼈 조각이 툭 튀어나와 있었다.

"너! 너!! 이 빌어먹을 자식! 네가 기사더냐?! 주군도 지키지 못한 자가 왜 아직도 갑옷을 입고 있는 거냐? 네 허리에 차고 있는 검은 장식품이더냐? 말해 봐!"

주저앉아 있던 브래드릭이 갑자기 튕기듯 일어서더니 역시 바닥에 주저앉은 채 고개를 떨구고 있는 그 기사에게 달려가 그의 멱살을 잡아서 일으켜 세웠다. 마치 불을 토하는 듯 브래드릭 장군은 그 기사를 윽박지르며 욕설을 마구 내뱉었다. 그런 둘의 사이에 뒤따라 들어온 기사와 병사들—자세히 보니 그들도 몸이 성해 보이는 자는 그리 많지 않은 것 같았다—이 달려들어서 말렸지만 악에 받친 브래드릭은 조금도 물러설 생각이 없는지 눈물을 줄줄 흘리며 넋이 나간 듯한 그 기사를 붙잡고 흔들어댔다.

"네가!! 네가!! 기사더냐? 봐라! 네 주군이 어떻게 되었는지! 왜! 왜! 왜에! 왜 못 지킨 거야? 엉?"

"크흐흑… 저… 절… 죽여주시옵소서. 제발……."

그 기사는 브래드릭의 시선을 피하면서 피눈물을 흘렸다. 이건… 마치 연극을 보는 것 같다. 너무 현실감이 없어. 아니, 너무 현실감이 넘쳐서 오히려 연극같이 느껴지는 걸까? 이럴 때 난 어떻게 해야 하지? 모르겠다. 머리가 너무 어지러워.

그때까지 가만히 서 있던 로이드 왕자가 갑자기 움직였다. 내 시선은 저절로 무표정한—무서웠다. 진심으로…—로이드 왕자의 얼굴을 따라갔다. 로이드 왕자는 기사의 멱살을 쥐고 있는 브래드릭에게 다가간 뒤 손을 들어서 그의 팔을 붙잡았다.

"뭐야?!"

"형님, 놔주십시오."

"뭐?"

상대가 어이없다는 표정을 짓는다. 하지만 로이드 왕자는 자기의 뜻을 꺾을 생각이 없는지 브래드릭 장군의 팔을 붙잡은 채 그를 노려보았다. 자신을 노려보는 시선이 부담스러웠던 걸까? 갑자기 브래드릭이 손을 들어서 로이드 왕자의 손을 뿌리쳤다. 그러자 로이드 왕자가 갑자기 주먹을 쥐더니 다시 그 오른팔을 잃은 기사를 윽박지르려던 브래드릭의 옆얼굴을 후려쳤다.

퍼억!

"커헉……."

갑작스러운 충격에 중심을 잃은 브래드릭은 그대로 옆으로 쓰러졌고 그를 따라서 여전히 눈물을 흘리며 죽여달라고 중얼거리던 중년 기사도 같이 쓰러졌다. 그런 둘을 내려다보며 로이드 왕자가 말했다.

"형님만 괴롭고 힘든 게 아닙니다."

그렇게 말하면서 로이드 왕자는 그 기사의 오른팔을 손으로 가리켰다. 그제야 그걸 본 걸까? 브래드릭 장군은 그 기사를 밀친 뒤 주먹으로 바닥을 내려쳤다.

퍽!

"제길!"

"진정하십시오, 형님."

"넌 이럴 때 어떻게 진정할 수 있어? 엉?"

"…이것도 제왕학의 일부가 아닙니까? 어떠한 상황에서도 냉철한 판단력을 가져라. 이성이 먼저이고 감정은 그 다음입니다."

"제기랄! 빌어먹을! 난 그 딴 거 몰라! 난! 그냥 일개 기사일 뿐이야! 그 딴 건 모른다고오!! 으아아아!!"

쿵쿵!!

갑자기 브래드릭이 바닥에 이마를 찧기 시작했다. 그 기세에 놀란 기사들과 신관들이 발광을 하는 그를 향해 뛰어가서 몸을 붙잡고 말렸다. 그런 자신의 형을 여전히 무표정한 얼굴로 바라보던 로이드 왕자는 시선을 돌려서 그나마 멀쩡한 정신을 하고 있는 기사 중 한 명을 바라보았다.

"어떻게 된 거지? 상세히 설명해 봐."

"예! 전하! 금일 20시경에 침입자가 왕성의 내성 벽을 뛰어넘어 침입해 들어왔습니다! 이에 근위대와 친위 기사단이 나서서 침입자를 막았으나… 너무 압도적인 힘에… 그만… 크흑……"

"계속해."

"죄… 죄송합니다, 전하. 적은… 침입한 지 단 10분 만에 근위대와 친위 기사단의 포위망을 뚫고 왕성 안으로 침입, 비상 체제에 돌입한 로얄 가드가 침입자들을 막았으나 중과부적으로 밀리게 되어서 결국 폐하께서……"

"후우… 그래. 적의 숫자는?"

"…대략 사십에서 오십 사이로 추정됩니다."

"겨우? 겨우? 겨우 사오십에 근위대와 친위 기사단, 거기다 로얄 가드까지 당했다는 건가? 왕실에 상주하는 근위대만 오백이고 친위 기사단과 로얄가드까지 합치면 칠백이 넘는데 그 숫자로 십 분의 일도 안 되는 자들에게 밀렸다는 말인가?"

"도저히… 인간 같지 않았습니다. 전하! 그들은… 괴물이었습니다!"

철제 카이트 실드를 종잇장 찢듯이 찢어버렸고 플레이트 메일을 입은 기사를 양손으로 붙잡고 그대로 뜯어버렸습니다! 전하! 그들은… 그놈들은… 도저히… 크흐흑…….”

그의 말을 듣고 있으니 마치 오우거와 싸웠다는 것 같다. 방패를 종잇장처럼 찢어버리고 갑옷을 입고 있는 기사를 단지 두 손만 가지고 통째로 뜯어내다니. 인간일 리가 없다. 물론 나라면 그 정도 일을 행할 수 있긴 하지만… 헤쉬케린 늙은이가 말하길 이 마법 아이템은 단 하나뿐이라고 했으니까.

“막을 수가 없었습니다. 전하… 도저히…….”

피를 토하듯 로이드 왕자에게 말을 하던 그 기사는 갑자기 자신의 오른손을 들어 올렸다. 붕대가 둘둘 감겨져 있는 그 기사의 오른손은 무언가 조금 이상해 보였다. 난 로이드 왕자에게 가까이 다가갔다. 내가 그의 옆에 설 때까지 그 기사는 무언가에 홀린 듯 정신없이 자신의 오른손을 묶고 있던 붕대를 풀렀다. 그리고 나온 것은… 뭐라고 말해야 할까? 저 오른손을 바닥에 대고 전투용 해머로 열몇 번쯤 찍으면 저렇게 될까? 엄지손가락은 어디로 떨어져 나갔는지 보이지도 않았다. 다른 손가락들도 모조리 너덜너덜한 몰골이었고 손등 위로는 붉은 뼛조각들이 삐죽삐죽 솟아 있다. 거기다 붉은 핏줄도 간간이 튀어나와 있었다.

“보십시오! 전하! 그자들이… 그 괴물들이 이렇게 만들었습니다. 단지… 단지… 저의 손을 한번 움켜쥐었을 뿐인데… 괴물들입니다! 인간이 아닙니다!”

“후우… 알았다. 다들 물러가라.”

그렇게 말을 끝낸 로이드 왕자는 내게 슬쩍 기대어왔다. 마치 내가 없으면 당장이라도 바닥에 쓰러질 것 같은 모습이었다.

　브래드릭 장군이 기사들과 신관들에게 양팔을 붙잡힌 채 오열했다. 그러자 왕의 침실 안에 있던 이들은 너나 할 것 없이 모두 슬픔을 감추려 하지 않았다. 사방에는 온통 울음소리와 정신을 잃은 국왕 폐하를 부르는 이들로 가득했다. 이런 상황에서… 가장 힘들어하는 건 로이드 왕자였다. 다른 이들 앞에서는 애써 강한 척했지만… 난 곁에서 쭈욱 지켜보고 있었다. 그의 주먹이 부들부들 떨리고 있는 것을… 그리고… 그의 주먹에 점점이 맺힌 핏방울이 바닥에 떨어지는 것을 하나도 놓치지 않고 보고 있었다.

　"당장! 마틴 왕세자에게 전령을 보내라! 둘… 아니, 셋을 보내라! 전서구도 있는 대로 다 날려! 각 영주들과 귀족들에게 협조 공문을 보내라! 그리고… 또… 그래! 감히 국왕 폐하의 옥체에 상해를 입힌 그 침입자들을 찾아내라! 얼마가 걸리든 몇 명이 소모되든 상관없다! 빨리……."

　로이드 왕자는 크게 소리치지 않았다. 그렇다고 울지도 않았다. 단지 평소보다 조금 높은 억양으로 말했을 뿐이었다. 그런 그의 뒷모습을 보고 있는 난… 나도 모르게 흘러나오는 눈물을 감추기 위해서 애써야 했다. 저게 내 남편이고 내가 낳게 될 아이의 아버지 모습이야.

　무표정한 얼굴로 일을 처리해 나가는 로이드 왕자를 보고 있으니 차라리 저기 침대 가에서 오열하고 있는 브래드릭 장군같이 울면서 난리를 쳤으면 좋겠다는 생각이 들었다. 얼마나 울고 싶을까? 얼마나 아플까? 내 심장이 쥐어뜯기는 듯한 기분이 들었다. 하지만 그런 상황에서도 로이드 왕자는 침착하게 명령을 내려 나갔고 사태는 어느 정도 수습되어 갔다. 아직도 괴로운 듯 거친 숨을 내뱉는 국왕 폐하 곁에는 다시급 여섯 명의 의사와 일곱 명의 신관이 달라붙었고 부상을 입은 기사와 병사들도 치료를 위해 이동되어졌다. 왕성 안의 전령들이 긴급을 알리는 붉은 깃발을 매단 채 사방으로 흩어졌고 수도와 그 근방의 모든 지역에 비상령이 내려지고 군대가 어두운 밤거리를 순찰하고 다녔다. 그렇게… 모든 게 어느 정도 정상을 되찾아갔다.

"휴우……."

"전하, 이제 조금만 쉬세요. 10분, 아니, 5분만이라도……."

"응? 아아… 하지만 지금 쉬면 다시는 못 일어설 것 같아서……."

"괜찮아요. 전하, 자아… 이리 오세요."

난 로이드 왕자의 손을 잡아끌며 국왕 폐하의 침실에서 빠져나왔다. 완강하게 버틸 줄 알았던 로이드 왕자는 다행히도 순순히 내 손에 잡힌 채 끌려 나왔다. 마치 순한 양처럼 끌려오는 로이드 왕자를 데리고 난 국왕 폐하가 쓰시던 다른 침실로 향했다. 국왕 정도 되면 침실이 두세 개쯤 되는 건 보통이니까 말이야. 다행히 이곳은 침입자가 들어오지 않았는지 멀쩡했다.

"휴우우우……."

내게 끌려서 방 안으로 들어온 로이드 왕자는 길게 한숨을 내쉬면서 침대 가에 주저앉았다. 그런 그를 잠시간 바라보고 있던 난 이내 고개를 돌려서 술을 찾았다. 역시 국왕 폐하가 쓰시던 곳이라 그런지 와인병과 샴페인 병이 널려 있군. 난 그것들 중 아무거나 꺼내 든 뒤 코르크 마개를 힘주어서 비틀었다.

퐁~

와인의 싸하면서도 향긋한 향이 흘러나온다.

"자아, 한 모금 드세요."

"됐어."

그는 내가 건네는 술병을 피했다. 흠… 역시 안 되나? 그렇다고 여기서 순순히 물러날 수는 없지. 난 그렇게 생각하고 병을 들어서 몇 모금 마셨다. 크아… 이거… 맛있네? …가 아니다. 지금 중요한 건 그게 아니라고! 난 로이드 왕자의 옆에 앉은 뒤에 말했다.

"그럼 제가 마시게 해드려요? 입에서 입으로……."

"…미안하지만 나 장난할 기분 아니야."

"안됐지만 저도 장난이 아닙니다. 전.하."

로이드 왕자가 나를 쏘아보았다. 하지만 나도 지지 않고 그를 마주 노려봐 주었다. 끈기가 부족한 건지 나를 노려보고 있던 로이드 왕자는 이내 시선을 돌려 버렸다. 흠. 그렇다면 내 마음대로 해주겠다고! 다시 와인 병을 입에 댄 나는 입 안 가득 와인을 머금은 뒤 돌아서 앉아 있는 로이드 왕자의 어깨를 붙잡고 그를 뒤로 확 밀쳤다. 내 힘에 저항하지 못한 로이드 왕자는 그대로 침대 위에 털썩 하고 쓰러졌고 그런 그의 위에 올라선 나는 버둥대며 저항하는 로이드 왕자를 꽉 누른 뒤 왼손으로 그의 볼을 잡고 입술을 벌렸다.

츕. 추루룹…….

내 입 안에 있던 와인이 그의 입 안으로 들어갔다.

"읍… 우읍… 쿨룩… 쿨룩……."

버둥대며 잔기침을 해대던 로이드 왕자는 이내 포기한 건지 축 늘어졌다.

"더 드실래요? 전 한 병 다 마시게 해드릴 용의도 있는데요."

"…그냥 병으로 줘."

그의 말에 난 순순히 왕자의 몸 위에서 내려온 뒤 와인 병을 그에게 건네줬다. 내게서 병을 넘겨받은 로이드 왕자는 그걸 입에 가져가더니 벌컥벌컥 마셔대기 시작했다. 아아… 와인을 저렇게 마시다니… 아깝다아……

"크아아아… 딸꾹."

풋. 술 마시고 딸꾹질이라니. 예전의 나 같잖아. 후후.

"잘하셨어요, 전하."

난 웃으면서 손을 들어 그의 등을 쓸어주었다. 작게 딸꾹질을 하던 로이드 왕자는 내 손길을 피하려는 듯했지만 역시 내 힘에는 이기지 못했다. 몇 분 흐르지도 않아서 로이드 왕자의 볼이 새빨갛게 달아올랐다. 술기운이 도는지 그의 눈동자도 약간 흐릿해지는 게 보였다. 그리고 그제야 난 그의 귓가에 입술을 가져다 대고 작게 속삭였다.

"전하, 이제 울어도 돼요. 여긴 아무도 없어요."

"나… 난… 나아안… 크흑……"

그 말이 시발점이 된 것인지 로이드 왕자는 내게 무너졌다. 내 품에 안긴 채 서럽게 울기 시작한 것이다. 아주 어릴 때부터 어른스러움을 강요당하고 군주로서 갖춰야 할 것들을 배우고 왕족으로서의 품격을 익혔다고는 하지만… 로이드는 아직 열여섯 살이다. 성인이 된 지도 얼마 안 된 어린아이다. 그것도… 자신의 감정조차 제대로 조절할 줄 모르는……

"으헝헝헝… 아버지… 어헝헝……"

듣는 나도 울음이 날 만큼 서럽게 운다. 내 품에 안겨서 내 몸에 눈물을 흘리면서 로이드는 울고 있었다. 이렇게 서럽게 우는 로이드가 조금 부럽기도 했다. 난 나의 아버지나 어머니가 돌아가셨을 때 이렇게 순수하게 슬퍼할 수 있을까? 아니… 어쩌면 기뻐할지도 몰라. 후훗……. 그래서인지 몰라도 로이드 왕자의 슬픈 감정이 더욱더 진하게 느껴진다.

 내 품에 안겨 울던 로이드 왕자는 결국 울다 지쳐 잠이 들었다. 내가 입고 있던 드레스를 눈물과 콧물로 범벅을 만들어놓고 말이다. 으음… 이제 잠들었으니까 하는 말인데… 이거 입고 있으니까 조금… 아니, 상당히 찜찜하다. 얼른 갈아입고 싶은데 여기 내가 입을 만한 옷이 있으려나……. 내가 막 옷장을 뒤지려고 할 때였다. 갑자기 노크 소리가 들려왔다.

 "들어가도 되겠소?"
 "들어오세요."
 문을 열고 들어온 건 브래드릭 장군이었다. 얼마나 울어댔으면 저렇게 눈이 퉁퉁 부었을까? 조금은 질투가 난다. 나도 국왕 폐하 같은 아버지가 있었으면…….
 "자나 보군."
 "예. 방금 잠드셨어요. 하지만 전 절대 깨우지 않을 거예요. 물론 다른 분도 깨우지 못하게 할 거고요."
 난 강한 어조로 그렇게 말했다. 그런 나를 보던 그는 잠시 머뭇거리다가 입을 열었다.
 "동생을… 잘 돌봐줘서 고맙소. 이런 상황에서……."
 "당연한 일을 한 것뿐이에요. 제겐 남편이니까요."
 "그렇군… 그래… 그랬지. 후우… 그대가 로이드 녀석의 곁에 있듯이 나도 아버님 곁에서 그분을 지켜 드렸어야 하는 건데……."
 브래드릭 장군은 그렇게 길게 한숨을 내쉬었다. 하지만 난 지금 하소연이나 들어줄 기분이 아니야.

"칠백 명이나 칠백한 명이나 마찬가지 아닌가요?"

"…뭐?"

"아니, 정정해 드리죠. 다섯 명쯤은 혼자서 상대하실 수 있겠죠? 그럼 칠백다섯. 그렇다 해도 소용없어요. 전하께서… 아니, 이젠 장군님이죠. 브래드릭님이 폐하 곁에 있었다 해도 시체 한 구가 더 늘어났을 뿐이에요."

"무슨!!"

"폐하께서 쓰러지셨습니다. 당신보다 아홉 살이나 어린 동생도 지금 이를 악물고 현 상황을 타파하기 위해서 노력하고 있어요. 그렇게 울고 난동 부린다고 뭐가 바뀌던가요?"

"…그런가… 큭큭. 난 저 어린 동생보다도 못하군. 정말……."

"돌아가세요. 가서 자신이 할 수 있는 일이 무엇인지나 알아보세요."

"후우… 그러도록 하겠소. 미안하군. 이런저런 짐만 떠넘겨 준 것 같아서……."

"아니요. 이 정도쯤이야 가뿐하죠. 왜냐면 전 로세니아의 왕녀였던 아넬리안 드 크레센트. 로이드 왕자 전하의 자랑스러운 비인걸요. 후훗."

"그렇군. 알겠소. 그럼……."

"아! 엘린님에게 안부 전해주세요. 언제 시간나면 꼭 찾아뵙겠다고 전해주시고요. 그리고 그 아기… 아직 이름 안 정해졌겠죠? 그 녀석 나중에 제가 꼭 볼기짝을 팡팡 두들겨 준다고 전해줘요. 엄마를 그렇게 고생시키다니… 몹쓸 아가라니까."

내 말에 브래드릭 장군이 큭큭거리면서 웃었다. 그리고는 몇 번 고개를 끄덕이며 밖으로 나갔다. 난 더 이상 방해받고 싶지 않기에 문을 걸어 잠근 뒤 로이드 왕자의 곁에 앉았다. 엎드린 채 정신없이 잠을 자고 있는 로이드. 너무나 불쌍하고 가여워 보인다. 이건 누구 탓인 걸까?

"카렌."

"…응."

"전부 불러 모아. 급하니까 당장 달려오라고 전해."

"……."

대답은 없다. 하지만 카렌은 내 말을 충실히 이행할 것이다. 난 작게 미소를 지으면서 자고 있는 로이드 왕자의 머리를 조심스럽게 쓰다듬었다.

새벽녘이 될 때쯤 카렌이 돌아왔다. 그때까지 난 자고 있는 로이드 왕자를 품에 안은 채 가만히 앉아 있었다. 자면서도 가끔씩 흐느껴 우는 로이드의 모습을 보고 있자니 정말 가슴이 메어온다. 난 언제부터 로이드를 이렇게 사랑하게 된 걸까? 곁에서 바라보고 있는 것만으로도 이렇게 슬퍼질 줄이야. 사랑한다는 게 이렇게 아프고 괴로운 것인 줄 알았다면 차라리 시작도 하지 않았을 텐데… 차라리 미움을 받고 미워하면서 지냈을 텐데… 차라리…….

"다 모였어."

"…그래."

"…우는 거야? 아파?"

"아니. 난 안 울어. 왜냐하면 난 아넬리안 폰 로세니아, 자랑스러운 로세니아의 왕녀거든. 그 누구도, 설사 신이라 해도 내 앞에 고개 숙이게 만들 위대한 여왕이 될 존재야. 그런 내가 이런 값싼 슬픔에 눈물을 흘리겠어?"

"……."

"그래. 가자."

난 조심스럽게… 정말 조심스럽게 자고 있는 로이드 왕자를 침대 위에 내려놓았다. 그리고 카렌을 따라서 방을 나섰다.

왕궁 외각의 손님용 별실. 거기엔 카렌의 말대로 다들 모여 있었다. 익히 얼굴을 알고 있는 자들부터 그저 이름만 들어본 귀족들까지 대충 보기에도 족히 수십 명은 되어 보인다. 이들 중 대부분은 왕성 근처에 사는 이들로 지금 왕성 안의 사건에 대해서 상세히 알고 있는 자들일 것이다.

난 웅성대는 그들 사이를 거침없이 가르고 지나간 뒤 벽에 등을 대고 그들을 바라보았다.

"모두 모인 건가?"

"예, 마마. 거리상 못 온 이들을 제외하면 거의 전부입니다."

내 옆엔 어느새 다가왔는지 댄이 서 있었다. 부스스한 머리에 구깃구깃한 옷차림을 보니 자다가 끌려 나왔나 보군. 팔자도 좋아. 뭐… 이런 걸 따질 때가 아니지.

"좋아. 그럼 명령을 내리겠다. 우리는 내일……."

모든 이들의 시선이 내게로 쏠렸다. 그런 그들의 눈을 한 번씩 주욱 훑어본 뒤에 난 천천히 말을 이어갔다.

"…본격적으로 활동을 개시한다. 그리고 전선에서 돌아오는 마틴 왕세자가 왕성에 들어오는 날 그를 체포하고 로이드 왕자 전하를 국왕으로 등극시킨다."

"하지만… 마마, 아직 국왕 폐하께서……."

"오래 못 가. 내가 의술에 조예가 깊은 건 아니지만 폐하의 얼굴은 죽은 자의 얼굴이었어. 그리고… 설사 그렇다 해도… 편히 보내 드리면 그만이야."

"그런……."

"너무 심합니다!"

"이건 도저히……."

귀족들이 반발하기 시작했다. 하지만 이 정도쯤은 예상한 일.

"닥쳐! 난 명령을 한 거다. 이의는 접수하지 않는다."

"이건 폭거입니다! 아무리 마마라 하시더라도……."

귀족들 사이에서 누군가 그렇게 소리쳤다. 하지만 난 그자를 싸악 무시한 채 허리를 굽혀 내 속바지 속에 들어 있는 서약서를 꺼내 들었다. 그리고 그것을 허공에 흔들면서 말했다.

"이것. 바로 이것의 사본이 내 직속 부하들에 의해서 전국으로 보내졌다. 내 명령 하나면 곧바로 사방으로 퍼지게 되지. 너희들에게 선택권 따위는 없어. 여기에 서명을 한 순간 너희들이 고를 수 있는 건 따르느냐, 죽임을 당하느냐 둘 중 하나뿐이야."

내게 있는 직속 부하라곤 닐크와 아르케네스, 카렌 정도이고 서약서도 이것 한 장뿐이었지만 내 허세는 그대로 먹혀들어 갔다. 그래도 약간 모자랐나? 그때까지 묵묵히 있던 프로센 후작이 갑자기 입을 열었다.

"왜 하필이면 지금 같은 때입니까?"

"이런 때니까 하는 거야. 국왕 폐하의 상태는 지금 당장 돌아가신다

해도 이상하지 않기에 하는 거야. 국왕 폐하께서 승하하시면 누가 왕좌에 오르게 되지? 마틴 왕세자야. 그럼 우리들의 반란은 그걸로 끝이지. 새로 등극한 국왕에게 검을 들이댈 건가? 취임식을 한 뒤에는 아무리 준비해도 늦어. 그전에 선수를 친다."

난 의도적으로 경칭을 쓰지 않고 이곳에 모인 이들에게 하대를 했다. 지금 이곳에서 필요한 건 예의 바르고 기품있는 왕자비가 아니라 강하고 물러설 줄 모르는 의지를 가진 지도자였으니까.

"만약 저희가 거부한다면 어떻게 하시겠습니까? 마마, 현재 왕자비 마마의 세력은 그리 큰 편이 아닐 텐데요……."

미노스 백작인가? 태어난 지 몇 시간 되지도 않은 손녀를 놔두고 왔을 텐데… 대단하군. 귀족이라서 그런가? 아니면 정계의 실력자라서 그런 걸까? 뭐… 어느 쪽이라도 내겐 상관없지만.

"그대들이 거부한다면 난 이걸 공개한다. 그렇게 되면 크레센트는 반으로 갈라지겠지. 그리고 그 상황에서 난 내 카드를 한 장 더 쓰겠어. 잊은 사람이 있을지도 모르니 다시 말해 주지. 결혼하기 전 내 이름은 아넬리안 폰 로세니아, 로세니아의 왕녀야. 그대들이 날 돕지 않는다면 난 내 이름으로 모국에 원군을 요청하겠어."

"그건 반역의 도를 넘습니다! 매국 행위입니다!"
"그런 짓을 했다간 대대로 저주를 받을 것이오!"
"아무리 마마라 해도 살아남기 힘들 겁니다!"

고개를 돌려 댄을 바라보았다. 내 첫째 부하이자 유일하게 마음을 열어주고 있던 부하. 하지만 댄 역시도 작게 고개를 저었다. 훗. 역시…….

"지금 날 협박하는 건가? 안됐지만 그 정도에 굴할 정도로 약하지 않아!"

"매국노!"

 귀족들 사이에서 누군가 날 가리키며 그렇게 매도했다. 몇몇 성질 급한 귀족들이 호신용으로 들고 다니는 숏 소드나 단검을 뽑아 드는 것도 보였다. 매국노? 후훗. 웃긴다.

 "말했지? 내가 죽는다 해도 이 서약서의 내용은 알려진다. 그리고 지금 나보고 매국노라고 했나? 웃기는군. 미리 말했듯이 난 로세니아 인이야. 이 나라에서 나고 자란 인간이 아니라고! 알겠어? 너희들이 보기에는 내가 나라를 팔아먹는 매국노로 보이겠지만… 내 모국 로세니아에서 보자면 어떨까? 무기 몇 상자에 팔려간 주제에 이렇게 모국을 위해 목숨까지 바쳐 주니 굉장히 자랑스럽겠지? 또 모르지… 잘하면 내 동상이라도 세워줄지도……."

 분노하던 크레센트의 귀족들도 내 말에 석상처럼 굳어버렸다. 그러는 와중에도 댄이 은근슬쩍 내 곁에 붙고 등 뒤에서 카렌의 인기척이 느껴지는 걸 봐서는 현재 상황이 굉장히 위험하다는 것이겠지만… 어쨌든 조금은 진정되는 기미가 보였다.

 "그리고 미리 말했지만 이건 최후의 수단 중 하나일 뿐이야. 정 안 된다면 그렇게 하겠다는 거지. 우선 기본 목적은 로이드 왕자 전하를 국왕으로 등극시키는 거니까 지금 당장은 로세니아 걱정을 하지 않아도 돼."

 "그렇다 해도 너무 극단적인 것 아닙니까? 좀 더 온건한 방법도 얼마든지 있을 듯합니다만……."

 누구? 흠… 저 얼굴은 셔우드 남작인가? 저번 회담 후 영지로 내려간 줄 알았는데 수도 근처에서 머물고 있었나 보네.

"…없어."

"…예?"

"로이드 전하가 왕이 되지 못한다면 이 나라 따윈 내게 아무런 가치도 없어. 그가 아니라면 누가 이 나라의 주인이 되든 그건 내 알 바가 아니야. 로세니아든 크레센트든… 아니면 케센이라 해도 말이야. 그러니… 그대들이 진정으로 크레센트라는 나라를 사랑하고 충성한다면 로이드 전하를 국왕으로 만드는 데 전력을 다해. 그렇다면… 최소한 그대들 입장에서 타국인 로세니아가 이 나라를 넘보는 일은… 로이드 전하가 세상을 뜨기 전까지는 절대 없을 거야. 그건 내 이름을 걸고 장담할 수 있어."

그토록 소란스럽게 떠들던 자들이 이젠 침묵을 지키고 있다. 아마도 각자의 생각 속에 푹 빠져 있겠지. 나름대로의 계산과 나름대로의 충성심, 그리고 나름대로의 이익을 생각하느라 정신없을 게 분명하다. 후훗. 약하면서도 강한 생물… 그것의 이름은… 인간이라고 했던가?

방 안에 모여 있던 귀족들이 모두 빠져나갔다. 그들은 내게 뭔가 더 묻고 싶은 게 있는 듯했지만 난 더 이상의 대화를 거부했고 그들을 내쫓은 것이다. 방금 이 방을 나간 귀족들은 각자의 충성심과 현재 가진 기득권을 지키기 위해서라도 내게 협조해야 할 거다. 내심이야 어떻든 말이야. 어차피 나도 그들을 모두 이해시키고 진심에서 우러나오는 협조를 원한 게 아니니까 상관없잖아?

"휴우우……."

나도 모르게 한숨이 흘러나왔다. 난 빈 의자 중 하나에 털썩 주저앉아서 천장을 올려다보았다. 달과 별이 떠 있는 반짝이는 밤하늘을 보고 싶었는데…….

"전하께서 슬퍼하실 겁니다."

"…댄이냐?"

"예, 마마."

"모두 물러가라고 했을 텐데?"

"충성스럽고 우직하며 멍청한 첫 번째 신하는 도저히 울고 계시는 주군을 외면할 수가 없더군요."

"훗. 내가 운다고? 이 천하의 아넬리안이?"

고개를 돌려 그를 바라보니 댄은 쓸쓸한 표정으로 날 내려다보고 있었다.

"자신까지 속일 필요는 없습니다, 마마. 아니면… 자신마저 속이셔야 합니까?"

"…글쎄."

그건 나도 잘 모르겠군. 난 지금 내 속마음까지 속이고 있는 걸까?

"로이드 전하는… 겉보기보다 연약하신 분입니다. 지금 이러한 마마의 행동… 굉장히 슬퍼하실 겁니다."

"알아. 그리고 당연히 날 미워하고 증오하겠지. 죽어가는 아비의 숨통을 끊으려 하고 사랑하는 동생의 목숨을 노리는 날 뭐가 예쁘다고 좋아하겠어?"

"…아직 늦지 않았습니다."

"아니, 이미 늦었어."

그래. 이미 늦었다. 시간은 되돌릴 수 없는 법이고 쏘아진 화살은 절대 활줄로 돌아오는 법이 없다. 그것은 진리. 이 세상의 법칙.

"마마… 다시 한 번 더 생각해 보심이…….."

"댄. 아니, 대니어스 드 워렌 자작, 명령을 내리겠다."

"예, 마마. 하명하시옵소서."

"명령은… 내 혼잣말을 들어줘. 그리고 절대 발설하지 마. 누구한테도."

"명심하겠사옵니다, 마마."

"나… 오늘 한 생명이 태어나는 걸 지켜봤어. 그리고 또 한 생명이 죽어가는 것도 봤지. 인간은… 그렇게 힘들게 태어나 놓고 너무나 쉽게 죽어버려. 국왕 폐하… 이틀 전까지만 해도 나를 옆에 앉혀놓고 언제 손자를 안겨줄 거냐면서 내게 농담을 하셨어. 거기에… 후훗. 로이드는 나보다 자기가 더 얼굴이 빨개져서 막 화를 냈지. 그러자 폐하께서는 껄껄 웃으시면서 로이드보고 이제 다 컸다고 왕관을 맡겨도 되겠다고 말씀하셨어. 그런데… 그런데… 오늘은……."

축축한 물방울이 뺨을 타고 주르륵 흘러내린다. 눈물? 아니… 이건 비가 오는 거야. 난 울지 않아. 아넬리안이니까. 철의 심장을 가진 내가 이따위 조그만 일에 눈물을 흘릴 것 같아? 내 눈물은 수만 명이 흘린 피보다 무거워!

"천장에 물이 새나 보네. 후훗. 여기도 많이 낡았나 보군. 하여간 계속하지. 난… 국왕 폐하의 가시는 길을 옆에서 보면서 무서워졌어. 로이드도… 그도 어느 날 갑자기 내 곁을 그렇게 스쳐 지나가 버리는 게 아닐까? 음… 으음… 조금… 아주 약간 견딜 수가 없더라고. 방구석에 쌓인 티끌보다 조금이지만 견딜 수 없더라고. 그래서 난 그를 왕으로 만들 거야. 국왕 폐하께서 왕관을 맡기겠다는 말씀, 난 말 그대로 해석하겠어. 그래서 난 그를 왕으로 만들 거야."

"…말씀 중에 죄송하지만… 로이드 전하께서는 아직 준비가 되지

않으셨습니다. 마마에게… 배신당했다고 생각하실지도…….″

″상관없어! 말했잖아! 아무것도 상관없다고! 다 필요없어! 만약! 로이드가 내일 당장 국왕 폐하처럼 죽임을 당하면 그땐… 난 어떡하라고! 나… 난…….″

숨이 가빠왔다. 굉장히 무거운 것이 목 위에 놓인 듯 아무 말도 나오지 않는다.

그와 나―물론 내 등 뒤에는 카렌이 언제나처럼 있겠지만… 그 애는 상관없다―둘 다 아무 말도 하지 않았다. 그 침묵의 시간이 내게는 마치 수만 년은 흐른 듯한 기분이 들었다. 더 이상 견딜 수 없게 된 나는 천천히 몸을 일으켰다. 여기서 시간을 너무 끌었어. 로이드가 언제 깨어날지도 모르는데 말이야. 나를 미워하기 전에 조금이라도 더 오래 그의 곁에 있고 싶어.

″배신당했다고 생각해도 좋아. 아니, 이 경우엔 내가 그를 배신했다고 하는 게 맞을 거야. 하지만… 그렇다 해도 난 그를 왕으로 만들 거야. 그리고… 언젠가 댄, 그대가 말했던 것처럼 그를 황제로 만들겠어. 그 누구도… 설사 신이라 해도 그를 올려다보게 만들어줄 거야.″

난 그 말을 끝으로 고개 숙인 채 앉아 있는 댄을 지나쳐 방을 나섰다.

내 인생은 늘상 이런 식이야. 뭐 하나 제대로 되는 것 따윈 없다니까. 나를 친딸처럼 사랑해 주던 폐하를 내 손으로 죽이고 철없이 내게 구애하던 마틴 왕세자의 목을 베게 되는 운명이라니. 후훗. 빌어먹을 운명. 그래… 어차피 내겐 행운 따윈 없었다고. 원래 이런 인생인걸. 이 나라로 올 때부터… 아니, 내가 태어날 때부터 이따위였겠지. 하지만… 그렇다 해도 끝까지 발악해 주지. 좌절이니 포기 따윈 엿이나 먹으라고 해. 필요하다면… 오늘 태어난… 내게 탄생의 기쁨을 알려준 그 아이… 이름도 아직 정해지지 않은 그 아이까지도 이용해 주겠어. 모든 걸 철저히 이용해 주지. 내가 원하는 걸 얻을 때까지! 두고 보라고! 빌어먹을 운명아! 엿먹을 신들아! 난 절대 굽히지 않아! 난 아넬리안이라고!

내전

크아… 좋다! 역시 럼주는 도르만 산이 최고라니까! 역시 죽지 않고 살아 돌아온 보람이 있어! 음핫핫핫! 그런데… 나에 대해 쓰고 싶다고? 후후. 언제쯤 내 차례가 돌아오나 했지! 암! 제국 최고의 기사인 나를 빼놓으면 이야깃거리가 아예 없을 테니까 말이야! 하하하! 음? 잠깐…―부관으로 보이는 이가 우리들에게 달려오더니 서류 하나를 넘겨주고 사라졌다―크으… 황후 마마야! 도대체 언제까지… 언제까지 이렇게 부려먹으실 겁니까아!! 복귀한 지 두 시간도 안 됐단 말입니다아!! 20년입니다! 20년 빌어먹을! 떠들어봐야 내 입만 아프지. 얘들아! 장비 챙겨라! 출동이다! 응? 자네 아직 안 갔나?

―제2대 황실 서기관이자 궁중 역사학자인
후렌 경이 집필한 '황실 비사' 중.
―제국 중앙군 3군단 군단장이신 델민 드 랭스턴 후작 각하와의 대담 중.
―주:제국군 장군 중 전장에 가장 많이 투입되어 언제나 생환하여 돌아온 랭스턴 후작 각하는… 최고의 기사인지는 모르겠지만 유능한 장군임에는 틀림없다. 그런데… 황후 마마는 왜 랭스턴 후작 각하를 못 잡아먹어서 안달인 걸까?
들리는 소문에 의하면
랭스턴 후작 각하가 영지에 못 가본 지 10년이 넘었다고 한다. 설마……

내전

　—대륙력 995년 가을. 크레센트 왕국 수도 크론발.
　짜악!
　내 고개가 오른쪽으로 급격히 돌아갔다. 눈에서 불이 번쩍이는 걸 보니 정말 세게 맞았나 보다. 거기다 입가에서 짭짤한 맛이 나는 걸 보면 아마도 입술 끝이 찢어졌나 보다.
　"어떻게… 당신이… 어떻게……."
　뜨뜻한 뺨을 한 손으로 감싸면서 고개를 돌려 앞을 바라보았다. 내 앞에 선 소년… 아니, 이젠 청년이라고 해야겠지? 나보다도 크니까. 그는 날 노려보면서 두 주먹을 불끈 쥐고 있었다. 손바닥은 안 아플까? 굉장히 세게 때린 것 같았는데…….
　"전하를 위해서입니다."
　"뭐가? 뭐가 날 위해서인데? 말해 봐! 내 동생을 죽이려 하고 나라를 반쪽으로 찢어놓은 게 날 위해서인 건가? 엉?"

"전하는 왕이 되셔야 하는 몸, 당연히 일어날 일을 조금 앞당겼을 뿐입니다."

"난… 국왕 따윈……."

"전하께서 싫어하신다 해도 결국 이렇게 되었을 겁니다. 알고 계셨을 텐데요?"

"…마틴은 내 동생이다. 난 그 애를 믿어!"

"마틴 전하는 좋으신 분이죠. 하지만 그분 주변의 왕세자파 귀족들도 좋은 자들일까요? 전하를 위해서 행한 일이지만 그 안에는 저 역시 살고자 하는 생각이 들어 있었습니다."

"그럴 리가 없어! 난 지금껏 조용히 지내왔잖아! 눈에 안 띄게! 아무도 신경 쓰지 않게!!"

"가죽 주머니 안에 단검을 넣어두면 금세 자루를 찢고 밖으로 빠져나오죠. 전하의 재능과 능력은 겨우 그 정도 위장으로 가릴 수 있는 게 아닙니다. 그리고 상대는 전하의 죽음을 바라는 것이지 침묵을 원하는 게 아닙니다. 저와 전하의 부하들까지 같이 목숨을 잃어야 시원하시겠습니까?"

"……."

"투정은 그만 부리세요. 왕이 되십시오, 전하."

"웃기지 마! 누가 너 따위의 말을 들을 것 같아?"

로이드 왕자가 잔뜩 신경질이 난 표정으로 날 노려보다가 이내 몸을 돌려서 내 시야에서 멀어지기 시작했다. 하아… 실패인가?

로이드 왕자는 아마 또 왕실 도서관에 처박혀서 시간을 죽이고 있을 거다. 밖은 이렇게 정신없이 바쁜데 말이야. 일주일이나 지났건만 도통 현실을 인정하려 하지 않는다. 하긴… 로이드 쪽이 나보다 더 인간적인지도 모르겠다. 근 일주일 만에 만난 내 남편을 그렇게 돌려보내고 나서 난 주변의 시녀들과 시종들을 물린 뒤 넓은 방 안에 홀로 앉아 있었다. 너무 넓어. 살며시 눈을 감았다.

"서거하셨습니다."

응? 귓가에 들려온 건조한 목소리에 눈을 뜨고 방 안을 둘러보았다. 아무도 없군. 이게 바로 환청이라는 건가? 별로 좋은 느낌은 아니군. 후후…….

국왕 폐하… 아니, 이젠 전 국왕 폐하라 불러야겠지? 전 국왕 폐하는 자리에 누우신 지 삼 일 만에 돌아가셨다. 그리고 그분의 육신이 차갑게 식어가고 있을 때쯤 마틴 왕세자가 궁으로 돌아왔다. 마치 마지막 가는 길에 왕세자를 보고 가시겠다는 듯이 버티고 버티시던 국왕 폐하는 고통조차 느끼지 못하는 몸으로 침대에만 누워 있다가 돌아가셨다. 그분의 유체 앞에서 마틴 왕세자는 그대로 무너지며 통곡을 했다. 핸드릭스 전 국왕 폐하는 좋은 국왕이었는지는 잘 모르겠지만 좋은 아버지였던 것은 확실하다. 그렇기에 배 다른 세 아들이 저렇듯 슬퍼하는 거겠지. 후우…….

다음날 국장으로 치러진 장례식에는 왕세자파와 로이드 왕자파 가릴 것 없이 수백 명의 귀족들이 왕성으로 모여들었다. 수도 내의 모든 신전에서 일시에 커다란 종을 울려댔고 장례식을 주관하는 비젠의 하이 프리스트는 죽은 이의 업적을 찬양하며 사후에도 고귀한 영혼으로 남을 수 있도록 기도를 올렸다. 그리고 장례식이 끝난 뒤 귀족들 앞에

선 마틴 왕세자가 말했다.

"우리는 지금 밖으로는 외적의 위협을 겪고 있으며 안으로는 정체를 알 수 없는 내적을 품에 안고 있다. 크레센트 왕국의 역사 속에서도 이렇듯 위기가 연속으로 찾아온 적은 많지 않을 것이다. 그야말로 풍전등화! 하지만! 크레센트의 왕세자 마틴 드 크레센트의 이름으로 말하노니! 나와 그대들! 그리고 백성들이 하나로 일치단결하여 힘을 모은다면 지금의 위협쯤은 가볍게 뛰어넘을 수 있을 것이다! 우리는! 결코 지지 않는다!"

"와아아아……."

함성이 고막을 때렸다. 장례식에 모여 있던 귀족들 중 거의 전부가 손을 허공으로 높이 치켜들며 마틴 왕세자의 말에 동조했다. 검은 드레스를 입고 그런 귀족들의 뒤에 서 있던 나는 흥분한 귀족들을 진정시키고 뭐라 더 말하려는 마틴 왕세자를 뒤로하고 신전을 나섰다.

장례식의 마지막에 마틴 왕세자는 다음날 곧바로 대관식을 행하겠다고 선포했다 한다. 단 하루라도 나라에 왕이 없어서는 안 되는 법이니 마틴 왕세자의 선택은 당연히 해야 할 일을 행한 것일 것이다. 하지만 난 이성적으로도 감정적으로도 이를 용납할 수 없었다. 단 몇 개월밖에 안 된 짧은 만남이었지만 전 국왕 폐하가 마치 친아버지처럼 느껴졌던 나에게 이제 무덤에 묻힌 지 단 하루밖에 안 되었는데 그 자리를 빼앗는다는 건 돌아가신 그분을 모독하는 것 같았기 때문이다. 거기다 마틴 왕세자가 정식으로 국왕의 자리에 앉으면 일이 어렵게 된다. 그렇기에 난 프로센 후작과 댄에게 일을 진행시킬 것을 명령했다.

왕성의 내성 문이 활짝 열렸다. 각지에서 올라오는 조의품들과 대관식을 축하하는 선물들을 실은 마차들이 쉴 새 없이 왕성 안으로 쏟아져 들어왔다. 프로센 후작 이하 중앙 정계에서 힘을 쓰는 귀족들도 수십 대의 짐마차들을 직접 이끌고 왕성 안으로 들어왔고, 남부 귀족들이 상납한 엄청난 숫자의 마차들이 본궁 앞마당을 점거하고도 모자라 별궁의 정원까지 차지했다. 거기다가 중립 귀족이거나 왕세자파의 귀족들이 상납한 물건들까지 한데 어우러지자 도저히 통제할 수 없을 정도로 왕성 안은 혼잡해졌다.

그런 상황은 내가 의도한 것이다. 미노스 백작을 통해서—근위대 장교가 백작의 친척이란다—왕성 내벽을 지키는 근위병들의 개입을 처음부터 막았지만 왕성 밖에서 병사를 이끌고 안으로 쳐들어가는 모습은 여러모로 보기가 안 좋으니까 말이야. 그리고 왕궁 안을 지키는 친위 기사단은 프로센 후작이 나서서 모조리 침대에 눕혀 버렸다. 일전의 괴물 같은 침입자 때문에 큰 피해를 입기도 했었지만 그래도 오십이 넘는 기사들이 우리의 앞길을 막을 수 있기에 편제 개편과 잠시간의 휴식 시간을 이유로 들어서 아예 처음부터 못 나오도록 막아버린 것이다. 왕과 왕족을 근거리에서 지키는 로얄 가드는 포섭할 시간이 없었기에—그만큼 급하게 진행되었다—포기했지만 상관없었다. 로얄 가드 중 걸어다닐 수 있는 기사의 숫자는 서른 명도 안 되었기 때문이다.

병사들이 꽤나 괴로웠을 거다. 딱딱하고 숨 쉬기도 힘든 상자 안에서 하루를 버텨야 했으니까 말이야.

어찌 되었건 다음날 날이 밝자 왕성 중앙홀에서 연회가 개시된다는 시종의 말과 함께 난 평소 입던 드레스 대신 브래스트 플레이트 아머와 몸 각부를 보호해 주는 갑옷들을 입고 그 위에 로브를 걸친 채 왕성으로 향했다. 그런 내 뒤를 닐크와 아르케네스가 뒤따랐고 작전 개시를 알렸는지 정원과 공터에 빽빽하게 세워진 짐마차 안에서 병사들이 꾸역꾸역 밀려 나왔다. 내 주위에서 나온 병사들은 댄과 크렌 등의 명령에 따라서 일사불란하게 나를 따라 왕성 중앙으로 향했다. 아마 다른 곳에서도 프로센 후작과 미노스 백작 등의 명령을 따르는 병사들이 나처럼 중앙 홀로 향하고 있을 거다.

저항은 없었다. 시간이 없어서 근위대까지 지휘하지는 못했지만 그들은 나와 내 병사들이 왕성 안을 헤집고 다니든 말든 상관없이 자기 근무지에서 떠나지 않았으니까.

콰아앙!

3m 높이의 거대한 문이 커다란 소리를 내면서 양쪽으로 활짝 열렸다. 그 안으로 내가 걸어 들어가자 내 휘하의 병사들이 안으로 뛰어들어 갔다. 놀란 표정으로 우리를 바라보는 귀족들, 몇몇 귀부인들이 무장한 우리를 보고 비명을 질러댔다. 그나마 용기있는 일부 귀족들이 검을 빼 들거나 내 쪽을 향해 삿대질을 해가면서 욕설을 내뱉었지만 그들 중 대부분은 병사들에게 붙잡혀 한곳으로 끌려갔다.

"이게 무슨 짓이오? 그대들 나라에서……."

"밟아."

내 쪽으로 달려온 용기있는 중년 귀족은 내 명령에 의해 붙잡혔고 곧 이어 한구석에 내던져진 채 병사들의 발길질을 받아야 했다.

"될 수 있으면 죽이지 마. 하지만 반항하면 죽여 버려."

"예! 마마."

내 뒤에 찰싹 붙어서 뒤따르던 댄이 큰 소리로 답한 뒤 한 무리의 병사들을 이끌고 내 옆을 스쳐 지나갔다. 내가 홀의 중앙을 가로질러 대관식이 행하여지고 있는 단상 위까지 걸어올라 가는 동안 몇몇 귀족이 반항을 하다가 흥분한 병사들에게 죽임을 당하였고 아직 붙잡히지 않은 귀족들이 서로를 마구 밀치며 내가 들어온 남문 쪽이나 다른 출입구인 동문, 서문 쪽으로 도망쳤다. 하지만 곧 이어 서문이 열리며 프로센 후작이 이끄는 병사들이 들이닥치자 이리 밀리고 저리 채이던 귀족들 무리는 계단을 통해 2층 홀 쪽으로 도망치려 했다. 하지만 그쪽에서도 미노스 백작이 데려온 한 무리의 무장한 병사들이 뛰어들어 오자 아직 붙잡히지 않은 귀족들은 동문으로 우르르 몰려갔다. 미안하지만 그쪽은 잠겼어. 밖에서 잠그고 지지대를 몇 개나 받쳐 뒀다고.

마틴 왕세자의 모습은 동문 쪽으로 밀려난 귀족들 사이에서 쉽게 찾아볼 수 있었다. 대관식을 위해서 멀리서도 쉽게 알아볼 수 있는 번쩍이는 옷을 입고 있으니 아무리 눈이 나빠도 금방 알아볼 수 있었을 거다.

난 단상 위에 올라서서 홀 안을 둘러보았다. 난장판. 딱 그 말이 어울린다. 귀부인들의 울음소리, 부상을 입은 귀족들의 신음 소리, 시뻘게진 얼굴로 욕설을 내뱉는 귀족, 병사들의 고함 소리. 완전히 혼돈 그 자체이다. 이런 곳을 바로 전장이라고 부르는 거겠지?

2층에는 활을 든 병사들이 주욱 늘어서서 1층을 노려보고 있었다. 붙잡힌 귀족들은 병사들의 손에 이끌려 속속 밖으로 내몰리고 있었고 동문 근처에 몰려 있던 귀족들은 병사들이 둥그렇게 포위하자 벽 쪽으로 내몰렸다. 난 담담한 기분으로 홀 안을 돌아보다가 나와 같이 단상 위에 서 있는 아주 어려 보이는 시종과 눈이 마주쳤다.

"아… 아아……."

카렌 나이쯤이나 되었을까? 열두어 살쯤 되어 보이는 그 소년은 다리를 후들거리며 떨고 있었는데 그의 손에 내 눈길을 끄는 물건이 들려 있었다. 소년의 양손 위에 들린 방석, 그리고 그 방석 위에 놓여 있는 금으로 된 왕관. 오늘의 이 사건이 일어나게 만든 원흉. 난 그 시종 쪽으로 걸어갔다.

"흐윽……."

내가 다가서자 바들바들 떨면서 운다. 쯧. 누가 죽이기라도 한다고 했나? 응? 이건… 지린내? 쌌군. 그래도 용하게 서 있네. 소년의 발치를 따라 액체가 흘러내리는 걸 본 나는 잽싸게 왕관을 쥐어 들었다. 그리고 그 냄새 나는 녀석에게서 떨어진 뒤 왕관을 높이 들어 올리며 소리쳤다.

"왕관은 원래 주인에게로 돌아갈 것이다!"

"와아아아아!!"

"와아아아!!"

근 천여 명에 달하는 병사들이 함성을 질러대니 진짜 홀이 무너질 것 같은 기분이 든다. 하여간 이겼다. 마틴 왕세자도 잡았고 대부분의 귀족들도 잡아들였으니 이제…….

콰광!

갑자기 동문이 활짝 열렸다. 저곳이? 어떻게? 내가 의아해하고 있는 동안 그 문을 통해서 무장한 기사들이 뛰어들어 왔고 그들을 본 귀족들이 비명을 질러대면서 뒤로 물러섰다. 기사? 나와 각 귀족들이 모아 온 병사들은 각 가문의 사병들뿐 기사는 단 한 명도 없는데? 저건 뭐야?

"폐하를 지켜라!"

"대열을 갖춰!"

"물러서지 마라! 적은 소수다!"

마틴 왕세자가 안으로 뛰어들어 온 기사 중 한 명에게 붙잡혀 기사들 사이로 끌려 들어가는 게 보였다. 거의 전신을 감싸는 풀 플레이트 아머, 날카로운 롱 소드와 넓고 두터운 철제 카이트 실드. 저놈들… 로얄 가드인가?

로얄 가드들이 뛰어들어 온 동문을 향해 아직 붙잡히지 않은 귀족들이 우르르 몰려 나갔다. 하지만 그도 잠시, 밖으로 뛰쳐나갔던 귀족들 중 일부가 다시 쫓기듯 안으로 뛰어들어 왔다. 그리고 그들을 따라서 왕성 주변을 포위하고 있던 병사들 중 일부가 들어왔다. 쫓기던 귀족들 중 일부가 로얄 가드 쪽으로 향했지만 기사들은 다가오는 자가 병사든 귀족이든 상관하지 않고 위협적으로 검을 휘둘러 댔다. 이러지도 저러지도 못하게 된 귀족들은 서로의 눈치를 보다가 하나둘 손을 들고 항복해 왔다. 덕분에 귀족들은 손쉽게 손에 넣었고… 이제 남은 건 서른 명쯤 되어 보이는 로얄 가드와 마틴 왕세자인데……. 난 그들을 둘러싸고 있는 병사들을 헤치며 앞으로 나섰다. 로브의 후드를 벗어 젖힌 난 내 앞을 가로막고 있는 로얄 가드를 향해 말했다.

"더 이상 도망칠 곳은 없다. 이제 포기하는 게 좋을 텐데?"

"닥쳐라, 마녀! 우리들이 있는 한 국왕 폐하의 몸에는 손가락 하나 대지 못한다!"

후우… 벌써 국왕이라고 부르는 거냐? 저들의 기세를 보니 협상할 방법은 없을 것 같다. 그렇다면 모조리 죽여 버리는 수밖에…….

"아넬리안! 아넬리안!"

"위험합니다! 폐하!"

"비켜라! 명령이다!"

로얄 가드 사이에서 마틴 왕세자가 튀어나왔다. 아니, 이젠 국왕이라고 불러줘야 할까? 하지만 대관식이 끝나지 않았으니 왕세자라고 하지 뭐. 하여튼 그는 기사들 사이를 헤치고 앞으로 나왔다. 핏발이 선 눈으로 나를 노려보는 마틴 왕세자. 그는 지금 무슨 생각을 하고 있을까? 아마도 배신당한 충격에 분노하고 있겠지?

"어째서 이런 짓을 벌인 거지?"

"힘에 의해 빼앗긴 물건을 주인에게 돌려주는 것뿐입니다, 전하."

"로이드 형님이 시킨 건가? 형님이 왕좌를 원한다고?"

"……"

"대답해! 형님이 시킨 일이냐고 물었다!"

"…마음대로 생각하시길. 그보다 이만 항복하시는 게 어떠신가요? 설마 여기서 무사히 빠져나갈 수 있을 거라고 생각하시지는 않겠지요?"

"빌어먹을… 난 절대 협박에 굴하지 않을 거다!"

그 말을 끝으로 마틴 왕세자는 기사들 사이로 모습을 숨겼다. 자아… 이제 어떻게 할까?

"명령을 내려주십시오, 마마."

등 뒤에서 들려오는 소리에 슬쩍 고개를 돌려보니 프로센 후작과 미노스 백작이 뒤에 서 있었다. 거기다 내 주변으로 많은 수의 병사들이 둥그렇게 모여서 로얄 가드에게 창날을 겨누고 있었다.

"로얄 가드는… 새로 뽑아야겠군요."

"쓸어버려!"

프로센 후작의 명령이 떨어지자마자 창을 들고 있던 병사들이 와~ 하고 함성을 지르며 창날을 찔러갔다.

캉, 카랑.

병사들의 창이 로얄 가드의 방패를 후려친다. 내 옆으로도 창을 비껴든 병사 하나가 앞으로 달려나가면서 길게 창을 찔러 들어갔다. 하지만 워낙에 두터운 갑옷을 입고 있는 기사들인지라 창날에 상처를 입는 기사는 거의 없었다. 뒤에서 치면 쉽게 무너지겠지만… 로얄 가드들의 뒤에는 단단한 돌벽이 버티고 있으니…….

"크아아앗!!"

내 옆으로 용기있는—혹은 무모한—병사 하나가 창날 사이를 헤치고 로얄 가드를 향해 뛰어간다. 한 손에 메이스를 든 그 병사는 용기백배한 모습으로 방패를 들고 버티는 기사에게 달려들었다. 병사의 메이스가 기사의 방패를 두어 번 두들기자 그 기사가 뒤로 밀려났다. 하지만 그 옆에서 방패를 들고 찔러 들어오는 창날을 막고 있던 다른 기사가 옆에서 롱 소드를 찔렀다.

파각.

병사가 입고 있던 징 박힌 가죽 갑옷은 불행히도 검날의 침입을 허용했고 듣기 싫은 파열음과 함께 기사의 검이 병사의 옆구리를 파고들었다.

으득.

그 기사의 손이 움직이자 검날이 병사의 허리께에서 반 바퀴 정도 회전했고 '컥컥' 거리며 몸을 떨던 병사는 기사가 롱 소드를 뽑아 들자 그대로 바닥에 쓰러졌다.

"다리를… 다리를 노려라!"

병사들의 창날이 기사들의 강철 부츠를 향했다. 쉴 새 없이 찔러 들어가던 창날 중 하나가 운 좋게 한 기사의 다리 사이로 찔러 들어갔고 주춤거리며 옆으로 걷던 그 기사는 발이 창날에 걸려서 바닥에 쓰러졌다. 뒤로 쓰러졌으면 목숨을 건졌을지 모르지만 엎어지듯 앞으로 쓰러진 기사의 등에 열댓 개의 창날이 찔러 들어갔고 창병들 뒤에서 대기하고 있던 병사가 앞으로 튀어나오면서 모닝 스타를 휘둘렀다.

퍼억.

쓰러진 기사의 투구가 우그러지면서 붉은 피가 바닥에 튀었다. 자신들의 동료 중 하나가 죽는 모습을 본 로얄 가드들은 더욱더 대형을 좁혔다. 이젠 검도 제대로 휘두르기 힘들 정도로 밀착한 그들은 벽에 바짝 붙은 채 포위망 속에 갇혀 있었다. 그들 중 한 기사가 견디다 못하겠는지 카이트 실드로 창날을 밀어 젖히면서 앞으로 튀어나왔다. 당황한 병사들이 뒤로 물러섰지만 그보다는 기사의 검이 더 빨랐다. 롱 소드의 날이 몇 번 허공에 번득이자 허공으로 피가 튀어 올랐고 창을 든 팔이 날아올랐다.

"끄아아악!!"

"내 팔! 내 팔!"

마치 양 떼 속에 뛰어든 늑대처럼 병사들 사이에 뛰어든 그 기사는 창을 들고 있는 병사들을 향해 롱 소드를 휘둘렀다. 조금의 인정도 없이 날아든 롱 소드는 그의 앞에 서 있던 한 병사의 가슴을 길게 베면서 그 옆에 있던 다른 병사의 배를 갈랐다. 측면에서 날아오는 검날을 카이트 실드의 면으로 막아낸 기사는 오히려 힘을 주어 방패로 검날을 밀었고 주춤거리며 뒤로 물러나려고 하던—그러나 등 뒤에 다른 병사들이 있어서 물러나지 못한—숏 소드를 든 병사의 목을 향해 검을 휘둘렀다.

추아아악……!

"컥… 커흑……."

숏 소드를 떨어뜨린 그 병사는 두 손으로 피가 뿜어져 나오는 목을 감싸 쥐었지만 몸 밖으로 흘러나오는 피의 양은 조금도 줄지 않았다.

그러나 그 병사의 목숨을 앗아간 기사도 무사하지는 못했다. 갑자기 날아든 메이스가 무방비 상태였던 기사의 등을 후려쳤고 그 기사는 그대로 바닥에 쓰러졌다. 그 위로 병사들이 개미 떼처럼 달려드는 게 보였다. 고통을 느낄 새도 없었겠군.

로얄 가드들의 저항으로 병사들이 계속 죽어 나갔지만 그래도 한 명씩 두 명씩 적을 처리해 나갔다. 어차피 도망칠 수도 없는…

"열렸다!"

뭐? 로얄 가드 사이에서 튀어나온 소리에 난 깜짝 놀랐다. 그들의 뒤에 굳건히 버티고 있어야 할 돌벽에 시커먼 검은 구멍이 보였기 때문이다.

"막아! 밀어붙여!"

난 악을 쓰며 소리쳤지만 로얄 가드들 쪽이 더 빨랐다. 내 눈앞에서 마틴 왕세자가 구멍 속으로 사라지는 게 보였고 그 뒤를 따라 기사들이 하나둘씩 빠져나갔다. 치잇… 여기도 있을 줄이야. 홀 안에 몇 개인가의 비밀 통로가 있다는 말에 그들을 동문 쪽의 벽으로 밀어붙인 건데 여기에도 있었다. 아마도 누락된 거겠지. 덕분에 놓쳐 버렸다.

"프로센 후작! 당장 병사들을 이끌고 왕성 주변과 성문을 지키도록 하세요! 미노스 백작! 그대는 외성 문 쪽에 병력을 배치하고 마틴 왕세자 일행이 도주하지 못하도록 막아요! 그리고 댄! 사로잡은 귀족들을 한데 모아! 그리고……."

"추격할까요, 마마?"

맞다. 이걸 깜빡했군.

"당연하지! 닐크! 병사들 뽑아서 데리고 들어가. 끝까지 추격해! 아니, 못 잡아도 좋으니 이 통로의 끝이 어디로 통해 있는지 정도는 알아가지고 와! 아르케네스! 시종장을 불러와라. 대관식은 아직 끝나지 않았어."

　난 한 손에 든 왕관을 쓰다듬으면서 그렇게 말했다. 그래, 아직 대관식은 끝난 게 아니지. 마틴 왕세자의 머리 위에 왕관이 씌어지지 못했으니 이제 로이드가 이 왕관을 쓸 차례잖아?

　두 시간 뒤. 닐크가 돌아왔다. 그는 비밀 통로가 수도 외각의 빈민가로 통해 있다는 말과 함께 일단의 무리가 성벽을 넘어서 밖으로 빠져나갔다고 말했다. 거기다 로얄 가드의 종자들 중 일부가 수십 필의 말을 끌고 도시를 나갔다는 소식도 들려왔다. 아마도 여기로 뛰어들기 전 종자들을 시켜서 말을 빼돌린 것 같았다. 근위대야 중립을 지키고 있을 테니 그들이 왕성을 나가도 가만히 지켜만 보고 있었겠지. 프로센 후작이 즉시 추격대를 조직한 뒤 그들을 이끌고 마틴 왕세자를 쫓아갔지만 아마도 빈손으로 돌아올 게 분명하다.
"준비를 끝마쳤습니다, 마마."
"전하께서는?"
"그게……."
　댄은 말꼬리를 흐리면서 고개를 조아렸다. 당연한 반응이겠지.
"전하는 어디 계시지?"
"소식을 들으신 뒤로 별궁을 나와서 왕실 도서관 안에 들어가셨습니다. 시종 하나만 데리고 들어가신 뒤 아무도 들이지 못하게 하고 있다고 합니다."
"그래… 그럼 대관식은 우선 주인 없이 치르도록 하지. 모양새가 좀 안 좋을지 몰라도 괜히 억지로 모셔왔다간 더 화만 내실 테니까."

"예, 마마."

"나가봐."

난 손짓하며 눈을 감았다. 그때 쾅! 하는 소리와 함께 방문이 벌컥 열렸다. 그리고 그 열려진 문 사이로 한 사내가 뛰어들어 왔다. 댄이 그의 앞을 막으려 했지만 상대의 거친 몸놀림에 뒤로 밀려났고 그는 씩씩거리면서 내 앞에 우뚝 섰다.

"무슨 일인가요? 브래드릭 장군. 지금쯤이면 부대로 복귀해 있어야 하지 않나요?"

"지금 그대가 무슨 짓을 벌인 건지 알고나 있는 건가?"

"네. 잘 알고 있죠. 다른 이들에게도 말했던 거지만 빼앗긴 물건을 주인에게 돌려준 것뿐이에요."

"로이드가? 그 녀석이 왕좌를 탐한다고? 웃기지 마! 그놈은 내가 더 잘 알아!"

"그런가요? 하긴 그렇다 해도 변하는 건 없겠지만… 이제 와서 되돌리자거나 하는 말씀을 하지는 않을 테고… 왜 절 만나러 오신 거죠?"

"…포기하고 물러나! 그대와 로이드 녀석의 생명은 내가 보장해 주겠어. 그러니……."

"후훗. 참 나이에 걸맞지 않게 순진하시군요."

"뭐?"

스물다섯이나 된 남자를 순진하다고 부르기엔 좀 뭐하지만… 난 황당한 표정을 짓고 있는 브래드릭 장군을 올려다보다가 내 곁에 서서 위협적으로 그를 노려보고 있는 댄에게 손짓했다. 그러자 댄이 품속에서 종이 뭉치를 꺼내서 내게 건넸다.

"흐음… 이왕자… 이젠 일왕자지만… 뭐. 알고 계시겠죠? 로이드 전하를 지칭하는 거예요. 이왕자 암살 계획서, 이왕자 추방 계획서, 이왕자 유폐 계획서, 몇 개는 아직 계획만 잡힌 상태이지만 여기 적힌 몇 가지는 구체적인 날짜까지 적혀 있는 것도 있죠. 아! 여기 이왕자비에 대한 것도 있군요. 처리. 교수형. 훗. 포기하라고요?"

파라락…….

내 손을 떠난 문서들이 허공을 날아올랐다. 그것들 중 몇 개는 브래드릭 장군의 몸에 맞고 떨어졌고 다른 일부는 펄럭이며 날아다니다가 바닥에 쌓였다.

"미안하지만 이 나이에 죽어줄 마음 따윈 눈곱만큼도 없답니다."

"이게… 무슨……."

"왕세자파의 핵심 가문인 위크 가에서 빼내온 문건들이에요. 덕분에 서른 명이 넘는 요원들이 스파이 혐의를 쓰고 처형당했죠. 나라를 위해 소중한 생명을 바친 그들의 영혼에 경의를……."

두 손을 모은 뒤 눈을 감고 기도하는 시늉을 했다. 다시 눈 떴을 때 브래드릭 장군은 내가 던진 종이들 중 몇 장을 집어 들고 읽다가 놀란 표정을 지어 보였다. 당연하겠지. 로이드 왕자의 암살을 시도할 구체적인 시기와 침투 루트까지 적혀 있는 고급 문건들이니까 말이야. 난 미소를 지으면서 그를 바라보았다. 과연 그가 나와 로이드를 지켜줄 만한 힘이 있을까? 왕이 된 마틴 왕세자와 그의 일파들의 거센 공격을 막아줄 수 있을까? 절대 불가능할 거다. 훗.

"그걸 보고도 낙관적인 생각을 할 수 있나요? 죽을 날만 손꼽아 기다리라고 말하실 건가요?"

"그렇다 해도… 왕실을 피로 물들이다니! 이건 절대 용납될 수 없는 중죄요! 아넬리안! 다시 생각해 봐요. 이런 행위는 절대 정의롭다고 할 수 없는 죄악이오."

"후훗. 정의? 뭘 모르시는군요."

"뭘 말하고 싶은 거요?"

"장군, 장군이 알고 계신 정의가 어떤 건지는 몰라도… 우리가 사는 이 세상에서는 정의로운 자가 승리하는 게 아니에요. 이긴 자가 정의로운 자가 되는 거죠. 아아… 그만두죠, 이런 이야기는… 그보다 어서 돌아가서 본대나 잘 추스르는 게 좋을 거예요. 마틴 왕세자가 중앙군을 가만히 놔둘 리가 없으니까요."

"난 이 상황을 절대 용납할 수 없고 필요하다면 무력을 사용해서라도……."

"카렌!"

난 브래드릭 장군의 말을 중간에 끊고 카렌을 불렀다. 그러자 카렌이 그의 등 뒤에서 슬며시 나타나 푸른 빛을 내뿜는 단검을 그의 목에 겨눴다.

"보다시피… 카렌은 유능한 아이죠. 아무리 방심했다지만 실력있는 기사의 등 뒤에 소리없이 다가가서 일격에 목숨을 취할 수 있을 정도로 말이에요."

"…협박이오?"

"아니요. 충고예요. 카렌이라면… 저 아이라면 내가 내린 명령을 아무 망설임도 없이 실행할 거예요. 예를 들어… 미노스 가에 침입해서 태어난 지 며칠 되지 않은 아기의 목숨을 취한다던가… 그런 것 말이죠. 아이의 이름이 뭐죠?"

"미네르바……."

"지금 이 방을 나서는 즉시 북부에 주둔하고 있는 중앙군으로 향하세요. 마틴 왕세자가 왕성에서 빠져나갔으니 내전은 피할 수 없게 되었어요. 그 내전에 중앙군이 휘말리지 않도록 잘 단속하세요. 만약… 장군의 부대가 내전에 개입한다면 불쌍한 아기의 목숨은 그걸로 끝이에요. 참고로 미노스 백작님도 저희와 같이 움직이고 있어요. 당신을 왕으로 만들기 위해서 뛰어다녔던 분이니… 가문을 위해서라면 하나밖에 없는 손녀딸이라도 희생할지 모르겠군요."

미노스 백작이 참가했다는 말에 브래드릭 장군은 잠시 놀란 표정을 짓다가 이내 고개를 끄덕였다. 백작의 성격이라면 이런 기회를 놓칠 리가 없으니까 말이다. 아마 브래드릭 장군도 장인어른의 성격을 잘 파악하고 있는 것 같았다.

"후회하게 될 거요, 아넬리안."

"훗. 후회니 망설임이니 하는 것들은 이 나라로 팔려올 때 모두 버리고 온 것들이에요. 로이드 왕자를 위해서라면 이보다 백배 더한 짓이라도 할 거예요. 설사 그것이 이 나라 백성을 모조리 죽이는 일이라 해도 로이드만 살 수 있다면 전 그 길을 향해 나아갈 거예요. 걸림돌이 되는 건 모조리 깨부숴 드리죠."

"……."

"자, 시간이 얼마 없군요. 가세요. 그리고 기다리세요. 결정적인 순간이 오면 그때 협조를 요청하도록 하죠. 아직 눈도 뜨지 못한 아이를 생각한다면 제 말을 잘 따르는 게 좋을 거예요."

난 그 말을 끝으로 자리에서 일어섰다. 대관식이 시작될 시간이었기 때문이다. 그런 날 노려보고 있던 브래드릭 장군은 이내 몸을 돌려서 방을 나가 버렸다. 아마도 미노스 가로 향하는 거겠지. 하지만 엘린님의 아버지인 미노스 백작이 우리 편에 서 있는 한 브래드릭 장군은 자기 딸을 우리들 손에서 빼내지 못할 거다. 그리고 난 필요하다면 엘린 님마저 처리할 용의가 있으니 그는 결국 우리 쪽에 서게 될 거다. 부인과 딸을 잃고 싶지 않다면 말이야.

대관식은 로이드 왕자가 없는 상황에서 치러졌다. 국왕이 앉는 옥좌 위에 왕관이 덩그러니 놓여졌고 관례에 따라 시종장이 대관식을 진행시켰다. 우리 측에 붙잡힌 귀족들은 강제로 대관식에 참석하였다. 왕성을 제압한 뒤 밀려들어 온 우리 측 귀족들이 절반, 그리고 왕세자파로 분류된 귀족들이 절반. 그렇게 양측의 귀족들이 한자리에 앉아서 주인 없는 대관식을 바라보았다. 짙은 피 냄새를 없애기 위해 뿌려댄 향수 냄새에 골이 지끈거릴 정도였지만 그 누구도 대관식이 진행되는 동안 자리를 뜨지 못했다.

난 홀 구석에 서서 대관식이 진행되는 단상과 자리에 앉아 있는 귀족들을 바라보았다. 왠지 너무 썰렁한걸… 역시 로이드 왕자가 저기 서 있어야 하는 거였는데. 강제로라도 불러올 걸 그랬나? 흠… 하긴 저 단상 위에서 왕 안 하겠다고 깽판 부리면 또 그것도 골치 아프니 대관식에 내보내지 않은 게 다행인 것 같기도 하지만 말이야.

"아쉬우십니까, 마마?"

"응?"

벽에 기대고 있는 내게 말을 걸어온 녀석을 쳐다보았다. 댄이로군. 쳇. 괜히 힘들게 고개 돌렸잖아. 그냥 무시할걸. 하지만 대답은 해줘야겠지? 내 주위엔 댄 녀석뿐만 아니고 닐크와 아르케네스, 그리고 언제 슬며시 들어왔는지 보지도 못한 랭스턴 자작까지 몰려 있으니까 말이야.

"조금. 저 앞에서 모든 귀족들의 찬사를 받으며 왕관을 머리에 쓰는 로이드를 기대한 건 사실이니까."

"다음번엔 그렇게 하도록 하죠."

"훗."

다음이라… 그래. 다음번엔 그렇게 해야지. 아니, 이런 작은─물론 평수로만 100평이 넘어가는 커다란 홀이지만… 이 정도 규모는 너무 작다─곳이 아닌 정말 화려하고 멋진 곳에서 대관식을 실행할 거다. 크레센트 제국을 이끄는 로이드 황제 폐하의 대관식을 말이다.

"그래… 다음번 대관식은 온 대륙인이 잊지 못할 정도로 화려하고 크게 하자고. 조금 시간이 걸리겠지만 말이야."

"물론입니다, 마마. 이제 겨우 걸음마를 시작했으니까요."

바람둥이 같은─아니, 바람둥이 그 자체인─댄 녀석은 별로 마음에 안 들지만 정말 아주 가끔 이 녀석이 마음에 들 때가 있다. 지금같이 말이야. 아넬리안 황후 마마라… 후훗. 그것도 나쁘진 않겠군.

별궁을 나왔다. 이제 나는 크레센트 왕국의 국왕인 로이드 1세의 부인이니까 별궁이 아닌 본궁으로 들어가기 위해서이다. 별다른 잡음 없이 치러진─물론 반대파 귀족들은 모두 궁 안에 억류되어 있다─대관식은 무사히 끝을 맺었고 왕국 역사서에 로이드의 이름이 올라갔다. 물론 이 상황이 역전된다면 역사서 위에 올라간 이름은 역적으로 바뀌겠지만 말이다. 에린 등의 시녀들과 짐을 들고 있는 하인들과 노예들을 이끌고 본궁으로 향하던 나는 왕비궁 앞에서 멈춰야 했다.

"무슨 일이지?"

난 소란스러운 왕비궁 앞에 서서 문 앞을 지키는 병사에게 물었다.

하지만 그 병사는 우물쭈물거리며 대답을 못했고 이에 난 그를 옆으로 치운 뒤 당당하게 안으로 걸어 들어갔다.

내 눈앞에 들어온 왕비궁의 모습은… 마치 전쟁터 같았다. 수십 명의 하인들과 노예들이 급히 뛰어다니고 있었고 궁 안에서는 수많은 짐보따리들이 노예들의 어깨에 들려서 밖으로 빠져나오고 있다. 그리고 그런 하인들에게 소리를 지르며 명령을 내리는 기품있어 보이는 여인이 내 눈에 들어왔다.

"빨리빨리 해! 이 쓸모없는 것들아! 채찍 맛을 봐야 제대로 움직일테냐?"

그녀의 앙칼진 외침에 주변에 있던 하인들이 화들짝 놀라면서 더욱 빨리 몸을 놀린다. 호오… 성격 한번 좋은걸? 저 하인들의 몸놀림을 보니 평소에 어떻게 다루는지 눈에 선하군.

내가 먼저 말을 걸까 했지만 왠지 밀리는 듯한 생각이 들어서 난 짐으로 가득 찬 황량한 정원 한가운데 가만히 서 있었다. 그러자 상대가 이내 내 존재를 알아차렸는지 내 쪽으로 걸어왔다.

"호~ 이게 누구신가? 발칙한 로이드 녀석의 부인이 아니신가?"

"전 '현' 왕비입니다. '전' 왕비 마마."

"훗. 당당해서 보기 좋군. 그게 얼마나 갈지야 모르겠지만 말이야."

그렇게 말하면서 그녀는 날 위아래로 바라보면서 왠지 기분 나쁜 미소를 짓는다. 난 그런 그녀의 눈길을 그대로 되받아쳐 주면서 피오나 전 왕비를 바라보았다. 흠… 마틴 왕자의 다갈색 머리카락과 군청색 눈동자가 누구에게 물려받은 건지 알 만하군. 피오나 전 왕비는 아름답다. 물론 당연히(!) 나보다는 못하지만 말이야. 객관적으로 봤을 때 왕국 내에서도 몇 안 될 정도로 아름다운 모습이다. 거기다 성격이야 어떻든 기품있는 걸음걸이라든지 우아한 몸동작 등으로 봤을 때는 분하지만 내 쪽이 조금 처진다. 역시 경륜이란 무시할 게 못 되나 보다.

"역시… 마틴 녀석이 눈이 벌게서 열변을 토해낼 만하구나. 너 같은 아이가 외국 태생이라니 신도 너무하시지… 쯧쯧. 아니, 차라리 다행이지. 너 정도로 예쁘장한 아이라면 그가 이런 멀쩡한 숙녀가 될 때까지 가만히 놔두지 않았을 테니까."

"그… 라 하심은 전 국왕 폐하를 말하시는 건가요?"

"그래. 왜? 불만있어?"

왠지 모르지만 이 '전' 왕비랑 이야기하고 있으니 상당히 기분이 나쁘다. 나도 왜 이러는지는 잘 모르겠지만 괜히 이유없이 적대감이 샘솟는다고나 할까?

"아무리 돌아가신 분이라지만 말이 조금 심하신 게 아닌가 싶군요."

"흥! 그 노친네 덕분에 내가 허비한 시간이 얼마인데! 말만 그럴싸한 왕비지 지금껏 내가 얼마나 속을 태우며 살았는지 알기나 해? 열둘에 그의 눈에 들어서 후궁으로 들어온 나야. 열다섯에 남자를 알았고 열일곱 살에 마틴 녀석을 배 아파서 낳았다고. 그런 내게 그는 따뜻한 말 한마디는커녕 눈길도 안 줬지. 흥! 내가 마틴 녀석을 낳지만 않았다면 지금쯤 본가로 돌아가서 괜찮은 남자와 재혼했을걸?"

"저기……."

"빌어먹을이라고! 다른 여자에게 나눠줄 마음 따윈 한 조각도 없는 주제에 어리고 예쁜 소녀만 보면 자기 침실로 끌어들이는 최악의 남자 따윈 죽어도 싸지! 후우… 하긴 왕비라는 허울 덕분에 나도 마음껏 사치를 부리며 살았으니 이걸로 샘샘이겠지. 왜 이런 이야기를 오늘 처음 보는 너에게 하는 거지? 나도 이상하네."

그녀는 나를 보며 이상하다는 듯이 고개를 갸우뚱거렸다. 그건 내가 묻고 싶은 말인데 말이야…….

"하여간 그는 좋은 국왕이었는지는 몰라도 남편감으로는 최악이야. 내가 왕비가 되고 몇 년간이나 홀로 밤을 지새웠는지 알아? 무려 12년이라고, 12년! 남편이라는 작자는 내가 스무 살을 넘기자 날 무슨 석상 보듯이 했고 친척이라는 것들은 왕비라는 내 이름에 혹해서 부스러기라도 주워먹을 수 있을까 궁리나 했지. 거기다 아주 어릴 때 마틴 녀석을 낳아서 그 손이 많이 가는 녀석을 키우느라 얼마나 힘들었는데! 이제야 마틴 녀석이 왕이 되어서 국왕의 어머니가 되어 편히 사나 했더니 역시 안 되는 년은 죽어도 안 되나 보군. 후훗. 하긴 이 기회에 우리 위크 가로 돌아가서 내 멋대로 살 테지만 말이야. 조금은 너에게 고마워해야 할지도 모르겠네."

"혹시 제가 마마를 억류할지도 모른다는 생각은 안 하세요? 마틴 왕자의 친모라면 인질로서의 가치가 꽤 나갈 것 같은데요."

본인을 앞에 두고 이런 말 하는 건 좀 그렇지만… 뭐 상대도 별 상관 안 하는 것 같으니 나도 상관없겠지. 내가 그렇게 말을 하자 그녀는 가소롭다는 표정으로 날 바라보다가 피식 웃으면서 대답했다.

"날 뭘로 보는 거지? 지금 꼴이 이래도 왕비였던 몸이다! 그래, 네가 내 몸을 구속할 수는 있겠지. 하지만 내게도 귀족의 자존심이라는 게 있다고! 구차하게 목숨을 구걸하느니 내 손으로 손목을 긋겠다. 그쪽이 지금까지 제대로 신경도 못 써준 아들 녀석에게도 도움이 될 테고."

"당당하시군요. 전 자신에게 당당한 여자 분들을 좋아하죠."

"말해 두지만 난 네가 싫어. 그것도 아주 싫어! 내가 남자였다면 너의 심장에 검을 꽂았을 거다."

그렇게 말을 끝낸 그녀는 당당한 걸음걸이로 내게서 멀어져 갔다. 적지나 다름없는… 아니, 적진 한복판인 이곳에서도 저렇게 당당하다니. 참 멋진 것 같다. 하지만 나도 당신 같은 여자는 싫다고! 이유는 모르겠지만… 하여간 싫어!

그날 저녁 피오나 전 왕비는 짐을 모두 마차에 싣고 왕성을 나갔다. 그녀가 가져간 짐의 양은… 육두 마차로 10대나 되었다. 거의가 옷가지와 가구 같은 거라는데 텅 비어버린 왕비궁 안을 대충 둘러보니 기둥이랑 벽 빼고는 모조리 긁어간 것 같았다. 이거… 그녀가 쓰던 침대는 남겨두고 간 걸 다행으로 알아야 하는 건가. 거참. 가져간 짐들만 팔아도 저택 두어 개는 사겠네. 뭘 그리 많이 들고 간 거야.
"휴우……."
침대에 주저앉은 나는 작은 한숨을 내뱉었다. 로이드는 여전히 도서관 안에 처박혀서 시종 하나랑 살고 있고… 국왕의 침소는 텅 비었다. 그가 있다면 한밤중이든 새벽이든 찾아가 보겠지만 썰렁하고 텅 빈 침소에서 처량하게 밤을 보내는 건 내 성미에 맞지 않으니까. 그때 문가에서 똑똑 하는 노크 소리가 들려왔다. 다행히 문짝은 안 떼어갔다.
"누구야?"
"접니다, 마마. 들어가도 되겠습니까?"
댄이군.
"들어와."
"실례하겠습니다."
문을 열고 들어온 댄은 내게 살짝 고개를 숙여 보인 뒤 한 아름은 될 법한 서류를 들고 내 쪽으로 걸어왔다.

"여긴 거실보다 더 황량하군요, 마마."

"옷장이랑 탁자까지 몽땅 들고 갔어. 새 가구를 사오라고 말해 놓긴 했지만 며칠 걸린다고 하더군. 이제 여기서 살 건데 남이 쓰던 물건을 또 가져오라고 하는 것도 싫어서 그냥 며칠만 참는 거야."

그래, 이제 여기가 내 집이고 내 방이다. 내가 죽을 때까지는 절대로 남에게 넘겨줄 생각이 없다. 그러니 이 왕비궁을 꾸미고 가꾸는 것도 내 몫이지.

"무슨 일이야?"

"뭐… 평소대로입니다."

"흐음… 참 왕도 피곤한 직업이군."

"하하하."

댄이 웃었다. 그는 의자조차 없는 내 방에 서서 침대 가에 앉아 있는 날 내려다보다가 이내 바닥에 털썩 주저앉고는 내게 자기가 들고 온 서류들을 넘겨주었다.

"추경 예산안과 각 지방의 특산물 현황. 각국 간의 무역 현황… 그리고……."

"그만. 그런 건 알아서 하라고. 난 왕비지 국왕이 아니야. 뭣하면 로이드 폐하께 가져가 보던지."

"하지만……."

"아니면 프로센 후작보고 알아서 하라고 전해. 아참! 그는 그 자리에 오른 거야?"

"예, 마마. 정식으로 취임했습니다."

"흐음… 조금 이른 게 아닐까?"

"그래도 효과는 좋더군요."

물론 효과는 좋겠지. 재상이란 왕국의 대신들을 부리는 자리다. 국왕의 오른팔이라고 할 수 있는 그 자리를 프로센 후작이 가져갔으니 로이드 폐하를 지지하는 귀족들은 지금쯤 입이 귀밑에 걸려 있을걸? 누가 이런 파격적인 인사를 생각이나 했을까? 훗.

"그런데… 괜찮겠습니까? 마마, 시키신 대로 행하기는 했지만… 자칫 잘못하면 오히려……."

"괜찮아. 내가 봤을 때 프로센 후작은 국왕의 자리를 탐내는 그런 자가 아니야. 오히려 일인자를 앞에 내세우고 뒤로 자신의 이득을 탐할 만한 귀족이지. 적당히 충성스럽고 적당히 이익을 도모하는 귀족이 그야."

"하나… 저희 왕국의 재상은 대대로 왕세자가 독점했었습니다만……."

그의 말대로다. 크레센트에서 일인지하 만인지상의 위치에 있는 재상의 자리는 왕의 자식들이 독점해 왔다. 보통 재상의 자리에서 정치 경험을 쌓은 왕자가 왕이 되는 것이다. 이 말은 바로 얼마 전까지 마틴 왕세자가 재상 직을 겸임하고 있었다는 것이고 정상적으로 그가 왕이 되었다면 재상의 자리는 공석이 되거나 로이드 폐하가 물려받았을 거였다. 하지만 이젠 그게 아니지. 난 가장 공이 큰 프로센 후작에게 재상의 자리를 내렸고 비록 반쪽이 난 왕국이긴 하지만 그는 지금 모든 귀족들의 머리 위에 군림하는 존재가 되었다. 덕분에 로이드 왕자를 지지했던 귀족들은 상당히 고무되어 있다. 왕족이 독점하던 자리까지 내렸는데 내전이 끝나고 나면 얼마나 큰 보상이 돌아올까? 아마 그들은 최소한 이 내전이 끝날 때까지는 부푼 꿈을 안고 날 따를 것이다.

"그 건은 됐고, 마틴 왕자 쪽은 어때?"

"오늘 정식으로 저희를 반역자로 규정하고 규탄하는 공문을 각 영지로 돌렸습니다. 그쪽 세력의 주축이 되는 북부와 동부의 영주들은 거의 마틴 왕자를 지지하며 재정적, 군사적으로 지원해 주려는 추세입니다."

"그래? 하지만 그건 우리 쪽도 마찬가지겠지?"

"예. 남부와 서부의 귀족들이 속속 병사와 물자를 보내주겠다고 확답을 하고 있습니다. 하지만… 아무래도 병사의 질이나 물자의 양이 저들보다는 떨어집니다."

"중립을 지키고 있는 자들은?"

"특별한 움직임은 없습니다."

"그래. 좋아. 될 수 있으면 그들을 설득하도록 하고 그게 힘들면 최소한 마틴 왕자에게 붙지 않도록 감시를 잘해. 그리고 우리가 붙잡은 마틴 왕자파 귀족들을 써먹을 방법 없을까?"

"현재로서는 그다지… 그들 가문에 인질을 가지고 저희 측으로 붙으라고 협박을 가해봤습니다만… 대부분 현금을 내고 인질을 인수하는 건 협상의 여지가 있지만 저희 측을 지지하라는 말에는 거부하고 있습니다."

"흠… 그들은 거의 각 가문의 수장일 텐데? 그놈들은 자기 가문의 수장이 처형당해도 상관없다는 거야?"

"마틴 왕자를 지지하는 유력 가문인 위크 가와 그 주변 가문은 거리상 대관식에 참석하지 못했습니다. 마틴 왕자파로 분류된 자들 중 저희가 사로잡은 귀족들은 근처의 하급 귀족들이거나 대리인이더군요. 인질로서 가치가 있는 자들은 별로 없었습니다."

"흠… 그럼 괜히 사로잡았잖아. 그냥 다 죽여 버려도 됐는걸……."

"그래도 죽이지 않은 건 잘하신 것입니다, 마마. 괜히 쓸데없는 원한을 사서 적을 늘릴 필요는 없으니까요."

"하긴, 그도 그렇군. 좋아, 말이 통할 것 같은 가문에 알려. 우리를 지지하거나 최소한 중립을 지키라고 말이야. 안 그러면 인질을 공개 처형할 거라고 해."

"예, 마마."

댄이 고개를 끄덕이며 대답했다. 자, 다음은…

"마틴 측 군사 상황은 어떻지?"

"음… 지금도 계속 모이고 있는 상황이라 변동이 조금 있습니다만… 대략 오천에서 육천 명 정도 될 것이라 생각됩니다. 한데… 생각보다 징집된 농민병의 숫자가 적습니다. 대충 절반 정도 될 것이라 추측됩니다."

"흠… 정규 훈련을 받은 병사가 삼천이나 된다는 소리야?"

"예, 마마. 아무래도 북부 지방은 케센과 로세니아의 국경 사이에 있는 지역이라 다른 곳보다 귀족들의 사병 숫자가 많습니다. 그리고 훈련도나 무장도도 다른 지역에 비해서 더 좋더군요."

"그래? 그럼 우리 쪽은 어떻지?"

"에… 대략 정규 군인은 이천 명 정도로 소수지만 각 귀족들이 징집해 온 농민병과 시민병의 숫자가 육천 명쯤 됩니다. 머릿수에서는 이쪽이 우위이지만 무장도나 병사들의 질에서는 밀리는 경향이 강합니다."

"기사들은 얼마나 되지?"

"저희 쪽이나 그쪽이나 기사의 숫자는 얼마 안 됩니다. 각각 백 명쯤… 종자까지 합쳐도 서로 이백 명도 채 안 될 것입니다. 아시다시피 기사나 직업 군인들은 보통 중앙군에 편성되어 있어서 각 영주의 수하로 들어가는 경우가 별로 없기 때문입니다."

"흐음… 그렇다는 말은 서로 거의 비슷한 전력이란 말이 되겠군."

내 말에 댄이 작게 고개를 끄덕였다. 기존 세력은 저쪽이 더 강했지만 우리가 먼저 움직였고 또 그 나라의 상징이라 할 수 있는 왕성을 선점했다. 여러모로 우리가 유리한데도 불구하고 서로 간의 힘은 비슷하단다. 로이드가 얼마나 놀면서 시간을 죽였는지 알 만하군.

"다른 나라들은 어때?"

"예. 남부 국가 연합은 내전이 종식될 때까지 중립을 지키겠다고 알려왔습니다. 그리고 로세니아는 저희를… 아니, 정확히는 마마를 지지하겠다고 나섰고 케센 측은 여전히 국경에 군사를 주둔시킨 채 아무런 성명도 발표하고 있지 않습니다. 내전이 장기화되면 어찌 될지 모르겠지만 당분간은 지금과 별 차이가 없을 것이라 생각됩니다, 마마."

남부 연합이야 우리 측이나 마틴 왕자 측 중 어느 한쪽에 붙었다가 잘못되면 자기들 나라가 위험해질 수도 있으니 조용히 사태를 주시하는 것일 테고 케센은 크레센트의 내전이 장기화되는 쪽과 우리 쪽을 지지해서 큰 소리를 치는 것 중 어느 쪽이 더 이득일지 계산을 하고 있을 거다. 내 모국인 로세니아야 이 기회에 날 왕비로 만들고 내전을 종식시키는 데 도움을 줘서 우리 나라에 큰 소리 좀 쳐보려고 하는 것일 테고……. 하여간 이번 내전은 오래 끌면 끌수록 타국의 위협에 노출될 것이 뻔하니 단기전으로 끝내야 한다. 단지 문제라면 우리 쪽이 먼저 움직이느냐 아니면 마틴 왕자가 군사를 이끌고 쳐들어오기를 기다리느냐 하는 데 있다. 서로 비슷한 군사력을 가지고 있으니 지키는 쪽이 유리한 건 당연한데 수성만 고집하면 내전이 장기화될 수도 있으니까…….

"중앙군과 각 지방군의 움직임은 어때?"

"여전히 중립 상태입니다. 브래드릭 장군이 이끄는 중앙군 1군이 현재 마틴 왕자의 영향권 안에 있는 상태입니다만 1군은 케센 왕국의 침공을 막는다는 명분으로 자리를 뜨지 않고 있습니다. 그리고 각 요새 주둔군과 지방군 역시 같은 명분을 내세워 움직이지 않고 있습니다."

"그래… 그들이 움직이면 쉽게 결판이 나겠지만……. 그랬다간 외국의 군대를 걱정해야 할 테지. 그냥 가만히 있어주는 게 더 낫겠군. 그래도 혹시 모르는 일이니까 각 군 사령관을 잘 감시하라고 전해. 참, 미노스 가를 감시하는 요원은 몇이나 되지?"

"현재 여덟 명을 배치시켰습니다, 마마."

"두 배… 아니, 네 배로 늘려. 중앙군 1군이 움직이면 우리에겐 승산이 없다. 유사시를 대비해서 실력있는 자들로 배치하고 명령이 떨어지면 단번에 저택의 인사들을 제압할 만한 숫자를 보내."

"하지만… 요원 숫자가 부족합니다. 현재 국내 정황을 파악하는 데만도 전력을 다하고 있는지라……."

"로세니아와 남부 연합에 보내놓은 요원들을 모조리 불러들여. 그쪽은 포기한다. 어차피 중앙군이 움직이면 우리의 패배는 기정사실이라고. 어중간한 정보보다는 확실한 대책을 세우는 편이 나아. 알아들었어?"

"예, 마마."

미노스 백작에게는 미안하지만 일이 생겼을 때 엘린님과 미네르바—생후 10일 된 예쁜 아기다—는 우리의 위험을 막아줄 히든카드가 될 테니 무슨 일이 있어도 빼앗아서 우리 손에 넣어야 한다. 그렇기에 난 정보망에 구멍이 뚫리는 것을 감수하면서까지 댄에게 위험한 명령을 내린 것이다.

"그 건은 됐고, 내가 알아보라고 한 건 어떻게 됐어?"

"그건… 우선 명령이시라 알아오기는 했습니다만……."

"말해."

"…때론 모르시는 게 좋을 때도 있습니다, 마마."

"두 번 말하게 하지 마."

내 말에 댄은 작게 한숨을 내쉬더니 날 바라보며 말을 꺼냈다.

"브래드릭 장군의 모친이신 훼린님께서 궁으로 들어온 건 그녀가 14세 되던 때입니다. 빈민층에서 태어난 그녀는 왕성에 팔린 몸이 되어서 들어왔고 처음엔 별궁에서 청소와 허드렛일을 하던 하녀였습니다. 그러던 중 전 국왕 폐하의 눈에 들어서 후궁이 되었고 열아홉의 나이에 브래드릭 장군을 낳았고 그해에 병으로 사망하였습니다."

"병으로? 정말 병으로 죽은 거야? 왕성 안에서?"

"예, 마마. 원인을 알 수 없는 병이었다고 하는데 의사도 신관들도 모두 손을 들었다고 하더군요. 덕분에 전 국왕 폐하께서는 실의에 빠져 몇 달 동안 국정에 손을 대지 않으실 정도였다고 합니다."

"그래? 흐음……."

"그리고 현 국왕 폐하 모친이신 자네아 모후께서는 열여섯에 고귀한 왕비의 자리에 오르셨습니다. 하지만 워낙 몸이 약하신 분이라 로이드 폐하를 낳으시고는 그대로 자리에 누우셨다고 합니다. 그 뒤 2년 정도 침상에서 버티셨지만 천천히 쇠약해져 돌아가셨다고 합니다."

그렇다면 로이드 폐하는 어머니의 얼굴도 기억 못하겠군. 겨우 두 살 난 아이가 뭘 알 수 있을까.

"마지막으로 마틴 전하의 어머니이신 피오나 전 왕비께서는 열세 살에 후궁으로 왕성에 들어오셨습니다. 그러다 자네아 모후께서 돌아가신 뒤 왕비의 자리에 앉으셨죠. 전 국왕 폐하께 총애를 받으시던 분이었고 또 위크 가의 위세가 겹쳐져서 마틴 전하의 파벌을 단단히 다지는 데 일조했지만 국왕 폐하와의 관계는 꽤나 냉랭했다고 합니다."

"그건 들어서 알아. 그리고 다른 건 없어?"

"에 또… 큰 건 이 정도입니다만……."

"다 말해 봐."

"솔직히 이런 이야기를 하는 것도 왕족 모독죄에 속합니다, 마마. 전 국왕 폐하께서는 소녀를 좋아하신 것 같더군요. 전전대 국왕 폐하나 다른 귀족들과 비교해 보면 그리 많은 숫자는 아닙니다만… 보통 5~6개월에 한 번씩 소녀를 바꾸셨습니다. 실제로 후궁의 자리에 든 소녀는 몇 안 됩니다. 대부분 스무 살이 넘으면서 왕성 밖으로 쫓겨났더군요."

"…계속해."

"전 국왕 폐하의 자손은 세 분 아드님이 전부입니다. 혹시나 해서 더 찾아봤습니다만 전 국왕 폐하의 자식으로 판명된 자손은 없더군요. 그리고 최근 몇 년 동안은 직접적인 관계를 위해서라기보다는 대화 상대와 술벗으로 아가씨들을 불러들인 듯합니다. 마마, 이 정도입니다만……."

댄의 말에 난 고개를 끄덕였다. 하아… 아버지 같은 분이라 좋아했는데… 알고 봤더니 소녀를 좋아하는 중년 아저씨였어. 날 보던 그 푸근해 보이는 눈빛은… 정부를 향한 거였을까? 아니면 딸을 향한 눈빛이었을까? 세상에 믿을 사람 하나 없다. 정말… 근데… 설마 이거 유전되는 건 아니겠지? 뭐… 로이드가 바람피우면 진짜 여기 기둥 하나 뽑아서 던져 버릴 거야.

"그런데… 이런 걸 왜 물으시는지 여쭈어봐도 되겠습니까, 마마?"

"그냥… 그 피오나 전 왕비가 전 국왕 폐하에 대해 험하게 말하길래 궁금해서 물어봤어."

그렇게 말한 나는 아까 전 피오나 전 왕비와 나누었던 대화를 그에게 들려주었다. 내 말을 다 들은 댄 녀석은 갑자기 고개를 숙이며 무언가를 골똘히 생각하는 듯하더니 갑자기 무릎을 탁 치면서 감탄사를 내뱉었다.

"아아!! 알겠습니다! 어디선가 많이 본 듯한 성격이라고 생각했는데! 그거 꼭 왕비 마마 같습니다!"

"…뭐?"

"그렇지 않습니까? 너무나 거만해서 오히려 자연스럽고 부하를 다루는 데 있어서 매를 드는 것을 서슴지 않으시며 설사 적진 한가운데서라도 할 말을 다 하는 당당함! 이건 완전히 판박이지 않습니까? 설마… 자매는 아니시겠죠? 하하하!! 하… 하하… 저… 저기……."

내 눈꼬리가 하늘로 치켜서는 것과 비례해서 댄 녀석의 표정이 비굴함으로 물든다. 뭐? 거만하기가 하늘을 메우고 뻔뻔하기가 땅을 뒤덮는다고? 거기다 폭력을 일삼는다는 말이렷다?

"대애앤… 네가 아주 죽고 싶어서 발악을 하는구나. 이젠 대놓고 내 앞에서 내 욕을 해? 너 오늘 한번 죽어봐!"

"저… 마… 마마! 죽을죄를 지었습니다! 한 번만… 한 번만 용서해 주십시오!"

댄 녀석이 바닥에 철퍼덕 엎드려 내게 빌었다. 하지만 그 정도로 용서될 거였으면 애초에 화도 안 냈다고! 난 침대 가에서 벌떡 일어선 뒤 댄 녀석을 노려보며 낮게 으르렁거렸다.

"고개 들어!"

"저… 저기……."

조심스럽게 고개를 들면서 날 올려다보는 댄. 그런 그를 향해 난 오른발을 강하게 휘둘렀다.

뻐어억!

"꾸에엑……."

내 발에 눈가를 채인 댄은 그대로 뒤로 벌렁 쓰러지면서 기절해 버렸다. 흥! 저놈은 분명히 저 발칙한 주둥이 때문에 죽을 거다! 건방지게 말이야! 이 몸에게 대놓고 욕설을 내뱉다니! 간이 배 밖으로 나왔어도 한참 나왔어! 난 기절한 댄의 목덜미를 붙잡고 문 쪽으로 걸어가 방문을 열고 놈을 밖으로 내던졌다.

털푸덕. 데굴데굴.

댄의 몸이 거실 한가운데 떨어져서 구르자 거실 구석에서 쪼그리고 앉아 장난을 치고 있던 에린 녀석이 갑자기 '꺄아' 하는 비명과 함께 댄 녀석에게 달려가는 게 보인다. 저 녀석 아직도 정신 못 차린 거야? 하여간 내 주위엔 왜 이렇게 바보들이 많은 거지? 에이! 짜증나!

나랑 피오나 전 왕비랑 같다고 말하다니! 저 녀석 머리가 좋은 줄 알았는데 알고 봤더니 완전히 바보 아니야? 무엇보다! 내겐 로이드가 있다고!! 로이드가!! …있긴 했지. 후우……. 그를 생각하니 또 침울해진다. 언제쯤 화가 풀리려나……. 분명히 내가 못할 짓을 하긴 했지만 그래도 명색이 부인인데 이거 나한테 너무하는 거 아니야? 흥! 그래! 좋다고, 누가 이기나 해보지! 뭐! 자기가 아무리 싫다고 해도 주변 여건이 그를 왕으로 만들면 어쩔 수 없이 왕관을 쓰게 될걸? 그 뒤엔 나한테

고마워하게 될 거야. 암! 누가 로이드를 왕으로 만들었는데!

"휴우……."

그래, 나도 알고 있다. 사랑이 미움이 되는 건 아주 쉽지만 그 반대의 경우는 너무나도 힘들다는 걸 말이야. 더욱이 사랑이 큰 만큼 그에 비례해서 실망감과 미움도 커진다. 그는 거의 전적으로 날 신뢰하고 사랑해 줬는데 난 그의 그런 마음을 완벽하게 부숴 버렸지. 어쩌면 평생 날 미워할지도 몰라. 결과적으로 그를 위한 일이었다 해도 난 로이드의 마음은 조금도 고려하지 않고 내 멋대로 그를 휘두른 것이니까. 그래서 더 가슴이 아프다. 미움받을 걸 알면서도 이런 일을 벌여야 하는 내가 싫다.

혼자서 손가락을 깨물면서 방 안을 이리저리 걸어다니던 난 결국 굳은 결심을 하고 방을 나섰다. 거실로 나와보니 댄 녀석이 거실 바닥에 누워 있고 그 앞에 에린 녀석이 뜨뜻한 물이 들어 있는 대야와 물수건으로 녀석을 성심성의껏 찜질해 주고 있었다.

"뭐 하는 거냐?"

"마… 마마."

"엇? 실례했습니다, 마마. 이건……."

날 보고 당황하는 에린과 벌떡 몸을 일으키는 댄. 풋. 그의 얼굴을 보고 난 나도 모르게 피식 하고 웃어버렸다.

"됐어. 푸훗. 그 얼굴을 보니 별로 화내고 싶지도 않아. 에린."

"네! 마마."

"나 본궁에 잠깐 다녀올 테니까 여기 잘 지키고 있어. 그리고 댄은 밤이 늦었으니까 빨리 돌아가도록 해. 나 돌아왔을 때도 여기서 얼쩡거리는 게 보이면 반대쪽 얼굴도 그 모양으로 만들어줄 거야."

"…예, 마마."

그는 내 말에 고개를 숙이면서 대답했다. 그러면서도 한 손으로 오른쪽 눈가를 가리는 건 잊지 않는다. 그의 오른쪽 눈가는… 내 발에 채인 덕분에 시퍼렇게 멍들어 있었다. 훗. 저래 놓으니 꼭 광대 같군. 반대쪽도 똑같이 만들어놓으면 재미있을 것 같은데 말이야. 뭐… 그건 나중에 시간나면 한번 해보도록 하자. 지금은 바쁘니까.

난 둘을 지나쳐 복도로 통하는 문을 나섰다. 띄엄띄엄 켜놓은 복도의 등 덕분에 약간 어두컴컴한 복도에서 카렌을 부르니 녀석이 천장에서 슬쩍 뛰어내려서 내 앞에 섰다.

"도서관으로 가자. 안내해."

"…응."

난 카렌을 앞세워서 로이드가 있는 도서관으로 향했다.

일전의 일과 우리들이 벌인 일 때문에 왕궁 안의 분위기는 삼엄하다 못해 살벌하다. 덕분에 카렌이 돌아다니기 힘들다고 투덜거리긴 했지만 난 별로 신경 쓰지 않았다. 어차피 내가 걸어가면 다들 알아서 좌우로 피해주니까 말이야. 그만큼 내 얼굴이 알려졌다는 것이나 아니면 내가 머리에 쓰고 있는 은관이 그만한 효용을 발휘해 준다는 거겠지.

대략 20분 정도 걸어간 나는 수십 명의 병사들이 삼엄한 경비를 서고 있는 도서관 앞에 도착했다. 원래 본궁과 붙어 있는 곳인데다가 얼마 떨어지지 않은 곳에 국왕의 집무실이 있다 보니 평소에도 병사들이 많이 돌아다니는 곳이지만 이런 때는 정말 병사들로 가득 차 있다고 해도 될 정도로 많았다.

"누구!!"

내가 도서관 쪽으로 다가가자 입구 근처에서 창을 들고 서 있던 병사가 내 쪽으로 창날을 치켜들며 소리쳤다.

"…십니까?"

그리고 날 제대로 보게 된 그 병사는 즉시 말을 돌려 경어를 썼다. 난 그 친절한 병사에게 다가가서 말했다.

"비. 켜."

그 병사는 내 표정 때문인지 아니면 다른 이유인지는 모르겠지만 내 말에 순순히 물러섰다. 그 병사가 이곳에서 경비를 서고 있는 병사들 중 최고참이었는지 다른 경비병들도 나를 한번 곁눈질로 힐끔거리고는 다시 주변을 경계하는 이전의 모습으로 돌아갔다. 흠… 덕분에 쉽게 도서관 안으로 들어왔다만… 내가 누구인지 확인도 안 하고 들여보내다니. 저 녀석들 상관이 누군지 내일 아침에 친히 만나서 즐거운 담소라도 나눠야 할 것 같은걸? 전 국왕 폐하를 그렇게 떠나보내 놓고 경계를 서는 꼴이 이게 뭐람.

거대한 도서관으로 들어온 나는 내측 문을 열고 서고를 향해 발걸음을 옮겼다. 다행히 카렌이 이곳 지리도 잘 알고 있었기에 넓은 도서관 안에서 헤매는 일은 없었다. 이 녀석은 도대체 언제 이런 걸 다 알아낸 걸까? 정말 신기하다니까.

"누구십니까? 여기서부터는 들어가실 수 없습니다."

높다랗게 쌓인 3단의 책장을 지나쳐 도서관 안쪽 문에 도착하자 옆에서 사람이 나타나 나의 발걸음을 제지했다. 어둠침침한 서고의 불빛을 받으며 나타난 녀석은 로이드와 똑같은 검은색 머리카락을 가진 소년이었다. 아마 에린 또래쯤 되어 보이는 그 녀석은 몇 번 보지는 않았지만 왠지 익숙한 소년이었다.

"폐하께서는?"

"왕비 마마시로군요. 폐하께서는 일찍 잠자리에 드셨습니다. 용건이 있으시다면 내일 날 밝을 때 다시 오십시오."

이름이… 헨켈이었던가? 로이드 폐하의 전속 시종인 녀석. 폐하만큼이나 잘생긴 미소년이지만 말수가 적고 왠지 우울해 보이는 얼굴로 돌아다녀서 난 별로 안 좋아하는 녀석이다. 거기다 폐하의 전속 시종인지라 내 명령 알기를 고양이 풀 뜯어 먹는 것쯤으로 아는 발칙한 녀석!

"비켜."

"안 됩니다! 폐하께서는 주무십니다. 휴식을 방해하지 마십시오."

"비키라고 했다."

"아무리 왕비 마마라 하셔도 못 들어가십니다."

하아… 짜증나! 난 문 앞에 단단히 버티고 선 녀석을 노려보았다. 하지만 내 눈길을 받고도 녀석은 조금도 흔들리지 않고 문가에 서서 버틴다. 정말 여기 놈들은 왕족을 너무 우습게 아는 것 같단 말이야. 쯧.

"마지막으로 말한다. 비켜."

"폐하의 침소에서 소란을 부릴 생각이십니까? 돌아가십시오!"

"쯧. 카렌, 제압해!"

타악!

내 옆에서 바닥에 가죽이 부딪치는 소리가 나더니 헨켈을 향해 빠른 속도로 뛰어가는 카렌의 모습이 눈에 들어왔다.

"어… 어엇?"

녀석은 놀라서 뒤로 물러서려고 했지만 그보다는 카렌이 훨씬 빨랐다.

쩌억…….

카렌의 조그마한 손바닥이 헨켈의 턱을 올려쳤고 녀석은 작은 비명을 지르며 뒤로 넘어갔다. 고개를 천장으로 치켜든 채 뒤로 쓰러지는 녀석은 곧 나무 문에 부딪쳐 큰 소리를 낼 것 같았는데 카렌이 그보다 빨리 그 녀석의 멱살을 붙잡고 앞으로 당겼다.

철퍽.

볼품없는 몰골로 바닥에 쓰러진 녀석은 작게 꿈틀거렸지만 그의 등에 카렌이 올라타서 양팔을 잡고 뒤로 꺾자 반항은커녕 손가락 하나 까딱 못하는 처지가 되었다. 난 여유로운 걸음으로 녀석이 쓰러져 있는 곳으로 걸어가서 살포시 주저앉은 뒤 헨켈의 턱을 한 손으로 들어올리면서 말했다.

"흠. 이쪽이 훨씬 보기 좋군. 건방지게 누구에게 이래라저래라 하는 거야? 응? 내가 누구라고 생각해? 대답해 봐."

"…아넬리안 왕비 마마십니다."

"그래. 폐하의 유일한 부인이자 이 나라의 국모인 아넬리안이다. 부인인 내가 남편의 침실에 들어간다는 게 잘못된 건가? 응?"

"폐하께서 싫어하실 겁니다."

"흥! 그래도 꼴에 귓구멍은 뚫려 있나 보지? 하지만 일개 시종인 네가 폐하께서 날 만날지 안 만날지를 알 수 있나? 언제부터 시종이 주인의 마음까지 간섭할 수 있게 된 거냐?"

"……."

"아니면 네가 로이드 폐하의 주인이냐?"

"아닙… 니다."

녀석은 그렇게 말하고는 나를 노려보던 눈을 아래로 내리깔았다. 이에 만족한 난 녀석의 턱을 놔주고는 카렌에게 풀어주라고 말했다. 카렌이 등 위에서 내려서자 힘겹게 몸을 일으킨 헨켈은 잠시 동안 나를 노려보았지만 아무 말도 하지 않고 고개를 돌렸다. 그런 녀석의 행동을 보고 있자니 왠지 골려주고 싶은 생각이 무럭무럭 자라나는걸? 난 한쪽 입꼬리를 말아 올리며 말했다.

"폐하께서는 충성스러운 시종을 둬서 좋으시겠군. 훗."

"……."

"그거 알아? 다른 귀족들이나 원로원 늙은이들이 벌써부터 2세를 걱정하고 있다는 걸 말이야. 응?"

"무슨……."

"아아… 매우 불행하게도 말이지, 우리 폐하께서는 남.색.을 좋아하신다더군. 그것도 검은 머리의 미소년을 매우매우 좋아하신다던걸? 결혼하신 몸임에도 불구하고 총애하는 애.인.과 함께 도서관에 틀어박히실 정도로 말이지."

"사실 무근입니다!"

"훗. 진실이야 단둘만 알겠지. 폐하와 검은 머리의 시종만 말이지. 덕분에 난 폐하의 총애는커녕 언제 쫓겨나게 될지 전전긍긍하면서 괴로워하고 있다고."

"없는 말을 지어내지 마십시오! 폐하와 전……."

"흠. 내 말이 진짜인지 아닌지 알고 싶다면 본궁 시녀나 시종을 붙잡고 물어보라고. 소문을 들으면 아마 기절하고 싶을걸?"

나도 에린에게 처음 들었을 땐 정말 기절하고 싶었으니까. 반장난으로 흘린 소문이었는데 그게 그럴듯하게 살까지 붙어서 정설로 시종과 시녀들 사이에 화제가 되다니. 진실을 아는 나로서는 미치고 팔짝 뛸 정도로 무시무시한 소문이었다. 물론 지금에야 그런 소릴 들으면 배를 잡고 웃지만. 참나, 남색 국왕이라니. 여색을 밝히는 거라면 그나마 조

286 Queen's heart

금은 인정해 주겠는데. 아기도 못 낳는 소년을 침대로 끌어들여서 뭘 어쩐다는 건지……. 물론 로이드 폐하가 남색가가 아니라는 걸 잘 알고 있지만 말하기 좋아하는 녀석들의 상상력은 정말 대단하다. 요즘엔 어느 시종이 당했느니 어느 시종이 불려갔느니 하는 애매한(?) 소문들이 아니라 무슨 체위로 당했다느니 어떻게 하면 좋아하신다느니 하는 왠지 신빙성이 있어 보이는 소문들이 은근히 떠돌고 있다. 이런 걸 대놓고 말할 간 큰 녀석은 없지만 소문이란 정말 번개만큼이나 빨라서 하룻밤 지나고 나면 왕성 안에 모르는 녀석이 없을 정도가 된다. 덕분에 폐하의 후궁 자리는 앞으로 오랫동안 비어 있을 것 같지만… 설마 소년을 후궁으로 들인다든지 하는 엽기적인 일이 벌어지지는 않겠지?

"네가 충성하는 건 좋아. 하지만 주변의 눈도 조금은 신경 쓰라고. 알았어? 검은 머리 소년?"

"……."

"알았냐고 물었다."

"알… 겠습니다, 마마."

훗. 이를 갈면서 그렇게 말해 봐야 안 무섭다고. 난 얼굴에 미소를 띤 채 녀석의 머리를 몇 번 쓰다듬어 준 뒤에 손을 거두면서 말했다.

"너, 가발 쓰고 다녀. 폐하와 같은 검은 머리라니. 기분 나빠. 다시 내 눈에 띄었을 때 네 머리 색이 검은색이면 머리카락을 몽땅 밀어주지. 이건 장담할 수 있어."

난 그렇게 말하면서 녀석을 바라보던 시선을 카렌 쪽으로 옮겼다. 헨켈의 시선도 나를 따라 카렌 쪽으로 향했는데 내 시선의 의미를 알아챈 카렌은 그가 반응하기도 전에 잽싸게 소년에게 다가서더니 단숨에 수도로 목덜미를 쳐버렸다.

퍽!

소년의 몸이 줄 끊어진 인형처럼 바닥에 툭 하고 쓰러졌다. 흥. 역시 아무리 생각해도 마음에 안 드는 녀석이라니까.

문을 열고 안으로 들어가자 그리 길지 않은 복도가 나왔고 복도 양쪽에는 꽤 많은 숫자의 나무 문들이 붙어 있었다. 여긴 원래 학자들이나 현자들이 도서관에서 생활하며 연구할 때 쉴 수 있는 장소를 제공하기 위해 만든 곳이라는데 로이드 폐하가 왕자 때부터 하도 들락거려서 이젠 아무도 이 근처엔 얼씬도 하지 않는다고 한다. 왕궁 역사학자 같은 이들도 모두 2층이나 3층의 다른 방으로 쫓기듯 나갔기 때문에 1층의 방들은 모두 텅텅 비어 있다… 라고 카렌이 말했다. 대단한 녀석. 정말… 이젠 칭찬해 줘야 할지 질린다는 표정을 지어야 할지 고민될 정도다. 하긴 이 녀석 혼자서 대여섯 명의 요원들이 하는 일을 처리할 수 있다고 하니 말 다 했지 뭐……. 역시 난 사람 보는 눈이 있는 것 같단 말이야. 후훗.

"여기."

복도를 따라 안으로 걸어가던 난 등 뒤에서 들려온 카렌의 목소리에 고개를 돌렸다. 카렌 녀석은 서고로 통하는 문 바로 앞에 있는 작은 방문을 가리키며 서 있었다. 뭐야… 괜히 안까지 들어왔잖아. 귀찮게… 난 다시 돌아가 방문 앞에 섰다. 에휴… 누가 로이드 아니랄까 봐 말이야, 문 바로 옆 방에 머무는 거냐. 보통 잘난 왕족이라면 가장 깊숙이 있는 은밀한 방을 선호할 텐데 말이야. 로이드 폐하는 그런 것보다는 드나들기 편하고 가까운 곳을 선호하나 보다.

"카렌, 알지?"

"…응."

카렌은 내 말에 작게 고개를 끄덕이고는 품속에서 손바닥만한 길이의 작은 관을 꺼냈다. 그것을 문에 달려 있는 윗쪽 경첩에 댄 카렌은 다시 반대쪽에 작은 주머니를 대고는 그것을 몇 번 눌렀다. 그리고는 아래쪽 경첩에도 그 행동을 반복하더니 입으로 몇 번 후후 불었다. 그리고 이번엔 자그만 쇠자를 꺼내서는 문 사이의 틈으로 밀어 넣는다.
 덜컥…….
 문 안쪽에서 빗장이 풀리는 소리가 들려왔다.
 끼이이…….
 조심스럽게 문을 여는 카렌. 문 열리는 소리가 생각보다 훨씬 작다. 여긴 조용한 곳이고 거기다 밤이라 소리가 크게 들릴 텐데도 거의 소리가 안 난다. 역시 저 녀석은 도둑이나 도박사가 되었어야 했어. 암살자보다는 그쪽이 훨씬 적성이 맞았을 텐데…….
 카렌의 뒤를 따라 발소리를 죽이며 방 안으로 들어섰다. 겨우 열 평이나 될까 말까 한 작은 방이었다. 가구라고는 책을 읽을 때 쓰는 작은 책상 하나와 침대뿐이었고 창문도 겨우 50㎝ 정도밖에 안 되는 아주 작은 창뿐이었다. 사방의 벽은 거친 벽돌들이 그대로 나와 있었고 방 안에서는 곰팡이 냄새와 먼지 냄새가 났다. 이런 곳에서 일국의 왕이 생활한다니… 내일부터 여긴 통제해야겠다. 이 사실이 남들 귀에 들어가면 정말 망신 중에 망신이다. 궁상도 이런 궁상이 또 있을까? 에휴…….
 "흠…….""
 "쉬잇……."
 침대 가에 다가가 조심스럽게 작업을 하고 있던 카렌이 검지손가락을 들어서 입가에 대면서 내게 말했다. 덕분에 난 카렌이 작업을 마칠 때까지 가만히 서서 방 안을 둘러보고 있었다. 로이드 폐하의 성격대로 역시 방 한쪽에는 대충 쌓아놓은 책들이 수북이 올라와 있었고 책상 위에는 활짝 펴져 있는 책과 종이, 양피지들이 가득 쌓여 있었다. 여긴 옷장조차 없군. 뭐… 하긴 옷이나 먹을 거는 전속 시종인 헨켈이 알아서 해주겠지.

"다 됐어."

"그래? 시간은 얼마나 되지?"

"열 시간은 넘을 거야."

"좋아. 난 여기 있을 테니까 너도 가서 좀 쉬어. 그리고 새벽 되면 알려주고. 아참, 밖에 재워놓은 그 시종 녀석 이불이라도 덮어줘. 날씨가 쌀쌀해서 그냥 놔뒀다가 얼어 죽기라도 하면 귀찮아지니까."

"응."

카렌은 고개를 끄덕인 뒤 방을 나갔다.

탁.

문이 닫히는 소리와 함께 방 안에는 깊이 잠든 그와 나만 남게 되었다. 미약한 달빛을 받으며 침대로 다가갔다. 침대 위에 바로 누워 자고 있는 남자의 옆얼굴이 보인다. 아아… 로이드. 나의 로이드. 내 사랑…….

"휴우……."

그의 얼굴을 내려다보고 있자니 나도 모르게 절로 한숨이 나온다. 왜 난 이 사람을 사랑해 버린 걸까. 그저 서로가 편하게 마음을 주지 않고 그냥 상대를 이용하기만 했으면 이렇게 가슴 아프지는 않았을 텐데.

난 살며시 침대 가에 앉았다. 그리고 손을 뻗어서 그의 뺨에 손등을 대어보았다. 따뜻해……. 그의 따뜻한 온기가 내 손을 타고 몸으로 전해진다. 그리고… 그의 따뜻한 온기가 내 몸을 덥혀주는 만큼 가슴 한구석에 아릿한 아픔이 점점 커져만 간다.

"차라리 다른 이들에게 하는 것처럼 나도 무시해 줬으면 좋았을 걸……."

그는 잠들어 있다. 내 중얼거림은 혼잣말이 되었고 난 가슴 한구석의 아픔을 느끼면서 그의 뺨을 쓰다듬었다. 우울해……. 비라도 쏟아졌으면 좋겠다. 그럼 내 기분도 빗물과 같이 휩쓸려 저 먼 바다로 떠내려갈 것 같은 기분이 든다. 하아…….

잠들어 있는 그의 얼굴을 오랫동안 쳐다보고 있었다. 그러던 중 나는 카렌이 그에게 흡입시킨 수면제의 효과를 믿고 이불을 들춘 뒤 침대 속으로 들어갔다. 난 로이드의 옆에 모로 누웠고 그의 팔을 가져다가 베었다. 후훗… 왠지 기분이 묘하다. 맨날 그가 내 팔을 베고 내 품에 안겨서 잠들었는데 오늘은 그 반대다. 똑바로 누워 있는 그의 몸을 끌어당겨서 내 쪽으로 돌아 눕히고 그의 품에 얼굴을 가져다 대었다. 두근두근……. 그의 심장 뛰는 소리가 귓가로 들려왔다. 포근하다.

"……."

그의 팔을 베고…… 그의 숨소리를 들으며 그의 가슴에 얼굴을 묻고 있자니 나도 모르게 졸음이 쏟아진다. 요 며칠 고민과 슬픔 때문에 밤에 제대로 잠이 든 적이 없었는데 규칙적인 그의 숨소리를 듣고 있자니 나를 괴롭히던 모든 근심과 걱정이 허공으로 사라진 것 같았다. 아아… 조금만 더 이러고 있자. 아직 새벽이 되려면 멀었을 거야. 음…….

으음… 깜빡 잠이 들었었나 보네. 창밖을 내다보니 동이 트고 있는지 먼 하늘이 조금씩 푸른색을 되찾고 있다. 그래도 다행이군.
　난 조심스럽게 로이드를 옆으로 밀고 몸을 일으키려 했다. 우에엑!! 볼이 왜 끈적끈적한 거야? 설마……
　"하… 하하……"
　내가 베고 있던 로이드의 팔을 손으로 만져 보니 축축하고 끈적거린다. 나… 침 흘리면서 잔 거야? 우아아아!! 망신! 망신이야! 천하의 내가!! 아기도 아니고! 어떻게 자면서 침을 저만큼이나 흘리고 잘 수 있지? 아니야! 이건 내가 아니야!! …라고 부정해 봐야 시간 낭비지 뭐. 난 침대에서 빠져나온 뒤 로이드를 똑바로 눕혔다. 그리고 이불을 잘 덮어준 뒤 소매로 입가를 쓱쓱 문질렀다. 설마 내가 왔다 간 줄 알겠어? 그냥 자기 잠버릇 때문이라고 생각할 거야. 음! 분명히 그럴 거야. 흠흠.
　드레스는 구깃구깃 구겨져서 엉망이고 머리도 산발이다. 이래서야 어디 얼굴을 들고 돌아다닐 수나 있겠어? 우우……. 난 방 안에 서서 적당히 몸단장을 한 뒤에 잘 자고 있는 로이드의 얼굴을 한번 바라본 뒤 방문을 나섰다. 카렌 녀석, 새벽이 다 됐는데 어디 있는 거지? 신기한 일이로군. 그 녀석이 이렇게 일을 허술하게 할 리가 없는데…….
　"응?"
　복도에 서서 카렌을 찾던 내 눈에 서고로 통하는 문에 기대어 자고 있는 헨켈이 보였다. 정확히는 기절한 거지만 그대로 잠들었나 보다. 그래도 이불까지 둘러쓰고 자고 있는 걸 보면 카렌이 시킨 일은 제대로 한 것 같은데… 음. 저렇게 문을 막고 있으면 깨워야 하잖아.
　할 수 없이 난 그 녀석에게로 다가갔다. 그런데… 그 헨켈의 옆에 카렌이 찰싹 붙어서 자고 있는 모습이 보였다. 세상에나… 카렌이 자고 있다. 그것도 무방비한 모습으로! 나 카렌이 자고 있는 모습은 저 녀석을 데리고 다닌 이후로 처음 봐!

"카렌. 카렌!"

녀석은 깊이 잠들었는지 내가 불러도 꿈쩍도 안 했다. 이에 난 카렌에게 다가가서 그 애의 어깨에 손을 올려놓았다. 흔들어 깨울 생각이었는데 내가 카렌의 몸에 손을 대자 녀석이 갑자기 내 손을 탁 치더니 옆으로 몇 바퀴 데굴데굴 굴렀다. 그리고 몸을 일으킨 카렌의 두 손에는 언제 꺼냈는지 날이 시퍼런 단검이 두 개가 들려 있었다.

"…에?"

카렌 녀석은 지금 자기에게 무슨 일이 일어난 건지 알 수 없다는 듯 약간 멍한 눈으로 두리번두리번거리더니 이내 한 손으로 눈가를 몇 번 비볐다. 그리고는 그제야 정신을 차린 듯 나를 보고는 자세를 풀고 단검을 품속으로 집어넣었다.

"잘 잤어?"

"…흥. 안 잤어."

"호오~ 내가 깨울 때까지 코 골면서 잘도 자던데?"

"코 안 골아!"

"훗. 나는 네가 침을 흘리며 자는 모습도 봤다고."

"거짓말!"

"쉿. 소리가 크잖아. 자는 사람 다 깨우겠다."

"…치잇."

카렌 녀석 자존심이 상했는지 팔짱을 끼며 고개를 획하고 돌린다. 저러니까 꽉 깨물어주고 싶다. 귀여운 것. 하지만 카렌은 이런 생각을 하는 내가 마음에 안 들었는지 괜히 잘 자고 있는 헨켈을 거칠게 옆으로 밀어버리고는 문을 열었다. 그리고는 뒤도 안 돌아보고 먼저 앞으로 걸어간다. 저 녀석… 삐친 거 아니야?

　도서관을 나와 왕비궁으로 돌아온 나는 우선 카렌을 시켜서 세숫물을 가져오게 했다. 아직도 볼이 끈적거려서 기분이 나빴기 때문이다. 대충 세수를 하고 옷을 갈아입은 나는 좀 더 잘까 하고 생각해 봤지만 그의 품에서 너무 잘 잤는지 조금도 졸립지 않았다. 으음… 뭘 할까나?
　"운동이나 할까?"
　요즘 이런저런 일 때문에 바빠서 운동은커녕 제대로 돌아다니지도 못해서 몸이 굳은 것 같은데… 하지만 왠지 오늘은 아무것도 하고 싶지 않다. 눈을 감으면 로이드의 자고 있는 옆얼굴이 떠오른다. 그것만 생각해도 나도 모르게 웃음이 나오면서 행복감이 물밀듯이 밀려왔다. 아아… 오늘은 그냥 쉴래. 아무것도 하고 싶지 않아. 그냥 가만히 앉아서 행복감에 젖어 있고 싶어.
　간편한 원피스로 갈아입고 거실로 나온 나는 밝아오는 창밖을 내다보면서 멍하니 앉아 있었다. 방 밖에서 소란스러운 소리가 들려오는 걸 보니 이제야 시녀들이 눈을 뜨고 활동을 개시한 것 같았다. 흠… 에린이 들어오면 차나 한잔 가져오라고 시켜야지. 난 그렇게 생각하면서 의자에 깊숙이 몸을 파묻고 눈을 감았다.
　벌컥.
　문 열리는 소리가 들린다.
　"에린?"
　앉은 자세 그대로 물었는데 대답이 없다. 이상한 느낌이 들어서 눈을 뜬 나는 고개를 돌려 뒤를 바라보았다.

"역시 깨어 계셨군요, 마마."

댄이로군. 그런데 혼자가 아니다.

"웬일로 이런 이른 아침부터 이렇게 우르르 몰려온 것이죠?"

댄의 뒤를 따라서 프로센 후작과 미노스 백작, 그리고 셔우드 남작과 랭스턴 자작까지 내가 알 만한 얼굴들이 모두 방 안으로 들어왔다. 거기다 낯선 얼굴들도 있었는데 아마 프로센 후작이나 미노스 백작을 통해서 우리 일에 가담한 귀족일 것이다.

"드디어 시작되었습니다, 마마."

"뭐가 시작되었다는 건가요, 프로센 후작님?"

뭔 소리를 하는 건지 잘 이해가 가지 않았다. 난 의아한 표정을 지으면서 그를 바라보았다. 그러자 다른 쟁쟁한 귀족들 덕분에 뒤로 밀려났던 댄이 앞으로 나서면서 내게 말했다.

"마틴 왕자파의 군사들이 어제저녁 위크 가의 영지를 떠났다는 정보가 들어왔습니다, 마마."

"그래?"

아아… 그걸 말한 거군. 마틴 왕자의 군사가 움직일 곳은 단 한 군데뿐이니 뭐가 시작된 건지는 말 안 해도 알겠다.

"그렇다면 이제 정말로 본격적인 내전이 시작되는 거군요."

"그렇습니다, 마마."

"좋아요. 손님이 오신다는데 준비를 하지 않고 있으면 그도 예의가 아니겠죠? 우리도 움직이도록 하죠."

내 말에 귀족들은 고개를 끄덕였다. 난 자리에서 일어선 뒤 준비할 테니 아래서 기다리라는 말로 그들을 내보내고는 옷을 갈아입기 위해서 방 안으로 들어갔다. 정말… 왜 내 행복한 시간은 이렇게 짧기만 한지……. 나도 가끔은 행복감에 취해서 몽롱한 기분으로 시간을 보내보고 싶다고. 뭐… 다 내가 벌여놓은 일들이니 누굴 탓할 수도 없지만 말이야. 그래도 하루쯤 기다려 주면 탈이라도 나나? 에에이, 그만두자. 어차피 벌어진 일, 현실을 직시하고 최선을 다해야지. 암. 그 편이 훨씬 건설적이잖아.

그날 오후. 로이드 국왕파의 실질적인 수장인 나는 병사들을 이끌고 말 머리를 북쪽으로 향했다. 왕성 안에 로이드만 혼자 놔두는 게 조금 불안하긴 했지만 그와 나를 위해서 이번 전투는 필히 승리해야 한다. 그렇기에 난 불안한 마음을 저 멀리 내던져 버린 뒤 전의를 불태우며 남하하고 있는 마틴 왕자를 향해 나아갔다.

패배 따윈 내 머리 속에 없다. 오직 승리와 영광만이 있을 뿐이다. 난 질 수 없어. 내겐 이겨야만 하는 절대적인 이유가 있으니까.

〈제3권 끝〉